国家社科基金项目结项成果

U0672129

马克思主义传播语境下的
中国左翼文学现场研究

MAKESI ZHUYI CHUANBO YUJING XIA DE
ZHONGGUO ZUOYI WENXUE XIANCHANG YANJIU

傅修海 ◎ 著

百花洲文艺出版社
BAIHUAZHOU LITERATURE AND ART PRESS

图书在版编目（CIP）数据

马克思主义传播语境下的中国左翼文学现场研究 /傅修海著. — 南昌：
百花洲文艺出版社，2021.12
ISBN 978-7-5500-3504-1

Ⅰ.①马… Ⅱ.①傅… Ⅲ.①左翼文化运动 – 文学研究 Ⅳ.①I209.6

中国版本图书馆CIP数据核字（2019）第264552号

马克思主义传播语境下的中国左翼文学现场研究

傅修海　著

出 版 人	章华荣	
责任编辑	童子乐　张　弛	
书籍设计	黄敏俊	
制　　作	何　丹	
出版发行	百花洲文艺出版社	
社　　址	南昌市红谷滩区世贸路898号博能中心一期A座20楼	
邮　　编	330038	
经　　销	全国新华书店	
印　　刷	江西千叶彩印有限公司	
开　　本	787mm×1092mm 1/16　　印张 16.75	
版　　次	2021年12月第1版	
印　　次	2021年12月第1次印刷	
字　　数	210千字	
书　　号	ISBN 978-7-5500-3504-1	
定　　价	50.00元	

赣版权登字：05-2021-429
邮购联系　0791-86895108
网　　址　http://www.bhzwy.com
图书若有印装错误，影响阅读，可向承印厂联系调换。

序一

张宝明

河南大学党委副书记

教授、博士生导师

  现代中国知识群体关于学术与政治的路径论争，为二十世纪初中国现代性的发生、演进展现了一副最为原始、真实、生动的面貌。以学术与政治的关系为主线，不仅可以阐释百年来大批新青年派知识分子走向社会主义的精神路径，也可窥见现代中国知识群体如何理解学术与政治之间的关系。[①]

  事实上，"学理型政治"与"政治型学理"两种路径的社会现实遭遇与历史现场中的展开，对从总体上理解五四以后的现代中国无疑是一重要机窍。如何理解"从资产阶级民主主义政治文化到无产阶级社会主义政治文化转型的时代"的中国化进程，如何体味"一个以马克思主义意识形态为引领的先进政治文化"何以能在二十世纪二十年代的中国最终生根开花，显然不是一个纯学术的讨论，也不是一个纯政治的演进。这是历史合力的结果，是历史的选择，是现实的呼吁，是人民用生命参

---

  ① 张宝明：《从学术到政治："五四"新青年派走向社会主义的精神路径》，《探索与争鸣》2021年第6期。

与投票的结果。①基于此，理解现代中国的学术文化、文学变迁、学术政治、思潮转折，对于中国作风与中国气派的考量与自信，就是对一个活态中国历史现场的认知、体验与反思，就是对一个伟大民族现代命运转型的生态理解与共情。

《马克思主义传播语境下的中国左翼文学现场研究》，是傅修海教授主持的国家社科基金的结项成果，议题着眼于左翼文学中国化进程与马克思主义在中国传播语境的互动。我非常认同作者的这些表述："中国左翼文学的在场者和实践者，往往也是中国早期马克思主义的接受者和传播者。""他们是促成中国现代文学左翼转折的关键人物，是中国现代文学史上的'被遮蔽的思想者'。""中国左翼文学是中共早期领导人对现代文学介入、影响的结果，中国作风与中国气派是他们开创的审美理想。马克思主义的传播与中国左翼文学密切相关，共产主义革命政治是中国左翼文学现场的灵魂元素。""中国左翼文学现场，作为历史化和动态化的文学现场，本身就是充满张力的文学文本，是中国现代文学史重要的结构性因素，更书写着特定时代的文学思潮与文学观念。"上引几段，其特出的学术判断与高屋建瓴的历史把握，当可见出傅修海教授为文为人的超迈脱俗，也可见出其文学入思的细密精深。其间呈现出来的强调人文融通、充满虚实关怀的学术品质，从识见、品味和态度上，可谓深得我心。

令人诧异的是，修海极为朴素直率。这个每每以客家人自许的小个子，如果不是因为论学相知，实在没什么特征能迅速引人关注。朴素而大方，不仅是他为人、为文、为学的特点，更是其一系列学术探索令人

① 张宝明：《文化冲突中的文化政治与政治文化——五四新文化运动与现代中国观念的生成》，《学术研究》2020年第5期。

刮目相看的力量源泉。朴素的力量，此之谓也。较之当下，这多少显得有些如鲁迅所说的"索漠"（《三闲集·在钟楼上》）。

众所周知，新时期以来，不仅文学创作发生了一系列的探索和变化，文学研究、文学批评也发生了诸多的转折、转型。一时代有一时代之文学，一时代也有一时代文学研究的风气、轨范、思路、喜好。近数十年来，"二十世纪中国文学"论、"重写文学史"思潮、"再解读"思潮，可以说在相当程度上改变了中国现当代文学研究的格局、导向和趣味。近年来，文献整理与数据库研究、思想史视野的个案研究与整体叙述，也在引领着学术风向变动。尤其是在文献数据化、电子化技术支撑下，本来应该是"过眼云烟"的"断朝烂报"、边缘文献、民间材料等纷纷"满血复活"，在一定意义上反而匹配了"有图有真相"的图像时代的研究风尚。毫无疑问，文献是学术研究、历史叙事和发现的前提。以往人们常说，眼光照亮材料，然海量的材料同样可以幻化出新异的眼光。思想理论、文献材料、研究方法、研究工具，都可能成为引发学术"范式"革命的元素。论及今人学术，论者多概而言之曰"思想淡出，学术凸显"，其实准确地说，应是"思想淡出，文献凸显"。当然，此二者未必就是二元对立，也不应该有这种对立。尽管事实上存在这种人为的粗浅对立。

修海的研究工作，难免受时代影响。历史现场的强调，马克思主义传播的前置视野，都是在在可见的学习痕迹。难能可贵的是，他的学习不是赶潮流、跟风尚，不是矮人观场，不是随风摇摆，不是凑热闹，而是清醒认识到自己的学术禀性和趣味，根据自己的学术积累、学术图景，一步一个脚印地挪动，老老实实地模仿学习，真真切切地努力创新……修海的进步成长，可谓一目了然。一条小河，清而且浅。这样有着自己的学术研究的初心，坚持现代中国学术的基本品格，其实是非常不容易的。

学术研究本是个不断积累的事业。俗话说，铁打的营盘流水的兵。现如今，营盘未必铁打，兵也未必如流水。就现代中国文学研究而言，里面兵多将多营盘（圈子）多——也就是"挤"——已经是新常态。挤进去不容易，挤出来也难乎其难。

回想当年《文学研究会宣言》有言："将文艺当作高兴时的游戏或失意时的消遣的时候，现在已经过去了。我们相信文学是一种工作，而且又是于人生很切要的一种工作；治文学的人也当以这事为他终身的事业，正同劳农一样。"文学是一种工作，文学研究也是一种工作。这种朴素的出发点，这种朴素的文学观、人生观、学术观，我认为，不仅是从事中国现代文学及其研究应该有的现代意识，也是判断现代中国学术的现代性、现代学者的从业初心以及底线意识的标准。在一定程度上，这种朴素的"正同劳农一样"的学术志趣，是中国的，是现代中国的，更是当代中国的。

中国左翼文学研究冷冷热热，毋庸讳言，皆有时势因素的影响。学术与政治兼而有之，中国左翼文学研究就是极为典型的个案。从大前提和大判断来说，短时期内相关研究不可能有大突破，也不敢有大突破，这不仅是学术事实，也是逻辑现实，更是历史真实。左翼文学研究的焦灼心态与胶着生态，不是研究者才性与气量的问题，而是学术与政治的中国现实情状使然。修海对中国左翼文学研究的贡献与突进，主要也不在于学术格局上的宏图大展，而在于他对构成中国左翼文学现场生态的具体文本、作家、议题、症候等的耐心披索、细密研究、精深辩难、离析还原。程光炜教授指出："我注意到作者在有意识地摆脱研究成规，即那种来自研究对象本身的思想成规的限制，努力用自己的思考来重新校正和重建与研究对象之间的历史联系。"①

修海一鸣惊人，当数其专著《时代觅渡的丰富与痛苦——瞿秋白文艺思想研究》②。应该说，我本人正是通过这本论著认识作者的。该著在寻常中见奇崛，平易里觅艰辛，颇得林岗先生的智趣风采，对此瞿研界内外均青眼有加。就其深具反思的前瞻性学术视野来看，该著可以用不可多得来评价。至于《现代左翼抒情传统的当代演绎与变迁》《赵树理的革命叙事与乡土经验》《丘东平战争文学"格调"的歧途》《对影成三人：郭沫若、李白与杜甫的互文写作》这些深得海内外学术好评的鸿文，虽系一砖一瓦、一木一石，亦自有深情所致。我相信，只要细心读过上述著作，就会发现充溢其间的生机勃勃的机趣是为学静思者共通的素心之乐！不仅如此，修海的文笔和才情也是人所知之的。著名诗论家、学者王光明教授对其赞誉有加，认为他对现实问题的评论"体现了作者对当前问题的敏感和迅速归类、命名的能力，行文则锐利而洒脱"。"读傅修海等年轻一代'闽派批评家'充满真知灼见和才华横溢的文章，真的觉得自愧弗如。"③难能可贵的是，这位富有潜力和功底的学者并不因自己学术地位和环境的改变而有任何懈怠，而始终在自我砥砺中孜孜以求、笔耕不辍，一步一个脚印地向着既定的方向前行，俨然一位不倦的拓荒者与耕耘者。这部生气淋漓的新论就是最好的说明。

---

① 程光炜序，载傅修海：《瞿秋白与左翼文学的中国化进程》，人民出版社2015年版。

② 傅修海：《时代觅渡的丰富与痛苦——瞿秋白文艺思想研究》，中国社会科学出版社2011年版。

③ 王光明序，载傅修海：《现代中国文学考察笔记》，海峡文艺出版社2016年版。

我相信，修海还会有更好的选择，也应该有。同时，作为他的同道，我也期待学术界有更多双慧眼。

回首百年现代中国文学思想史，思潮纷扰、主义频仍。然一言以蔽之，学术和政治的密切互动当是其特质。扎根大地也好，仰望星空也罢，我们都无法拔着头发离开大地、白日飞升。尤其是当前，"我们所处的时代、人文学者所面临的挑战已经到了令人窒息的地步。在新技术不断压抑、异化我们的过程中，人文伦理的责任更加艰巨，更为沉重。而这个时候人文学者回到自己的本位，守护着人文研究的固有领域，也显得尤其重要"①。作为生于斯、长于斯、思于斯的现代中国知识者、人文研究者，直面马克思主义传播语境下的现代中国历史现场，考量现代中国学术的这种现实关切、民族探求，回应百年来"不绝如缕"的现代人文追问，不仅是专业，更是责任！

就此，与修海及诸君共勉！

---

① 张宝明：《人文之痛：当担负成为负担》，《书屋》2021年第6期。

序二

林　岗

广东省文艺批评家协会主席

中山大学教授、博士生导师

中国现代文学史走过从"文学革命"到"革命文学"的历程，表征"革命文学"的左翼文学运动当然吸引了研究者的倾力关注，1949以后更是蔚为研究探讨的一大宗。傅修海是以瞿秋白文艺思想研究——《时代觅渡的丰富与痛苦》的博论——初登学坛的。十数年来，他一直致力于左翼文学运动史的研究。虽然间中开辟其他的学问方向，但始终没有放弃自己的专长，始终念兹在兹，故不时有新见的发布。他的左翼研究，成绩斐然。2015年出版了一部《瞿秋白与左翼文学的中国化进程》。今次时隔六年再推出大著《马克思主义传播语境下的中国左翼文学现场研究》。像傅修海这样持之以恒，用力于同一探索方向，我是十分佩服的。

作为学人，我们当然期许自己能有石破天惊的创获，但亦深知此事谈何容易。不仅有关禀赋学养，而且，神秘的因缘时运亦为关键的角色。正如汉高祖既有"大丈夫当如此也"的由衷羡叹，如若不生于秦末群雄并起之时，则必然空有一腔热血。或嫌拟喻不伦，然而王国维意义上的"成大事业、大学问"，必有非人力可致的因素，则古今中外概莫能外。多年前读过库恩《科学革命的结构》，他以为科学发现的逻辑表明，科学发现是以一种模式取代另一种模式的方式前行的。新模式站稳脚跟之后将支配一段长时期，这段时期的科学发现，不表现为建构新模式，而是表现为沿着站稳脚跟的模式做伸延性的探讨，累积小创获小发现。当既有模式不能解释越积越多的小创获小发现，形成越来越多异常现象之际，新模式建构的时机就趋于成熟。这个道理其实同哲学讲事物变迁的量变质变的道理有异曲同工之妙。科学探索虽然不能等同于人文研究，但既然同为对真义的探究和发现，其中必有相似之处。例如生当社会格局和研究模式大定之世，再冥思苦想建立大体系发明大学说，无论你如何"望尽天涯路"，亦必将落入好高骛远的套路，必将劳而无功。反不如脚踏实地，从细处入手，积少成多，真义的发现亦尽在其中。

例如傅修海的这本大作，与既有的左翼文学运动研究的区别不是大框架的不同，而是其在前人未曾注意或关注不够之处的细部发掘。他十分机智地把文章做在"现场"，以左翼文学运动的"现场"研究为自己的特色。以我的浅见，所谓"现场"就是构成文学事件的各种关系和细节。把尘封而混淆的关系梳理清晰，把当年的细节还原出来，事件的性质自然就活泼泼地呈现。"现场"既是傅修海大作观察左翼文学的视点，也是全书通贯性的线索。各章区分为"发生现场""创作现场""批评现场""传播现场"和"活动现场"。这些区分有些是含义相近的，但分别法无非就是方便的法门，故无须深究。令我感兴趣读来有收获的，还是那些通过细部史实的还原和文本细读而做出的发现，如第三章有一节专门讨论《百合花》的意义。茹志鹃的小说当然很难简单地归入左翼了事，但无疑它是现代左翼文学在1949年以后的延伸和发展，因此它的叙事有一个傅修海称之为"当代演绎和变迁"的问题。他从茅盾的议论开始，梳理了六十年来的评论，认为批评依然还没有说清楚它有什么好。这是因为前人未能发现文本的"表面"和"内在"的错位与统一。他的结论我以为是富有启发性的："《百合花》在文本表面上是结构军民关系的故事，内在感情上则在诉说着军民之间朦胧美好的情愫。表里的错位和有机统一，使得《百合花》既可以叙写好政治统战性质的军民关系，又能继续保有左翼小说光荣的抒情传统，所谓合则双美。"傅修海的看法准确判定了这篇影响很大的短篇在当代小说史上的位置。

现代文学史去今不算远，史料辑录相对较为周全，未见史料的发现不容易。但有时候将已见史料从纷繁中突显出来还是很有意义的。第四章讨论"传播现场"，就《海上述林》的出版，关于鲁迅送书到延安一事，傅修海的大作几乎将有关史料全数网罗。一旦如此呈现，它们在现代文艺思想史上的意义就显得不同凡响：一条从《海上述林》到《在延安文艺座谈会上的讲话》的线索就变得很清晰。尽管前者对后者的影响和相关性尚待厘定，但却已经提示了学问探讨更进一步的方向。正如文中所言："从上海到延安，从瞿秋白到毛泽东，历史与传统在这里赓续绵延。作为红色经典和'红色收藏'的经典，《海上述林》俨然成为左翼文艺思想史上的一块界碑。"至于界碑上刻的什么字以及有何含义，我们有理由等待有心人日后的探讨。如傅修海能一力担当，自然更好。

大作告成，傅修海让我作序，推辞不获免。适逢国庆长假，读了两天，颇感欣慰且有收获，匆匆草序如上。

目录

内容提要

　　左翼文学是中国现代文学的重要组成部分，是无数革命先驱在思想文化领域取得的成果，与马克思主义在中国的传播密切相关。中国左翼文学的在场者和实践者，往往也是中国早期马克思主义的接受者和传播者。而所谓文学现场研究，我们的理解是，在借鉴"文学场"（布尔迪厄）、"历史叙事"（海登·怀特）、"总体历史"（福柯）、"活着的过去"（科林伍德）等较成熟的理论的基础上，展开对相关文学活动链、文学事件、文学交往、文学景观、文本关系网络等的还原、体察与研究。因此，本书立足于马克思主义传播语境下的中国左翼文学现场研究，从中国左翼文学的"思潮发生现场""创作现场""批评现场""传播现场""文学活动现场的经典化"五个方面，基于个案和具体现象展开深入探讨，旨在发掘中国马克思主义传播者的文学史贡献与思想史意义。其中，还原马克思主义传播语境、选择中国左翼文学现场的结构元素并加以描述和探讨是重点。

第一章 中国左翼文学的发生现场研究

第一节 瞿秋白：从五四典型到左翼先锋

讨论左翼文艺思想资源的积累以及马克思主义如何成为中国文艺思想的基本资源，无论从革命政治角度还是从文艺思想史角度，瞿秋白都是关键人物。其中，五四西学的接受与瞿秋白的关系是恰切的突破口，值得深入探究。

长期以来，人们对左翼文学的发生研究都不约而同地引用了丁守和先生的看法，认为在1927年大革命失败以前，无产阶级思想与马克思主义在文学领域对中国的影响较小，直接的影响发生于1927年大革命失败以后①，并将此作为一种先定的、革命真理般的事实。于是，大量关于左翼文学的研究或直接切入二十世纪三十年代左联时期，或以鲁迅对左翼文艺思想的接受为发端。②类似的以共产主义革命史的大判断淹没左

---

① 丁守和：《马克思主义在中国的传播及其对文学的影响》，载马良春、张大明、李葆琰编：《中国现代文学思潮流派讨论集》，人民文学出版社1984年版，第175—208页。

② 张大明：《不灭的火种——左翼文学论》，四川文艺出版社1992年版。陈方竞：《中国现代文学批评发展中的左翼文艺理论资源》（全文共10部分，第1—7部分分6次刊于《鲁迅研究月刊》2006年的第3期、第4期、第7期，2007年的第9期，以及2008年的第3期和第6期；第8—10部分刊于汕头大学文学院新国学研究中心主编的《中国左翼文学国际学术研讨会论文集》，汕头大学出版社2006年版）。刘永明：《左翼文艺运动与中国马克思主义文艺理论的早期建设》，中国文联出版社2007年版。

翼文艺思想发生问题的讨论，往往只见革命队伍不见革命心灵、只有革命思想崇拜没有文学趣味选择。这种情形导致诸多现当代文艺思想史的研究最终流于以政治共识取代文艺思潮辨析。尽管在革命年代文艺论争语境里，任何话语和理论争鸣首先是为着现实利益（包括政治利益），学术推进并不是根本旨趣。但以功利目的为一切左翼文学研究的大前提，除了证明研究本身循环论证的逻辑谬误和研究者心态的无可奈何，并不能推进对问题的真正认识。

显然，中国左翼文艺思想的源头，不能仅仅追溯到左翼文艺世界性高涨的二十世纪三十年代。五四文艺与左翼文艺都是五四时期思想资源的一部分，都只是共时性存在的西学接受引发的大潮之一。一定意义上说，左翼文艺思潮只不过是五四新文艺大潮中的一种自由主义形态、一个支流，左翼并非五四先锋大流中的唯一。因此，考察左翼文艺思潮在五四前后的接续变迁，直接切入左翼文学高潮的二十世纪三十年代是相当不可靠的。而讨论左翼文艺思想资源的发展史，讨论马克思主义如何成为中国文艺思想的基本资源，无论从革命政治角度还是从文艺思想史角度，左翼文艺运动的领导者、五四青年的先锋人物瞿秋白都是一个关键性人物。其中，五四西学的接受与瞿秋白的关系无疑也是个恰切的突破口。

一

瞿秋白一度作为中国共产党的核心思想政治权威、中国左翼文艺运动的实质领导者，有着足够的资本和代表性成为延安新文艺传统发展史上的关键。毛泽东在公开发布《在延安文艺座谈会上的讲话》讲稿前，曾潜心研读瞿秋白文艺译著的集大成之作——《海上述林》①，这足以证明瞿秋白文艺思想是中国左翼文艺思想资源的奠基者。自瞿秋白之后，中国文艺才在形形色色的文艺思潮和纷纭复杂的异域现实观念中，最终皈依马列主义的革命现实观，并生成以中国革命语境为依托的现实主义文艺思潮。瞿秋白是由学习外语的古典文人转变而来的现代马列文论家，探究他在五四时期的西学接受，考察他最终选择马克思主义文艺思想的心路历程，对于理解中国文艺如何从古典世界的唯美趣味迈入现代广阔无边的现实主义大潮，有着独特的文艺思想史研究价值。而以五四时期的瞿秋白西学接受与其文艺思想变迁的关系为中心，讨论五四思想文化氛围与左翼文艺思想的发生、新文艺传统的发展之间的互动与关联，则既可追溯五四新文学与左翼文艺的共同历史背景，又可补充对左翼文学发展史萌芽阶段的认识。

瞿秋白终其一生都保有浓厚的古典文艺的唯美趣味。可是，自瞿秋白就读新式小学后，这种古典文艺趣味就不断受到近代以来嚣腾国内的西学大潮冲击。这为瞿秋白后来接受西学并渐而接受现代文艺思想（如文艺现实观）打下了基础。然而与诸多五四知识分子不同，瞿秋白的西学体验却是从受动物解剖课的刺激开始，由外语学习起步的。1905年，瞿秋白到刚建立的冠英小学堂（即从前的冠英义塾）读书，学校聘请日本人教解剖小狗之类的博物课。作为"新学"的动物解剖课程，没有唤起瞿秋白对自然科学的兴趣，反倒迅速激起了他对传统儒家良心世界的沉思——人的良心居于何处。1909年秋，瞿秋白入读常州府中学堂。当时的常州府中学堂盛行民族革命教育，学生也大多思想活跃、倾

---

① 李又然：《毛主席——回忆录之一》，《新文学史料》1982年第2期。

向革命。瞿秋白在这接受了包括英文、军事体操等在内的现代教育。"欧化"的中学教育加上困顿的家庭体验，唤醒了瞿秋白对国家民族独立命运的思考和叛逆情绪。于是，瞿秋白选择以"名士化"逃避现实，研究诗词古文、讨究经籍和诗文唱和①。因此，中学时的瞿秋白尽管接受了较为系统的现代教育，但却"喜欢读课外书籍、报刊，特别爱读哲学、历史、文学一类的书籍"②。瞿秋白说，"中国的旧书，十三经、二十四史、子书、笔记、丛书、诗词曲等，我都看过一些"③，而书中的乱贼、英雄好汉则给瞿秋白留下了"最强烈的印象和记忆"。

动物解剖、英文学习等初步的西学刺激，使瞿秋白逆转到避世的"名士"世界，却没有惊醒他另投实学，和同学张太雷一开始就选择现实的革命斗争反抗道路也有所不同。瞿秋白的独特抉择，既与其家境身世相关，也和他对古典文艺的热爱与浸习之深有密切关联。初步的西学刺激，仅使瞿秋白发现了外语学习的时代趋势和现实性。当时学校开设外语课，无非为引入新学考虑。但对瞿秋白而言，外语除了作为谋生之技外，还是了解外国文学的通道。1916年底，瞿秋白在母亲自杀后投奔堂兄瞿纯白，他先是考取武昌外国语学校学习英语。然而，英语学习并没有引导瞿秋白转向欧美寻求思想资源，反而因该校师资落后、学费昂贵，他于次年再次辍学。瞿秋白在求学期间，曾随表兄周均量一起研习佛学诗词寻求慰藉。最终，北京俄文专修馆稳住了瞿秋白人生与思想的

---

① 瞿秋白：《瞿秋白文集》（文学编）第1卷，人民文学出版社1985年版，第24—27页。

② 周永祥：《瞿秋白年谱新编》，学林出版社1992年版，第17页。

③ 瞿秋白：《瞿秋白文集》（政治理论编）第7卷，人民出版社1991年版，第713页。

漂泊状态，并将其所受到的西学刺激引向深处。这一人生转折，使瞿秋白的古典文艺趣味与现代文艺观念得以进一步碰撞、融合并进而形成现代文艺思想。

和许多热爱文史诗词的年轻人一样，瞿秋白也曾到北大去旁听学习，最初还选择去听中文系陈独秀、胡适等先生的课程[①]，想着"能够考进北大，研究中国文学，将来做个教员度这一世"[②]。参加北京文官考试未果之后，瞿秋白在1917年9月最终还是选择了学习外语来以技谋生。瞿秋白进北洋政府外交部设立的俄文专修馆习俄文，并自修英文、法文。也许是受堂哥启发，以外语谋生始终是瞿秋白的首选。在俄文专修馆瞿秋白习技心切，同时修习三门外语。从中当然可以看出他的语言天分和勤勉，然而俄文专修馆尽管是"一个既不要学费又有'出身'"的学校[③]，可满足瞿秋白求学、生存与发展的多种需要，但毕竟建校目的在于培养对俄外交译员。于是，入读俄文专修馆不经意间改变了瞿秋白的命运，而且成为瞿秋白文艺思想现代转折的开端。因为当时的俄文专修馆，"用的俄文课本就是普希金、托尔斯泰、屠格涅夫、契诃夫等的作品"[④]。瞿秋白在此既得以继续研究文学与哲学，又可以正常地学习外语。在瞿秋白看来，在俄文专修馆学习不仅生计有望，也有灵肉

---

① 孙九录：《瞿秋白在常州府中学堂和北京的一些情况》，载《党史资料丛刊》1980年第3辑，上海人民出版社1980年版，第75页。

② 瞿秋白：《瞿秋白文集》（政治理论编）第7卷，人民出版社1991年版，第695页。

③ 瞿秋白：《瞿秋白文集》（政治理论编）第7卷，人民出版社1991年版，第695页。

④ 郑振铎：《记瞿秋白同志早年的二三事》，载《郑振铎文集》第3卷，人民文学出版社1983年版，第300页。

和谐的勉慰。瞿秋白也说："当时一切社会生活都在我心灵之外。学俄文是为吃饭的，然而当时吃的饭是我堂阿哥的，不是我的。这寄生生涯，已经时时重新触动我社会问题的疑问——'人与人之关系的疑问'。"[①]读书首先是为了吃饭，这个道理很朴实，和科举时代相比没有根本变易。但不同的是，俄文专修馆的学习使瞿秋白体认到"寄生生涯"尴尬，并进而与"社会问题的疑问——'人与人之关系的疑问'"联系起来进行反省，转而鄙弃造成此种尴尬的"社会"，认定"菩萨行的人生观，无常的社会观渐渐指导我一光明的路"[②]。

二

俄文专修馆的学习，潜移默化地从语言到文学，又从文学而思想，一步步地强化着西学对瞿秋白的刺激。但瞿秋白此时更醉心于佛教哲学，西学思想的冲击力远小于佛教哲学。但是，通过对俄国经典文学等教材的修习，瞿秋白开始进入俄国文学的异域体验中。而从外语学习和文学译介得来的西学刺激，也随着瞿秋白大量的翻译实践产生了"随风潜入夜，润物细无声"的影响。这种影响甚至比理性的接受更加深刻。例如托尔斯泰的民粹主义和无政府主义、果戈理的批判现实主义、屠格涅夫的民族情怀等，不仅润泽着瞿秋白固有的古典趣味，而且启发了他对现代文艺思想的认知。当然，现代文艺思想方面的西学接受，一开始并非瞿秋白的着意选择。瞿秋白坦诚地说："这样，我就开始学俄文了（一九一七夏），当时并不知道俄国已经革命，也不知道俄国文学的伟

---

① 瞿秋白：《瞿秋白文集》（文学编）第1卷，人民文学出版社1985年版，第25页。

② 瞿秋白：《瞿秋白文集》（文学编）第1卷，人民文学出版社1985年版，第25页。

大意义，不过当作将来谋一碗饭吃的本事罢了。"① 瞿秋白的回忆颓唐而平实，道明了他当时选择学习俄文的初衷。

尽管早年受到西学体验的刺激，但在五四之前，瞿秋白的现实观尚未产生质变。一直到五四思想狂潮爆发后，瞿秋白才渐渐生成现代的社会现实观。这是瞿秋白从杂志里大量接受西学思潮和在五四社会实践中运用西学的结果。五四前夕的杂志阅读，使瞿秋白的思想起冲天大浪、摇荡不安。西学里多种、大量的主义和思潮，拓宽了瞿秋白对社会人生的理解和体会，使他渐渐将眼光由从个人唯思出发的佛教唯识转向在西学主义潮流中对西学思想进行对比和抉择。然而在大量的西学主义潮流中，十月革命却并非率先触动瞿秋白的俄国经验。1917年11月（俄历十月）俄国十月革命爆发，三天后上海《民国日报》就做了报道。但十月革命的意义并没有立即引起国人强烈关注。直到1918年夏，孙中山先生才致电列宁予以祝贺。1918年7月，李大钊才发表《法俄革命之比较观》并明确指出十月革命"是立于社会主义上之革命"，"非独俄罗斯人心变动之显兆，实二十世纪全世界人类普遍心理变动之显兆"。② 至于陈独秀，他对十月革命意义的认识就更迟了，到1919年4月才写文章表示革命的意义重大。③ 中国共产主义革命的第一批先驱尚且如此，瞿秋白的认识无疑更为滞后。在1917年底（或1918年初）瞿秋白作旧体诗《雪意》，诗意格调看不出在思想上他有何突进，反倒恰切地体现了他

① 瞿秋白：《瞿秋白文集》（政治理论编）第7卷，人民出版社1991年版，第695页。

② 李大钊：《李大钊选集》，人民出版社1959年版，第102、104页。

③ 陈独秀：《二十世纪俄罗斯的革命》，《每周评论》第18期，1919年4月20日。

从"避世"到"厌世"的"颓唐气息"和"'忏悔的贵族'心情"①。可见，与许多五四青年学生一样，瞿秋白集中的西学接受是从对新杂志的大量阅读开始。

事实正是如此。由于1918年"看了许多新杂志，思想上似乎有相当的进展"，瞿秋白"新的人生观正在形成"，但据他所说，"形成的与其说是革命思想，无宁说是厌世主义的理智化"。②1918年是中国历史上的转折年头，更是激变思潮涌动的时刻。周策纵称1918年"为《新青年》的极盛时代，也是知识青年最激动的时期"③。而配合着激变思潮的诞生，一批重要杂志如《新青年》（1915）、《每周评论》（1918）、《新潮》（1919）纷纷创刊。其中，对瞿秋白影响较大的有《新青年》和《新潮》。从瞿秋白对五四前后中国社会思想变动情况的追忆，可证实这一点：

> 五四运动陡然爆发……我们处于社会生活之中，还只知道社会中了无名毒症，不知道怎么样医治，——学生运动的意义是如此，——单由自己的体验，那不安的感觉再也藏不住了。有"变"的要求，就突然爆发，暂且先与社会以一震惊的激刺，——克鲁扑德金说：一次暴动胜于数千百万册书报。同时经八九年中国社会现象的反动，《新青年》《新潮》所表现的思潮变动，趁着学生运动

---

① 瞿秋白：《瞿秋白文集》（文学编）第2卷，人民出版社1986年版，第359页。

② 瞿秋白：《瞿秋白文集》（政治理论编）第7卷，人民文学出版社1991年版，第695页。

③ 《〈新青年〉90周年纪念：一本杂志和一个时代》，《国际先驱导报》2005年9月16日。

中社会心理的倾向，起翻天的巨浪，摇荡全中国。①

　　阅读新杂志，是瞿秋白参与社会问题思考的第一步。在阅读——思考——参与讨论的互动中，瞿秋白接受了克鲁泡特金的无政府主义和马克思的社会主义等各种思潮主义，并储备了大量西学知识。但这些毕竟只是书面知识，庞杂的主义思潮纠缠未能让瞿秋白更加理性、冷静地思考社会问题。瞿秋白对西学接受的辨析与抉择，要等到在学生运动的参与和大量社会问题的讨论中完成。的确，正是在社会运动的实践检验中，瞿秋白才成功地改造了自己唯思、唯识的现实观，走向了以社会改造为核心的文艺现实观。五四运动爆发后，大量青年学生卷入街头政治。于是，五四时期涌入的纷纭复杂的主义思潮和新杂志阅读储备下来的西学知识，开始在一代知识青年中生发了实践效应。同样，因为"五四运动陡然爆发"而被"卷入旋涡"的瞿秋白，"孤寂的生活"被"打破了"。②运动中的瞿秋白，在实践中体验、反思个中种种主义、理论和思潮，从以社会改造为核心的文艺现实观转而渐渐倾向于以改造社会为旨趣的革命功利现实观。

　　五四落潮后，瞿秋白和瞿菊农、郑振铎、耿济之等组织出版《新社会》旬刊。瞿秋白认为，这是他的思想"第一次与社会生活接触"③。从阅读新杂志到亲自参与创办新杂志，瞿秋白的思想在西学新潮冲击下随着五四滔滔激流历史性拐弯：先是觉得"菩萨行的人生观，无常的

————————————

　　① 瞿秋白：《瞿秋白文集》（文学编）第1卷，人民文学出版社1985年版，第25—26页。

　　② 瞿秋白：《瞿秋白文集》（文学编）第1卷，人民文学出版社1985年版，第25页。

　　③ 瞿秋白：《瞿秋白文集》（文学编）第1卷，人民文学出版社1985年版，第26页。

社会观渐渐指导我一光明的路"；继而由于"思想第一次与社会生活接触"和"学生运动中所受的一番社会的教训"，"更明白'社会'的意义"。于是，瞿秋白开始参与常常引起他"无限的兴味"的"社会主义的讨论"。接着，瞿秋白"以研究哲学的积习，根本疑及当时社会思想的'思想方法'"，并在北京社会实进会支持下和朋友合办《新社会》旬刊，开始探讨"新社会"。不幸，刊物又"被警察厅封闭了"，在"也象俄国新思想运动中的烦闷时代似的，'烦闷究竟是什么？不知道'"的思想苦闷中，瞿秋白与原《新社会》同人继而组织《人道》月刊，对社会问题的探讨发展到了"要求社会问题唯心的解决"的程度。①

　　从入北京到五四运动前的三年，是瞿秋白"最枯寂的生涯"②。从"看了许多新杂志""新的人生观形成"③的1918年，到与同人们合办《人道》月刊的1920年，恰好也是三年。前三年与后三年，从原来的与社会隔绝，到后来的实践探索"新社会"，瞿秋白思想可谓今非昔比。由于以社会为思考现实变革的出发点，瞿秋白第一次真正跳出了佛教哲学以人生为出发点的思维定式。这个思维跳板，正是五四前后新杂志里大量的西学思潮和五四社会运动实践的刺激。瞿秋白通外语，按理说他对西学的吸收应该较为深入，但其实不然。瞿秋白回忆说：

---

　　① 瞿秋白：《瞿秋白文集》（文学编）第1卷，人民文学出版社1985年版，第24—27页。

　　② 瞿秋白：《瞿秋白文集》（文学编）第1卷，人民文学出版社1985年版，第24页。

　　③ 瞿秋白：《瞿秋白文集》（政治理论编）第7卷，人民出版社1991年版，第695页。

然而究竟如俄国十九世纪四十年代的青年思想似的，模糊影响，隔着纱窗看晓雾，社会主义流派，社会主义意义都是纷乱，不十分清晰的。正如久壅的水闸，一旦开放，旁流杂出，虽是喷沫鸣溅，究不曾自定出流的方向。其时一般的社会思想大半都是如此。①

可见，西学刺激只是为瞿秋白思想渐变提供了"阿基米德支点"。因此对瞿秋白理解西学的深度应该不能做过高期待，毕竟瞿秋白对西学的认识主要从新杂志期刊文章中获得，并没有系统深入研读，更没有人指导。但是，对西学理解的不彻底和不系统并不影响瞿秋白因西学刺激而激发并转变其思想，也不妨碍他通过参与五四社会实践而获得思想升华。瞿秋白对西学的理解和把握，更多是在社会事件的亲身参与和思想争鸣中得到发展和深入。1919年12月，瞿秋白主动投稿参与关于爱国青年林德扬投水自杀的社会讨论。②

西学刺激与五四运动的社会实践对瞿秋白思想的改造是巨大而深刻的。从此瞿秋白可以郑重其事地向"社会"追问自己命运悲苦的答案了。找到原因，对解决问题来说无疑是突破性的进展。而找到原因之后采取的行动便顺理成章。师出有名，事出有因，个人奋斗和前行也才有动力和目标。对瞿秋白而言，既然原因是"旧宗教，旧制度，旧思想的旧社会"，那么动力和目标就是改造这些"旧"物。1919年12月11日瞿秋白就自杀问题呼吁，"要在旧宗教，旧制度，旧思想的旧社会里杀出

---

① 瞿秋白：《瞿秋白文集》（文学编）第1卷，人民文学出版社1985年版，第26页。

② 瞿秋白：《林德扬君为什么要自杀呢？》，《晨报》1919年12月3日。

一条血路，在这暮气沉沉的旧世界里放出万丈光焰"①。

西学，一方面促使瞿秋白思想跳出大乘佛教哲学主导的思维定式，上升到社会视野的思想高度来探讨问题；另一方面也影响着瞿秋白文艺思想的现实主义走向。在1919—1920年这两年中，瞿秋白翻译了11部（篇）作品②。其中文学类作品5部（篇），含俄国文学作品4部（篇），分别为托尔斯泰作品2部（篇）、果戈理作品2部（篇）。而且，在果戈理的《仆御室》（剧本）译毕时瞿秋白还写了一段"译者志"：

> 现在中国实在很需要这一种文学。不过文学这门学问，有人说还未成一种科学，更因为国界言语的不同，环境的不同，所以翻译外国文实在还不能满足这一种需要。这是我个人的私见，我不是研究文学的，所说或者全是外行话，更希望现在研究文学的诸君注意到这一层。③

瞿秋白在写旧体诗《雪意》时，还大有自我伤怀之感。而瞿秋白五四后翻译的第一篇译作《闲谈》，则借托尔斯泰小说传达对生活和社会改革出路探索的苦闷。到翻译《仆御室》时，瞿秋白已经在呼吁果戈

---

① 瞿秋白：《自杀》，《新社会》总第5期，1919年12月11日。

② 据《瞿秋白著译系年目录》和《瞿秋白政治思想研究》之《附录一：瞿秋白著译作品年表（1919—1934）》统计。丁景唐、文操编：《瞿秋白著译系年目录》，上海人民出版社1959年版；蔡国裕：《瞿秋白政治思想之研究》，台湾政治大学1973年硕士学位论文。

③ 瞿秋白：《仆御室》，原载《曙光》第1卷第4号，1920年2月。引自《瞿秋白文集》（文学编）第4卷，人民文学出版社1986年版，第392—393页。

理式的"文学去改造社会"。从颇为古典唯美的旧体诗，到基本上以白话译成的对话体小说；从自我内心独白，转向外在思想对话；从文艺的自伤自怜，到文艺参与社会改造：瞿秋白的文艺思想发生了巨大变化。

五四前后西学大潮对时人的影响，最重要的一点就是理性启蒙、强调个人觉醒，主张思想的公开对话与论辩。此时，瞿秋白不仅写时论参与社会政治问题的讨论，而且亲自参与五四运动实践。他不仅在思想上，而且在行动上转到以社会层面为出发点的现实观照。1920年，瞿秋白以《心的声音》[①]为总题写了一组系列散文。除了《绪言》有心路历程的意味外，其他5篇都是社会现实的情境化描述和勾勒：从带"？"的小说性质的《劳动？》，到带"！"的诗歌体的《远！》，瞿秋白文艺眼光的焦点从以往的专注于个人悲惨身世，转向了拷问社会现实情境的不公和悲惨。瞿秋白的文艺趣味则从凄凄惶惶的自我哀叹，一变为沉痛庄严的民生呼吁与抗辩。

社会视域和现实民瘼的关怀，使瞿秋白的文艺思想走出逼仄的古典文人的唯美，获得了宽广而深刻的现代美学内涵。在大量西学主义思潮的激荡鼓动下，瞿秋白转向从社会视域生发个人行动和思想。这种转变，改变了瞿秋白的古典文艺趣味，瞿秋白从此转向了以文艺参与社会改造实践的征途。阅读新杂志、参与学生运动和自杀等社会问题讨论，不仅促进了瞿秋白对五四时期西学的接受和吸收扬弃，也促进了他的社会现实观的诞生和文艺观的现代转向——从单纯佛教唯识的唯心现实观，到带有朦胧社会主义色彩的、社会改造的现实观，瞿秋白的文艺思想开始了从古典趣味主义到现代现实主义文艺观的渐变。当然，在文艺

① 瞿秋白：《瞿秋白文集》（文学编）第2卷，人民文学出版社1986年版，第5—19页。

思想渐变过程中，瞿秋白始终存在着对古典趣味的反复。例如，瞿秋白译果戈理的《妇女》，在"译者志"中对果戈理"写实主义"表示不满足，反而觉得"神秘主义派"的《妇女》"很有兴味"，"始终觉着他的意味无穷"。①

三

和许多同时代人不同，瞿秋白从古典文人转向现代知识分子的自我变革，起初并没有采取对古典文学发难的方式，也没介入五四文学发轫期的一系列社会运动。瞿秋白自我变革参与五四文学的方式，就是参与外国文学译介。而正是外国文学译介，为中国文艺思想的现代发生和彻底转型立下汗马功劳。

进一步说，参与外国文学翻译其实并不是瞿秋白在五四文学群体中的特异性。五四时期从翻译有意识走上现代文学道路的作家和理论家很多，但是从学习外语不自觉地由古典文人转变为现代文艺理论家，进而走上现代民族与政治革命道路，又能始终保持自己古典文艺趣味的五四一代人物，却仅有瞿秋白。外语学习，沟通了瞿秋白的儒家经典文艺趣味与对俄国经典文艺的兴趣②；外语学习，使瞿秋白不自觉地接受俄国现代思想中的民粹主义、无政府主义③和批判现实主义；外语学习，使瞿秋白融入五四运动的学生群体和《新社会》《人道》编辑群体

---

① 瞿秋白：《瞿秋白文集》（文学编）第4卷，人民文学出版社1986年版，第399页。

② Merle Goldman, *Modern Chinese Literature in the May Fourth Era*(Cambridge, MA: Harvard University Press, 1977), pp.103–125.

③ 阿里夫·德里克：《中国革命中的无政府主义》，孙宜学译，广西师范大学出版社2006年版，第183页。

中；外语学习，让瞿秋白有机会因俄语语言优势而能前往"饿乡"任驻外记者，并在思想实证的基础上走上革命道路，接受和传播马列主义。可见，学习外语对瞿秋白来说，无疑是改变一生的选择。当初仅把学外语当作谋生手段的瞿秋白，无论如何也想不到，他的谋生之路竟无形中吻合了中国现代的历史进程，吻合了从五四文艺到延安文艺思想转折的内在理路。

瞿秋白的外语学习，尤其是俄语专修，不仅使他获得现实"饭碗"，也为其思想变迁找到跳板。俄国文学经典的翻译、五四新杂志的阅读，为他提供了新的思想资源；五四运动社会政治实践和五四文化活动的参与，为他提供了思想飞跃的动力。从语言到思想，瞿秋白找到了自己的"饿乡"所在。由俄语学习勾连相通的俄国经典文学，也使瞿秋白从中国古典文人唯美的人生境界破关而出，走进了有着俄国宗教思想支撑、带着强烈批判色彩的广阔领域——社会与文学的双重"现实"①。当然，这种"现实"关怀与瞿秋白所了解的大乘佛教里的菩萨行实践也是契合的。②更重要的是，在五四西学滔滔的刺激与启发下，瞿秋白文艺思想从此也开始渐渐走出古典文人狭窄、自伤自悼的自我封闭空间，走向了以社会生活为视野的广阔的现实主义，这意味着瞿秋白文艺思想朝向现代发生重大转折。而且，这种现代转向一旦与苏俄式马列主义改造社会的政治使命相结合，势必生发出更强大的现实功利性和巨大的革命实践能量。因此，日后瞿秋白在诸多文艺判断上的不少过激

① 玛利安·高利克：《中国现代文学批评发生史（1917—1930）》，陈圣生、华利荣、张林杰等译，社会科学文献出版社1997年版，第206—225页。

② 赵颥國："瞿秋白文學思想形成에있어서'菩薩行'의影響"，'中國語文學論集'第23號，중국어문학연구회，2003；哈迎飞：《"五四"作家与佛教文化》，上海三联书店2002年版，第173—177页。

马克思主义传播语境下的
中国左翼文学现场研究

语，并非仅仅是文艺理论家小阁楼上的深思，更多的是政治家文化策略上的运筹帷幄。[1]

瞿秋白只是五四大潮中众多从古典文人转为现代知识分子的普通一分子，是众多从学习外语转为异域文学译介的学者中的平凡一员，也是从作家身份转为共产主义革命者的常见角色。然而，众多的一般却恰恰造就了他成为一个时代的典型——时代觅渡的古典文人现代转折的典型，他贯穿了中国文学从古典形态到现代生态到当代左翼样态的迁流。瞿秋白的五四西学接受也是最独特的，他的西学接受不仅改变了他本人的思想和现实命运，还为日后中国文学和政治革命的俄苏思想导向奠定基础、埋下引信。瞿秋白的思想迁流沟通连接了中国文艺从"西化"到"欧化"到"俄化"到"普罗大众化"的转折。这条线索，既是中国现代文艺近百年来的发展史，也是中国现代文艺思想近一个世纪来的曲折史。因此，在这个层面上说，瞿秋白文艺思想的转折的典型意味，称得上是中国左翼文艺发生期上的"这个"[2]。

第二节　瞿秋白与中国现代文学革命史观的兴起

现代左翼文学史观的兴起是二十世纪中国革命图景的重要元素，其入思路径与生成演化逻辑与瞿秋白密切相关。瞿秋白基于个人历练和时代体验，对中国现代文学发展史进行了精深宏阔的政治化思考，更因革命斗争情势与意识形态蓝图擘画的需要，对其进行系统的革命化演述，

---

[1]　保罗·皮科威兹：《书生政治家——瞿秋白曲折的一生》，谭一青、季国平译，中国卓越出版公司1990年版，第258—274页。

[2]　中共中央马克思恩格斯列宁斯大林著作编译局编译：《马克思恩格斯选集》第4卷，人民出版社2012年版，第578页。

从而促成了中国现代文学史观的革命内爆（implosion）。以瞿秋白为中心的中国现代文学革命史观的兴起，事实上正是二十世纪中国文学入思路径和入世模式的一个常态缩影。

中国左翼文学和左翼文学史观的现代兴起，都是二十世纪中国革命图景的重要元素，不仅与马克思主义在中国的传播与发展密切相关，也是无数革命先驱在思想文化领域取得的战果。而倘若要数两三人代表左翼文学在中国文学思想史、文学理论史和文学批评史上的成就，则必有瞿秋白。瞿秋白不仅是中国早期马克思主义的接受者、传播者，也是中国左翼文学的倡导者、创造者和在场者。尤其在中国现代文学史观的形塑进程中，他更是促成其左翼转折的关键人物。钱杏邨1939年拟为其编十卷本全集，发刊预告中称之为“中国新文化的海燕”（图1）①；李何林1939年编著的《近二十年中国文艺思潮论》，将瞿秋白与鲁迅标举为“现代中国两大文艺思想家”②，书前分别附有鲁迅肖像速写一幅、瞿秋白（宋阳）青年时代相片一帧，可谓“文”与“貌”俱在。

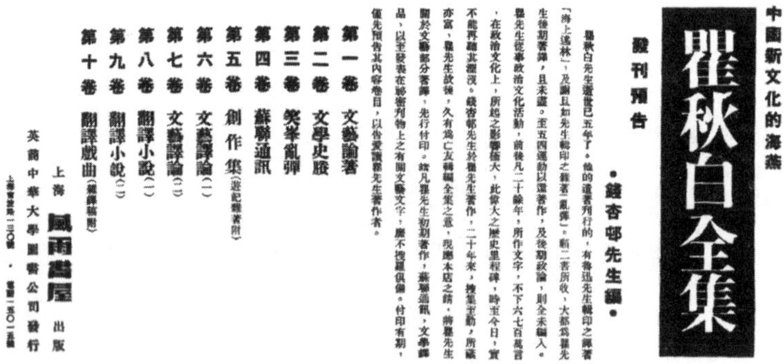
中國新文化的海燕

瞿秋白全集

發刊預告

·錢杏邨先生編·

瞿秋白先生逝世已五年了。他的遺著刊行的，有魯迅先生輯印之譯著「海上述林」，及謝旦如先生輯印之雜著「亂彈」。顧二書所收，大都爲瞿先生後期著譯，且未盡。至五四運動以還著作，及後期政論，則全未編入。瞿先生從事政治文化活動，前後凡二十餘年，所作文字，不下六七百萬言，在政治文化上，所起之影響極大，此偉大之歷史里程碑，時至今日，實不能再聽其湮沒。錢杏邨先生於瞿先生著作，二十年來，搜集至勤，所藏亦富，瞿先生故後，久有爲亡友輯編全集之意，現應本店之請，將瞿先生關於文藝部分著譯，先行付印。舉凡瞿先生初期著作，蘇聯通訊，文學譯品，以至發表在報衛刊物上之有關文藝文字，靡不搜羅俱備。付印有期，僅先預告其內容卷目，以告愛讀瞿先生著作者。

第一卷　文藝論著
第二卷　文學史稿
第三卷　笑峯亂彈
第四卷　蘇聯通訊
第五卷　創作集（遊記雜著附）
第六卷　文藝評論（一）
第七卷　文藝評論（二）
第八卷　翻譯小說（一）
第九卷　翻譯小說（二）
第十卷　翻譯戲曲（雜譯稿附）

上海　風雨書屋　出版
英商中華大學圖書公司發行
上海賓波路一三〇號　·　電話一五〇一五號

图1 《〈瞿秋白全集〉发刊预告》

---

① 钱杏邨：《〈瞿秋白全集〉发刊预告》，《文献》第4卷，1939年1月。

② 李何林编著：《近二十年中国文艺思潮论》，生活书店1948年版。

一

从文学革命到革命文学，几乎已经是所有现代文学史著述的通识。但事实上两个"革命"不但文武有别，而且在入思理路和论述逻辑、理论旨趣上都有着千差万别。尽管基于现代性的多面相，革命也被视为一种现代性——"反现代性的现代性"①，然而注意到现代文学的革命一贯性，又提出过三次文学革命论并系统论述过三次文学革命论之间的因由曲折的，却只有瞿秋白。可以说，瞿秋白是从事现代文学史革命演义的第一人，代表作之一就是他的《鬼门关以外的战争》②。

其实，《鬼门关以外的战争》并不是瞿秋白最早以"革命"论现代文学成败的论文。早在1923年10月，瞿秋白就已经带着俄国考察期间习得的革命思维，尝试运用现代革命的文学史观写下《荒漠里——一九二三年之中国文学》。文章劈头就说"文学革命的胜利，好一似武昌的革命军旗；革命胜利了，军旗便隐藏在军营里去了"，相信"东方的日始终是要出的"，到时候就"大家走向普遍的光明"，文学世界要有"劳作之声"。③《荒漠里——一九二三年之中国文学》是瞿秋白运用现代革命文学史观的尝试之作，思维逻辑之简单也显而易见，主义"帽子"满篇飞。但这种以革命起点切割文学史的思路却从此兴起，不仅越来越成为瞿秋白现代文学史论的基本招式，而且成为日后中国现代文学史写作的思路模式，甚至是唯一模式。

① 汪晖：《当代中国的思想状况与现代性问题》，《天涯》1997年第5期。

② 瞿秋白：《鬼门关以外的战争》，载《瞿秋白文集》（文学编）第3卷，人民文学出版社1989年版，第137—173页。

③ 瞿秋白：《荒漠里——一九二三年之中国文学》，载《瞿秋白文集》（文学编）第1卷，人民文学出版社1985年版，第311—317页。

任何模式的生成都离不开系统化的理论阐述工作。1927年1月，瞿秋白翻译了《无产阶级之哲学——唯物论》，为中国无产阶级革命事业发展确立两大理论武器：唯物世界观和方法论。1927年2月17日，瞿秋白在其论文集自序里强调"革命的理论永不能和革命的实践相离"①。因此，如果说此前瞿秋白专注于"革命实际工作"②的理论，那么1931年后的瞿秋白，他能且只能关注文艺战线理论，其中就包括文学革命史的演义工作。

1931年5月30日，瞿秋白刚从革命实际工作转到左翼文学战线。结合长期对汉字拉丁化工作的思考和当时文坛现状的观察，为发动被瞿秋白自己称作"第三次的文学革命"一部分的"文腔革命"③，瞿秋白写了《鬼门关以外的战争》，首次以革命化的思路系统演述了彼时近三十年的中国近现代文学发展，其入思理论和论述逻辑极为典型，影响深远。

从论述前提、论述进程、论述结论和论述旨趣来看，瞿秋白写《鬼门关以外的战争》始终是在宣写一篇檄文，目的是论战，而并非仅仅写学术论文。事实上，瞿秋白在那个时代语境和情势下写的文字，几乎也不可能有过多的学术考虑，他最初和最后之目的都是政治斗争。《鬼门关以外的战争》可谓是二十世纪中国文艺思想史上极具典范性的文字。解析其通篇文字入思的轨迹，当可发现其在后世"振臂一呼应者云

---

① 瞿勃、杜魏华整理：《瞿秋白论文集》，重庆出版社1995年版，第1页。

② "革命实际工作"一词是革命阵营内部的常见说法，相当于区别文武分工，但多指涉文艺战线和军事政治战线的分野（军事政治战线是"革命实际工作"），而且往往有高下立判的意思。

③ 瞿秋白：《鬼门关以外的战争》，载《瞿秋白文集》（文学编）第3卷，人民文学出版社1989年版，第147、137页。

集"①般的巨大回响。瞿秋白写《鬼门关以外的战争》，目的就是发动"第三次的文学革命"。

瞿秋白认为，"新文学"的一个重要方面是"新言语"，所以要用胡适提出的"文学的国语"和"国语的文学"的观点来考察近现代文学三十年发展史中的"三次文学革命"：第一次是梁启超等人在小说界、诗界、文界的"三界革命"，第二次是辛亥革命后的五四新文化运动，第三次是瞿秋白倡导的"文腔革命"。

从"新言语"（"国语""现代的普通话"）的角度看，"第一次的文学革命，始终只能算是流产了"，"根本算不得革命"，只形成了"旧式白话小说"，因此"建立了相当意义之中的'新的文学'，但是并非国语的文学"。"第二次文学革命才是真正的文学革命"，但"只建立新式白话的'新的文学'，而还不是国语的文学。文学革命的任务，显然是没有执行到底"。

于是，结论就自然得出了，"国语的文学至今还没有建立"，必须展开"第三次的文学革命"，展开"文腔革命"。第三次文学革命是文学革命的新阶段，目标是"新的文学"的产生、"新的言语"的产生、"现代普通话"的建设三合一。

具体而言，瞿秋白的第三次文学革命，其要素有四个方面：

文艺内容上"不但要反对个人主义，不但要反对新文学内部的种种倾向，而且要认清现在总的责任还有推翻已经取得三四十年前《史记》《汉书》等等地位的旧式白话的文学"。

文腔改革上"不但要更彻底的反对古文和文言，而且要反对旧式白

---

① 鲁迅：《呐喊》自序，载《鲁迅全集》第1卷，人民文学出版社2005年版，第439页。

话的威权，而建立真正白话的现代中国文"。

革命的对象是"现在的旧文学——旧式白话的文艺，以及高级的和低级的新式礼拜六派，当然，这个革命运动同时能够开展'新文学界'内部的一种极重要的斗争"。

革命的目的是"必须包含继续第二次文学革命的任务——建立真正现代普通话的新中国文（所谓'文学的国语'）"，"必须要有他自己的'新的言语'——真正现代普通话的新中国文"，"现代普通话的新中国文是必须建立的，这是文学革命运动继续发展的先决条件"。①

纵观《鬼门关以外的战争》的行文思路和论争逻辑，一切皆围绕革命需要而动，主旨就是要发动一场从语言到文学乃至文化的革命。当然，这不只是一场文史知识分子精神世界里的革命，也是一场共产国际主义视域下民族文化的内爆式革命。

显而易见，瞿秋白梳理近三十年来的文学史，真正目的并不在于文学史本身，而在于通过对文学史在革命思路下的重新叙述，获得文腔革命和建立现代普通话的历史合理性。所谓"旧的不去，新的不来"，瞿秋白叙述近三十年的文学革命史，不过是服务于他在文学战线上新政治任务的提出与推演，给自己也给处于低潮的左翼革命事业寻找一个继续革命、继续高潮的领域和理由。倘若结合"盲动主义"的相关历史背景和瞿秋白的个人遭际，这场革命的发动就变得意味深长。然而，就瞿秋白本人而言，它既是瞿秋白刚刚从政治斗争回返的现实需要，也是共产国际强势语境下的中国无产阶级革命事业全面发展的需要。

根据革命需要而重构历史，一直是瞿秋白非常关注和热心的事情。

---

① 瞿秋白：《鬼门关以外的战争》，载《瞿秋白文集》（文学编）第3卷，人民文学出版社1989年版，第137—173页。

瞿秋白以文学史为中心的中国社会史思考其实也早已展开。早在1923年，瞿秋白就认为"俄国文学史向来不能与革命思想史分开，正因为他不论是颓废是进取，无不与实际社会生活相的某部分相响应。俄国文学的伟大，俄国文学的'艺术的真实'，亦正在此"[①]。

除了试图在文学史到思想史领域夺得革命话语权之外，巧合的是，瞿秋白还对自己领导中国共产主义革命时期的其他范畴的历史写作也极为关切，甚至每每情绪激动。1931年，《布尔塞维克》[②]的第4卷第3期发表了华岗写的《一九二五—二七年中国大革命史》第六章。此时的瞿秋白已经离开政治旋涡的中心了。当瞿秋白看到这篇大革命史论后，激愤之余，他在1932年5月8日写下了长文《中国大革命史应当这样写的么？——对于华岗的〈中国大革命史〉的批评》。[③]从旁观者的角度看，此时此刻的瞿秋白，以其身份和地位都没有必要去关心此事了。但瞿秋白之所以对1925—1927年的大革命史异常关注，与他那时的思想倾向有关。当然，从另一个侧面，这也体现了瞿秋白对革命历史叙述本身的高度重视。

有鉴于此，回首瞿秋白基于三次文学革命论而写的《鬼门关以外的战争》，其文字情怀和革命热情无疑就更为可亲可解。虽然瞿秋白已经从政治斗争的中心转移到文学战线上，但出于个人革命活动的历史延续

---

① 瞿秋白：《郑译〈灰色马〉序》，载《瞿秋白文集》（文学编）第1卷，人民文学出版社1985年版，第256页。

② 《布尔塞维克》是中国共产党中央委员会的机关刊物，瞿秋白主编。1927年10月24日在上海创刊，1932年7月出版最后一期后停刊，前后出版5卷，共52期。

③ 瞿秋白：《中国大革命史应当这样写的么？——对于华岗的〈中国大革命史〉的批评》，原载《布尔塞维克》第5卷第1期（1932年7月1日），后收入《瞿秋白文集》（政治理论编）第7卷，人民出版社1991年版，第444—471页。

要求，从革命任务的口号提出的合理性论证出发，瞿秋白仍然以强烈的使命感，结合个人体验，投入了对三十年近现代文学史的革命"演义"事业，于是才有了这篇堪称促成二十世纪中国现代文学史观革命兴起的檄文——《鬼门关以外的战争》。

有意思的是，在《鬼门关以外的战争》中，瞿秋白将文艺和革命政治两条战线并驾齐驱的论列模式，以及对二者进行相互呼应的意识形态建构的做法、动机和实践逻辑，尽管对于其本人而言是情之所至理之必然，但无形之中却为此后的文学史叙述开了革命演义路数的先河。可是，放观后世诸多红色文学史写作，因为大多属于抽离了具体当事人的历史体验而将论述普遍化，此一"反现代"[①]的现代文学史论述模式便很容易由洞见变成偏见与盲视。而把文学与政治实践相提并论、互相映射，甚至以文学发展史类比社会革命史、军事斗争发展史，这种做法也轻易地把艺术史堕落为社会革命的譬喻史。

问题显然还不只如此。瞿秋白在《鬼门关以外的战争》中所呈现的论述模式，那种基于政治需要而采取先破后立的斗争史观，那种长江后浪拍前浪的革命进化史观，其影响所及，并非仅仅波及红色文学史，它甚至影响着一个乃至几个时代中国人的衡文、入世与行事。

二

如果说写《鬼门关以外的战争》的时候，瞿秋白的旨趣仅仅是检讨近三十年的文学史，并不专于文学史写作本身，而是为了寻找新文学的革命任务和开辟战线；那么，瞿秋白给鲁迅写信讨论关于整理中国文学

---

① 汪晖：《当代中国的思想状况与现代性问题》，《天涯》1997年第5期。

史的问题①，无论就行为发生而言，还是信件内容本身的讨论，都堪称瞿秋白建构革命文学史观的典型事件。

姑且不论鲁迅收到这封信后的回应。在瞿秋白看来，他写信给鲁迅去讨论文学史的整理问题，其实也就是申述文学史观的"政治正确与否"的问题。瞿秋白主要目的之一，无疑是以此呈现自己对文学史体系建构的看法。瞿秋白的文学史观意图，在给鲁迅的这封信中，虽说是因一本书的读后感而起，但表达的目的却很明确，抱负也很阔大，因为事关意识形态建构。

《关于整理中国文学史的问题》，是一封瞿秋白1932年10月6日写给鲁迅的信②。"一九五〇年上海鲁迅纪念馆于整理鲁迅藏书时发现此手稿。一九五三年辑入八卷本《瞿秋白文集》第三卷，题目系该《文集》编者所加。"③鲁迅收藏却没有发表瞿秋白这封信，也许是因为这是一封私信，未征得来信者的同意不便发表。但事实上，这封信的内容属于私人的成分并不多，甚至可以说没有；而且此前瞿秋白与鲁迅关于翻译问题讨论的信，当时是公开发表的，所以鲁迅发表此类信件也并非没有先例。还有另一种解释，也许是鲁迅未必完全同意瞿秋白的意见，但因两人歧见并不属于学术讨论范畴，或者说并不属于鲁迅所认为的文学问题，所以鲁迅并没有选择公开回应。

---

① 瞿秋白：《关于整理中国文学史的问题》，载《瞿秋白文集》（文学编）第3卷，人民文学出版社1989年版，第75—86页。

② 瞿秋白在该文末写的是"CTP. 六，一〇，一九三二"。很多人以为是写于1932年6月10日。此书是鲁迅送给他的，查鲁迅日记可知，鲁迅1932年9月24日购入此书，那么瞿秋白读完此书并写出文章，应该在此之后。所以应该是1932年10月6日。

③ 参见瞿秋白：《瞿秋白文集》（文学编）第3卷，人民文学出版社1989年版，第75页，编委为《关于整理中国文学史的问题》一文的文题所作的题注。

瞿秋白写信给鲁迅谈文学史写作的起因，是鲁迅送给了瞿秋白一本杨筠如的《九品中正与六朝门阀》[①]。查鲁迅当天的日记及当年的书帐[②]，可知鲁迅于1932年9月24日购入此书一本，同日还购进马叙伦的《六书解例》、石一参（广权）的《说文匡鄦》、金受申的《稷下派之研究》各一本。1932年10月6日，瞿秋白读完此书并写了读后感——《关于整理中国文学史的问题》这封信。

那么，鲁迅为什么要送《九品中正与六朝门阀》这本书？鲁迅深谙中国社会历史，且对此往往颇有洞幽烛微的自得。送这样的一本书给瞿秋白，鲁迅当然不是没有选择和鉴别。

众所周知，创设于曹魏而贯穿整个魏晋南北朝时期的九品中正制度，历来为历代史学家所重视。杨筠如的《九品中正与六朝门阀》，1930年12月由上海商务印书馆初版，是研究这一制度的第一本专著，当时对这本书的评价甚高。因此，实事求是地说，关于门阀制度方面的学问，鲁迅和瞿秋白应该都不会在杨筠如之上。

杨筠如是谁？1925年7月，清华研究院录取了首届新生（正取30名，备取2名），杨筠如名列第11位，后师从王国维。1926年，杨筠如完成《尚书核诂》初稿并得到导师王国维的高度赞赏，修改后王国维还给他写了序，谓"博采诸家，文约义尽，亦时出己见，不愧作者。其于近三百年之说，亦如汉魏诸家之有《孔传》，宋人之有《蔡传》，其优

---

① 杨筠如：《九品中正与六朝门阀》，商务印书馆1930年版。

② 查鲁迅的日记可知，鲁迅曾于1932年9月24日记："夜蕴如及三弟来，并为从商务印书馆代买书四种四本。"参见《鲁迅全集》第16卷，人民文学出版社2005年版，第327页。又查鲁迅1932年的书帐，杨筠如的《九品中正与六朝门阀》是上述四本书中的第三本（同上书，第349页）。

于《蔡传》，亦犹《蔡传》之优于《孔传》，皆时为之也"。①无疑，王国维对弟子的评价和期许是相当高的。作序的时间为丁卯年的农历四月，离王国维去世没几天。杨筠如后来以甲等第一名最优成绩从清华国学研究院毕业。作为荀子研究和魏晋南北朝史专家，杨筠如著述不少，曾留学日本，又在中山大学、厦门大学、湖南大学、暨南大学、青岛大学、四川大学等高校担任教职。②

由此可见，基于对作者的学养和专业地位的了解，鲁迅购入此书，当是出于对此书在专业知识和学问探究上的认可，买来此书纯粹是为了送给瞿秋白阅读。一般说来，买别人著述的书来送人，其目的无非有几点：或是求其友声，进而引发与对方在这个问题上的对话；或是公诸同好，表明自己对此书的激赏；或许也为了补对方在这方面的知识或思考之不足。鲁迅送《九品中正与六朝门阀》给信仰共产主义的瞿秋白阅读，一望即知，无疑是希望瞿秋白可以进一步了解或者区分门阀制度和阶级。鲁迅这种与友人问学间的相互砥砺及其风度，足以让后世的读书人振衣长叹，难怪二人会有"人生得一知己足矣，斯世当以同怀视

---

① 王国维序，载杨筠如：《尚书核诂》，陕西人民出版社2005年版。《观堂别集》也收入该书序文，参见王国维：《观堂集林（外二种）》，河北教育出版社2001年版，第868—869页。李学勤认为后者是王国维的自留底稿，而原书序文为王国维"推敲修改"后的稿子，"绝非草率应酬之作"。参见李学勤：《〈尚书核诂〉新版序》，载杨筠如：《尚书核诂》，陕西人民出版社2005年版。

② 杨筠如的相关资料，可参阅何广棪：《经史学家杨筠如事迹系年》，《古籍整理研究学刊》2010年第1期、第3期；《上升与陨落：国立青岛大学讲师杨筠如》，http://www.douban.com/group/topic/9996581/；李学勤：《王国维的"阙疑"精神》，《中华读书报》2005年4月2日；李学勤：《关于杨筠如先生晚年事迹的补正》，载《三代文明研究》，商务印书馆2011年版，第225—226页；夏晓虹、吴令华编：《清华同学与学术薪传》，生活·读书·新知三联书店2009年版；夏晓虹：《温厚情谊 薪火相传——〈清华同学与学术薪传〉缘起》，《东方早报》2009年3月29日。

之"①的感慨。

聪慧过人的瞿秋白不会洞察不到鲁迅的良苦用心，包括鲁迅的一腔赤诚。不过，瞿秋白毕竟曾经是中国共产主义革命的领导者，是从俄苏接受过共产国际精神洗礼的革命者，鲁迅的纯问学入思取径，显然不能与其革命化的中国社会历史思考无缝对接。因此，毫无疑问，鲁迅这次是小叩而大鸣，引发了瞿秋白以文学史问题为出口的井喷式革命反思。

瞿秋白看完《九品中正与六朝门阀》后，从书中对政治制度的历史分析发现作者历史写作方法本身存在问题，从而借题发挥，进而重点讨论历史写作的方法问题，实质上就是历史叙述的指导思想问题。由于鲁迅是文学家，而且也是文学界有相当代表性的文学史家，瞿秋白便以中国文学的历史叙述为例，有感而发地写信给鲁迅，信中当然有和鲁迅商榷乃至说服的意味。显然，鲁迅会特意选择这本专门的学术书送给瞿秋白，或是觉得这本书写得好，或是觉得这本书论得坏。然而无论好或者坏，鲁迅都认为其观点有相当的代表性。而这本书之所以能激起瞿秋白写信申述文学史问题的欲望，无非因为两点：一是这本书的观点的代表性，二是鲁迅对此书认同本身这一问题的代表性和严重性。再者，写这封信给鲁迅，这也算是瞿秋白与赠书人交流读书心得，以表谢忱或惺惺相惜之意。总而言之，这封信的写作，既有以他人酒杯浇自己块垒的痛快，又含有友朋问答交流的情谊。

诚如所述，《关于整理中国文学史的问题》所论的，显然不仅仅是中国文学史问题，而是事关"中国的'社会的历史'"该如何写的问题。用瞿秋白自己最喜欢的词语来说，就是要如何"整理"的问题。

---

① 这是鲁迅书赠瞿秋白的条幅，现藏北京鲁迅博物馆。

"整理"一词，可谓精当的革命者词语，甚至可以说就是革命的代名词。瞿秋白看完《九品中正与六朝门阀》后，觉得该书"只不过汇集一些材料，不但没有经济的分析，并且没有一点儿最低限度的社会的政治的情形底描写"。但该书引起瞿秋白的深思，却还在于"单是看看这书上引证的一些古书的名称"就使得瞿秋白"想起十五六岁时候的景象"。此书触发了他青少年时代的记忆，瞿秋白于是有感而发地说："什么《廿二史札记》等等的书，我还是在那时候翻过的——十几年来简直忘掉了它们的存在。整理这'乙部'的国故，其实是很重要的工作。中国的历史还只是一大堆'档案'，其中关于经济条件的材料又是非常之少。中国的'社会的历史'，真不容易写。因此文学史的根据也就难于把握。这是一个巨大的工程。"①

瞿秋白从该书对政治制度的历史分析中，发现作者在历史写作方法上存在问题，也就是指导思想出了问题，因而才会借题发挥，并给鲁迅写了这封信。由于鲁迅首先是文学家，于是转而重点讨论文学史写作的方法。关键问题是，正是鲁迅而不是别人送给瞿秋白这本书。想必瞿秋白因此认为，和杨筠如一样，鲁迅在中国的"历史"该怎么写的问题上，也属于需要被"整理"的范畴。因此，和鲁迅讨论文学史的整理，不仅意义重大，而且抓住了典型，实质还是在探讨关于历史叙述的指导思想问题。事实上，讨论文学和文学史，实在是聊胜于无的事情。此后因现实政治曲折，瞿秋白只能在思想政治和文艺战线上发挥作用了，这与葛兰西有点类似。因此，真正让瞿秋白振奋的，并非这本书及其作者如何重要，也并非文学史写作本身有多重要，而是因为文学史写作是一

---

① 瞿秋白：《关于整理中国文学史的问题》，载《瞿秋白文集》（文学编）第3卷，人民文学出版社1989年版，第75页。

个巨大的工程，它关系着对中国社会的历史的解释权。五四是什么？文学是什么？鲁迅是谁？这些无疑都是革命者（尤其是从五四走过来的革命者）书写文学史和中国社会发展史时必须面对的重要问题。对于身为革命筹划者和领导者的瞿秋白来说，个中重要性更是不言而喻，酒杯和块垒的所指亦一目了然。这不仅事关瞿秋白本人革命事业的突围，也是革命事业发展在意识形态建设上的首要问题。

有鉴于此，瞿秋白采用了列宁把等级问题转化为阶级斗争问题的论述思路，把中国封建社会制度里的门阀制度一概抽象为"中国的等级制度"进行讨论，实质上就是将其转化为中国社会历史中的阶级斗争问题。尽管瞿秋白明明知道并指出，"'门阀'——我们现在翻译外国文的时候，通常总译做等级，这是和阶级不同的"，但为了论述需要，为了让材料服从观点，瞿秋白在论证思路上还是将二者混用了。要之，这毕竟不是在写论文，而是在写政论文。不仅如此，为了寻找中国封建制度的思想主线，瞿秋白把中国贵族的"文士道"对应为欧洲贵族的"武士道"。瞿秋白根据马克思列宁主义的社会学思想，相信上层建筑与经济基础的能动关系，想当然地认为"中国的等级制度既然有这样长期的历史和转变，有这样复杂的变动的过程，它在文学上是不会没有反映的"。既然"文士道"是中国封建制度的贵族思想，那么"文士道"的变迁便是中国文学史的发展线索。瞿秋白于是自然而然地得出自己论述文学史和论述门阀史的逻辑关系所在："封建制度的崩坏和复活，复活和崩坏的'循环'的过程"往往造成社会阶层的流动，"文学上的贵族和市侩的'矛盾'或者冲突，混合或者搀杂各种各式的'风雅'，'俗物'的概念，以及你（指鲁迅——引者注）说过的'帮忙'和'帮闲'

的问题，都和这门阀史有密切的关系"。①

　　瞿秋白同样以阶级斗争思想来看待文学思想的发展，进而来理解文学史并提出整理中国文学史的五条原则。五原则的核心，就是首先把五四之前的文学史定性为"贵族文学史"，认定它是属于"封建时代"的"古代文化"。因此，整理这段文学史必须有四大注意："注意等级制度在文学内容上的反映"；"注意它受着平民生活和口头文学的影响"；"注意它企图影响平民，客观上的宣传作用，安慰，欺骗，挑拨，离间的手段"；"注意它每一时期的衰落，堕落，甚至于几乎根本消灭的过程……以及它跟新贵族的形成而又复活起来，适应着当时许多特殊条件而发生'形态上的变化'"。乃至于在选取文学史整理的重点上，瞿秋白也尤为看重"从元曲时代到'五四'以前"这一段，因为它反映了阶级差异、阶级矛盾和阶级斗争方面的内容。②瞿秋白对民间文学和白话文学的理解也是如此。瞿秋白把阶级分化与文类变迁结合起来论述，把文学史理解为社会历史发展的反映，把古代社会发展史置于世界视野并用阶级分析的观点演述了一遍，形成了自己颇有特色的关注阶级斗争、强调社会历史和时代的决定性作用的文学史叙述。此后，瞿秋白对《子夜》和创造社的论述中，也都一再强调"文学是时代的反

---

　　①　瞿秋白：《关于整理中国文学史的问题》，载《瞿秋白文集》（文学编）第3卷，人民文学出版社1989年版，第76—78页。

　　②　瞿秋白：《关于整理中国文学史的问题》，载《瞿秋白文集》（文学编）第3卷，人民文学出版社1989年版，第81—84页。

映"①，以及"时代的电流是最强烈的力量"②。

在这封所谓谈文学史的信里，瞿秋白简直把文学史的整理当作一次严阵以待的敌我双方的政治斗争，警惕性之高溢于言表，其背后的阶级斗争思维相当明显。一言以蔽之，对瞿秋白而言，文学史和社会史是相辅相成的，二者的内爆动力都源于革命。因此，他认为整理文学史的目的，其实是整理社会斗争史。瞿秋白尤为强调地指出："我们的文学史必须注重在内容方面：每一个时代的阶级斗争的反映，各种等级，各种阶层，各种'职业'或者'集团'的人生观的变更，冲突。"③一方面，瞿秋白整理文学史只是他整理社会阶级斗争史时借重的外壳；另一方面，瞿秋白注重的只是文学史"在内容方面"的整理，认为"贵族文学之中的纯粹文学部分"，"并没有多少足以做我们的研究对象"，不属于应当注重的文学史"内容方面"。④

如此说来，瞿秋白给鲁迅写《关于整理中国文学史的问题》的信，是意料之中的事，不过迟早而已。特殊之处就在于，他给鲁迅而不是别人写这封信。从时间跨度说，瞿秋白这一次是基于《鬼门关以外的战争》的时间线往上说，时间下限是五四时期，重点是从元曲到五四前，着眼整个中国文学史，更明确地以阶级斗争的社会历史观笼罩全盘，是

---

① 瞿秋白：《读〈子夜〉》，载《瞿秋白文集》（文学编）第2卷，人民文学出版社1986年版，第88页。

② 瞿秋白：《致郭沫若》，载《瞿秋白文集》（文学编）第2卷，人民文学出版社1986年版，第418页。

③ 瞿秋白：《关于整理中国文学史的问题》，载《瞿秋白文集》（文学编）第3卷，人民文学出版社1989年版，第82页。

④ 瞿秋白：《关于整理中国文学史的问题》，载《瞿秋白文集》（文学编）第3卷，人民文学出版社1989年版，第82页。

革命者对意识形态的历史重构的尝试。瞿秋白写《关于整理中国文学史的问题》这封信，目的是建构心中的文学史体系，也是对中国社会历史革命叙述进行初步演练。选择鲁迅来谈实践这个思想演练，当然也充分说明了鲁迅在中国现代文艺思想史上的代表地位，也表明了鲁迅在瞿秋白心目中的分量。然而随着时势变化，瞿秋白此后没有机缘再对此进行深化和细化。对此，瞿秋白不无遗憾：这只是"最初的工程，恐怕也只能限于一个大体的轮廓"[①]。在瞿秋白看来，文学史不过是中国社会历史的一部分而已，写信无非以文学史为例，告知鲁迅必须在革命思想指导下进行文学史观的"整理"。当然需要整理的，事实上并非仅仅是"文学史"，也不仅仅是"整理"鲁迅一个人的文学史观，瞿秋白要重新叙述的，是鲁迅送的《九品中正与六朝门阀》这本书所指涉的"中国的'社会的历史'"。[②]

也许鲁迅收到这封以读后感为名的信会颇感意外。然而，送一本《九品中正与六朝门阀》给正在从事社会改造和现实政治的革命者，饱经世事磨炼的鲁迅不会没有自己的考量。鲁迅不会随便拿一本书就一送了之，他想必也期待着瞿秋白做出某种具有当时内涵的回应。当然，政治敏锐的瞿秋白也不会不知道这里隐含着某种意味，但瞿秋白似乎更多地想到了某种事关革命历史叙述权威的挑战，用瞿秋白的话说就是"中国大革命史应当这样写的么？"[③]。通过写这封《关于整理中国文学史

[①] 瞿秋白：《关于整理中国文学史的问题》，载《瞿秋白文集》（文学编）第3卷，人民文学出版社1989年版，第84页。

[②] 瞿秋白：《关于整理中国文学史的问题》，载《瞿秋白文集》（文学编）第3卷，人民文学出版社1989年版，第75页。

[③] 瞿秋白：《中国大革命史应当这样写的么？——对于华岗的〈中国大革命史〉的批评》，载《瞿秋白文集》（政治理论编）第7卷，人民出版社1991年版，第444页。

的问题》，毫无疑问，瞿秋白不仅回答了自己，也回答了鲁迅的探问，更回答了关于中国大革命史应当怎么写的问题。文学史整理的讨论和申述，显然不过是一种转喻。

瞿秋白这次整理文学史的举例和试演，以阶级斗争为关注点重写了现代乃至古代的中国文学史，对中国文学史进行了全面的革命内爆。瞿秋白对中国文学史进行的整理尝试和相关意见，也在无形中完成了一次革命意识形态下的中国文学史重构工程的粗放勾勒。无论是对于瞿秋白还是对于中国革命事业而言，这尽管都只是"最初的工程"①，却成为日后人们评述作家作品和文学史现象的根本思想，并在相当长一段时间内影响着新文学史的写作模式和叙述思路。草蛇灰线，伏脉千里。此文的重要之处，诚然也并非仅仅是瞿秋白的思考方式、论述策略的超前性和时代的局限性，而是其令人惊诧的延展性、时滞性与在当下的绵延性。

三

历史总是由点到面地构建起来的，瞿秋白的中国现代文学史观建构同样如此。从《鬼门关以外的战争》到《关于整理中国文学史的问题》，从现代文学发展史的革命演义，到现代文学史观的革命内爆，对于中国现代文学史的革命叙述，瞿秋白已经有了清晰的线上的逻辑贯穿和面上的宏观把握，那就是从五四到"新的文化革命"②，倡导"要来一个无产阶级领导之下的文艺复兴运动，无产阶级领导之下的文化革命

---

① 瞿秋白：《关于整理中国文学史的问题》，载《瞿秋白文集》（文学编）第3卷，人民文学出版社1989年版，第84页。

② 瞿秋白：《"五四"和新的文化革命》，载《瞿秋白文集》（文学编）第3卷，人民文学出版社1989年版，第22页。

和文学革命"，即"无产阶级的'五四'"①，从语言到文学，从政治到社会历史，全面建构中国现代文学的革命史叙述。然而，就文学史观的建构而言，除却理论架构之外，还要有思潮运动史和作家作品史的点状个案来支撑。瞿秋白的思考与实践同样建基于此。

以左翼革命为现代性依归的中国现代文学史叙述，作为一种有别于西方的"反现代"文学史观，应该如何建构与叙述呢？瞿秋白把目光停在了五四和鲁迅这两个经典的"点"上。毕竟，从五四到1933年，要在这么短的历史时段中寻找符合叙述要求的点，而且是已经可以进行相对历史化评说的，但又必须是瞿秋白自己熟悉的，当然也只有五四和鲁迅。有意思的是，瞿秋白的五四文学史观和鲁迅观逐渐定型，二者相互依存，互为表里，但原点仍是五四。因此，从一定意义上说，讨论瞿秋白与中国现代文学史观的革命兴起，根本问题是讨论瞿秋白的五四文学革命史观的普遍兴起。

瞿秋白的五四文学观是怎样生成的呢？

五四运动"陡然"爆发时，瞿秋白说自己是"卷入旋涡"，"抱着不可思议的'热烈'参与学生运动"。对自己参与后世仰之弥高的五四，瞿秋白的动机描述非常朴素，呈现出穷学生在大时代中更为常态的被动和激情。五四落潮，带着"要求社会问题唯心的解决"的"内的要求"，"秉着刻苦的人生观"，瞿秋白奔赴"饿乡"苏俄进行实地考察。②可见，直到写《饿乡纪程》时，瞿秋白对五四思潮仍只有总体感受

---

① 瞿秋白：《大众文艺的问题》，载《瞿秋白文集》（文学编）第3卷，人民文学出版社1989年版，第13页。

② 瞿秋白：《饿乡纪程》，载《瞿秋白文集》（文学编）第1卷，人民文学出版社1985年版，第25—27页。

和观察，没有具体研究，对五四文化运动和文学革命运动也没有深入思考。耐人寻味的是，瞿秋白日后对中国文化的讨论却常以五四为起点。

1922年3月20日和24日，瞿秋白写下《赤都心史》的最后两篇：《新的现实》《生活》。这是瞿秋白思想飞跃的记录，他从此要以"现代的社会科学"的"科学方法"来解释和解决中国的"社会现象"，觉得"真正浸身于赤色的俄罗斯，才见现实的世界涌现"，要把"保持发展人类文化"作为自己寻求"现实世界中'奋斗之乐'"的目标。①1931年6月10日，瞿秋白作《学阀万岁！》，再次详细地讨论了五四运动"光荣"的主要所在。但瞿秋白反语式指出五四新文化运动"差不多"白费，并做出特异的结论："所说的是'差不多'，并不是说完全白革。中国的文学革命，产生了一个怪胎——象马和驴子交媾，生出一匹骡子一样，命里注定是要绝种的了。"②在此期间，瞿秋白作《新中国的文字革命》，转向从语言变革的贡献反过来评价五四文学革命的功绩，他说："'五四'的白话运动当然有它的功绩。它打倒了文言的威权。但是，它的使命已经完结，再顺着它的路线发展下去，就是——用改良主义的假面具，掩护事实上的反动，扛着'白话文'的招牌，偷卖新文言的私货，维持汉字和文言的威权，巩固它们的统治地位。"③

最能体现瞿秋白五四文学史观革命转折的，是他在1932年5月18日

---

① 瞿秋白：《赤都心史》，载《瞿秋白文集》（文学编）第1卷，人民文学出版社1985年版，第246—248页。

② 瞿秋白：《学阀万岁！》，载《瞿秋白文集》（文学编）第3卷，人民文学出版社1989年版，第176页。

③ 瞿秋白：《新中国的文字革命》，载《瞿秋白文集》（文学编）第3卷，人民文学出版社1989年版，第292页。

写的《"自由人"的文化运动——答覆胡秋原和〈文化评论〉》，其中涉及五四文学革命精神继承问题的争论。五四文学革命精神是什么，谁是合法的继承人，这是双方争论的中心。对此，瞿秋白理解的"问题的中心"是：胡秋原"认为现在要'自由人'的'智识阶级'，负起文化运动的特殊使命'，来'继续完成五四之遗业'"，而《文艺新闻》却"认为'当前的文化运动是大众的——是为大众的解放而斗争'，认为脱离大众而自由的'自由人'已经没有什么'五四未竟之遗业'；他们的道路只有两条——或者来为着大众服务，或者去为着大众的仇敌服务；前一条路是'脱下五四的衣衫'，后一条路是把'五四'变成自己的连肉带骨的皮"。显然，争论双方（瞿秋白与胡秋原）之间的分歧，归根到底只有一个，即阶级立场的问题。瞿秋白很清楚这个底线，他明确指出："'自由人'的立场，'智识阶级的特殊使命论'的立场，正是'五四'的衣衫，'五四'的皮，'五四'的资产阶级自由主义的遗毒。'五四'的民权革命的任务是应当澈底完成的，而'五四'的自由主义的遗毒却应当肃清！"此时此刻的瞿秋白，已经把五四分成"民权革命"和"自由主义"两块。前者"应当澈底完成"，但领导权应该而且已经发生转移；而作为五四文学革命中的自由主义精神，却被比作"衣衫"和"皮"，是"应当肃清"的"遗毒"。[1]

任何比喻性论述，都必然会带上结论的跛脚病。瞿秋白大胆而激进的五四文学革命精神的历史切割，显然是以背弃自由知识阶级立场为前提。然而，曾经亲历过五四的瞿秋白，应该能感觉到自己论争逻辑有其尴尬和牵强之处，事实上也的确经不起学理上的严密推敲。不过，在

---

① 瞿秋白：《"自由人"的文化运动——答覆胡秋原和〈文化评论〉》，载《瞿秋白文集》（文学编）第1卷，人民文学出版社1985年版，第499—502页。

政治和学术之间，瞿秋白毫不迟疑地选择了政治，他牢牢坚守住了五四文学革命的历史阐释权，经受住了政治斗争和阶级立场的底线考验。毕竟，他属于那个革命政治斗争异常激烈的大时代，而革命立场是彼时所有问题中最后和唯一的标杆。事实上，迄今为止，所有关于五四文学革命精神的相关问题，如五四文学革命精神是什么、谁是合法的继承人等，不仍然还是百折不挠地占据着论述的中心么？显然，不是问题本身说不清，而是说不清本身就是"五四未竟之遗业"①，其间恰恰就存在着一个政治正确与否的立场问题。

瞿秋白深知，作为革命文学史观的原点和起点，五四文学史观建构是争夺历史叙述合理性的重要资源。1932年5月，瞿秋白写《"五四"和新的文化革命》，标志着其五四文学史观的正式生成。《"五四"和新的文化革命》同时被收入《瞿秋白文集》的文学编第3卷和政治理论编第7卷②，这也说明了其意义非同寻常，既有文艺思想价值，也有政治思想地位。

在《"五四"和新的文化革命》里，瞿秋白把五四时期和俄国十九世纪六十年代相类比，认为二者是"相像的新文化运动"，"只有无产阶级，才是真正能够继续伟大的五四精神的社会力量！"强调"无产阶

---

① 瞿秋白：《"自由人"的文化运动——答覆胡秋原和〈文化评论〉》，载《瞿秋白文集》（文学编）第1卷，人民文学出版社1985年版，第499页。

② 该文收入《瞿秋白文集》（政治理论编）第7卷时稍有出入，题目和正文中的"五四"没有引号，改正了一些字词（如"象"—"像"）和标点，其他内容完全一致。参见瞿秋白：《五四和新的文化革命》，载《瞿秋白文集》（政治理论编）第7卷，人民出版社1991年版，第522—532页。

级决不放弃五四的宝贵的遗产"。①而在不断强调五四遗产继承权合理合法的同时，瞿秋白对五四文学史观的革命论列更是毫不含糊，乃至于后人无法分清他究竟是在论说五四文学史，还是申述政治思想斗争史：

中国五四时期的思想的代表，至少有一部分是当时的真心的民权主义者——自然是资产阶级的民权主义者。中国的文化生活在五四之后，的确开辟了一条新的道路。五四式的新文艺总算多少克服了所谓林琴南主义。当时最初发现的一篇鲁迅的《狂人日记》，——不管它是多么幼稚，多么情感主义，——可的确充满着痛恨封建残余的火焰。［……］然而新文艺的革命反抗的精神，还在小资产阶级的青年群众之中发展着。跟着，无产阶级和农民群众自己的斗争爆发起来，所谓文化运动之中自然反映着阶级分化的过程，而表现着许多方面的斗争……直到"科学"、"民权"之类的旗帜完全落到了无产阶级的手里。②

瞿秋白这篇雄文中的一句话，清清楚楚地指出了他的旨趣：要来一个"无产阶级的'五四'"③，亦即瞿秋白所谓的"新的文化革命"。言下之意，五四还不够无产阶级、不够革命。既然如此，瞿秋白的五四文学史观自然就只能作为无产阶级文学史观的开端，而五四文学也不过

① 瞿秋白：《五四和新的文化革命》，载《瞿秋白文集》（政治理论编）第7卷，人民出版社1991年版，第523页。

② 瞿秋白：《五四和新的文化革命》，载《瞿秋白文集》（政治理论编）第7卷，人民出版社1991年版，第524页。

③ 瞿秋白：《大众文艺的问题》，载《瞿秋白文集》（文学编）第3卷，人民文学出版社1989年版，第13页。

是一个必然且只能由无产阶级来继承的开端。至此，瞿秋白的五四文学史观基本定型。在"新的文化革命"宏伟蓝图的观照下，瞿秋白确定了五四在革命历史叙述中不彻底、不成熟的起点地位和原初意义。此后，五四一直都是以这种面目成为瞿秋白的话语资源。至于新的文化革命的具体革命目标，自然就是瞿秋白所说的现代普通话的建立与文艺大众化的实现。

论及瞿秋白现代文学史观的革命兴起，当然不能不提到他对鲁迅的评介与榜样塑造。如前所述，鲁迅观与五四文学史观，是瞿秋白现代革命文学史观的两个基本点。而瞿秋白的鲁迅观形塑，毫无疑问是基于《鲁迅杂感选集》的编纂与《〈鲁迅杂感选集〉序言》这篇"皇皇大论"①。关于鲁迅与五四，瞿秋白论述道："'五四'之后不久，《新青年》之中的胡适之派，也就投降了；反动派说一味理想不行，胡适之也赶着大叫'少研究主义，多研究问题'。这种美国市侩式的实际主义，是要预防新兴阶级的伟大理想取得思想界的威权。而鲁迅对于这个问题——革命主义和改良主义的分水岭的问题，——是站在革命主义方面的。"②瞿秋白进而认为鲁迅的杂感"反映着'五四'以来中国的思想斗争的历史"③。在瞿秋白看来，有革命的五四才有革命的鲁迅。一系列的论证和塑造过程，无不以此为前提展开。自此，一个矗立在从五四到现代的革命斗争洪流里的红色鲁迅，通过一本杂感选集的编纂和

---

① 《忆秋白》编辑小组编：《忆秋白》，人民文学出版社1981年版，第262—263页。

② 瞿秋白：《〈鲁迅杂感选集〉序言》，载《瞿秋白文集》（文学编）第3卷，人民文学出版社1989年版，第105页。

③ 瞿秋白：《〈鲁迅杂感选集〉序言》，载《瞿秋白文集》（文学编）第3卷，人民文学出版社1989年版，第96页。

一篇瞿秋白风格的作家论撰述，被迅速而有点机械地构建起来。①

四

瞿秋白是少数在政治斗争和文化斗争两条战线都有亲身体验的领导人。瞿秋白从反对"欧化文艺"②到反对"民族主义文艺"③，后来走向了"革命文艺的大众化"④，最终完成了他对新文学发展史的革命设计与论列，拟订了新文学史的革命叙述的基本框架，并做出了一系列关于"整理"中国文学史问题的相关思考和论证实践。瞿秋白与中国现代文学史观的革命兴起之间的密切关联及其对后者做出的卓越贡献，可谓有目共睹。

然就重构中国现代文学史的革命演义实践而言，瞿秋白最重要的成绩有二。一是对五四文学革命的历史梳理，并加以以革命领导权争夺为主线的重新叙述，从而为中国现代文学史的革命构建确立了光辉的起点，确定了革命的现代文学史的界碑、起点和基座。二是编定《鲁迅杂感选集》并为之写就长篇序言，为中国现代革命文学史的作家论树立了至关重要的范式，并找到了左翼文艺战线上的"旗手"——鲁迅。这两项历史意识形态构建的重大榜样工程，不仅足以让瞿秋白在中国文艺思想史上有一席之地，也给后来的中国文学史和中国文学批评写作留下了

---

① 详见本书第四章第一节。

② 瞿秋白：《欧化文艺》，载《瞿秋白文集》（文学编）第1卷，人民文学出版社1985年版，第491—492页。

③ 瞿秋白：《青年的九月》，载《瞿秋白文集》（文学编）第2卷，人民文学出版社1986年版，第34页。

④ 瞿秋白：《欧化文艺》，载《瞿秋白文集》（文学编）第1卷，人民文学出版社1985年版，第493页。

两种典型的书写传统：一是文学社会历史批评传统；一是文学史的革命"整理"传统，更包括重写文学史的"革命"传统。事实上，瞿秋白的文学史"整理"本质上就是重写文学史，其思想核心在于对"革命"的"文学史"叙述，为新文学史的发展寻找光荣的革命传统，最终旨趣是为了能让革命事业在文学发展领域拥有具备历史合理性的皈依。

1923年12月，瞿秋白致王剑虹信中附诗："我是江南第一燕，为衔春色上云梢。"[1]这句诗恰当概括了瞿秋白从文学转向现实政治革命的决心和热情。回望历史，纵观二十世纪文学现代性历程的世界格局，瞿秋白这种敢于担当、敢于破解时代迷局的豪气与言行，正如其为了革命蓝图筹划而配以文学史发展观论证的努力一样，有着令人肃然起敬的高洁思想，但也的确有点书生革命家的意气。但，这并不等于一般的书生意气。

毫无疑问，瞿秋白的文学史观的申述工作是有主义托底的，是属于革命工作中"非实际"的工作，是意识形态工作的一部分。但瞿秋白以其所处的历史语境和情势，设身处地思考着中国现代文学的发生和发展，思考着中华民族文学与文化的未来，很费力地为中国二十世纪文学的现代发展道路提出了另一种解释，这种努力是应该受到尊重和肯定的，它为后人留存下了的中国现代文学发展史的一些重要面影。

当我们回望百年来中国现代文学史观的革命兴起，无论其如何迂回与反复，令人震惊的是，许许多多的史著似乎在写作模式上仍然沿袭着瞿秋白的思路，而且这一思路已然成为一种凝固的经典范式。如此看来，我们今天重新理解瞿秋白的思想贡献和相关文学文化思考，无疑有

---

① 瞿秋白：《江南第一燕》，载《瞿秋白文集》（文学编）第2卷，人民文学出版社1986年版，第367页。

着相当大的历史价值和现实意义。

第三节　陈映真"文学左翼"言说的葛藤

作为"台湾的鲁迅"、台湾左翼作家的代表，陈映真从文学左翼、政治左翼而辗转进入文化左翼的"泛政治"写作之旅，为析解左翼文学思潮及实践与二十世纪以来的中国乃至第三世界民族国家的命运之间的关系，提供了难能可贵的省思维度。

迄今为止，几乎所有关于陈映真文学身份[①]和成就的参差论述，都承认其作为台湾左翼文学中"传统左翼思潮"[②]代表的地位，甚至取代

[①] 身份对于陈映真有着特殊的意味。朱双一先生认为："陈映真具有'中国人'的国族身份、第三世界左翼知识分子的阶级身份以及台湾乡土文学和现实主义作家的文学身份。也许不应否认某些先天种族的和后天环境的因素在陈映真'身份'形成中的作用。""进一步言之，对于陈映真，'身份'并非一种无关紧要的应景的'标签'、'符号'或'口号'，而是代表着一种立场、原则的坚持，一种责任的承担。陈映真在其亲身经历和创作实践中建构起自己的'身份'，对于'身份'的认知和自觉使他在实际行为中坚持某种原则和立场，反过来又加强了他对于自身身份的自觉。这二者相辅相成，相互加强。"参见朱双一：《陈映真的国族身份、阶级身份与文学身份》，载黎湘萍、李娜主编：《事件与翻译：东亚视野中的台湾文学》，中国社会科学出版社2010年版，第260—261页。朱先生此文主要内容曾以《论陈映真的身份建构》为题刊于《厦门大学学报》（哲学社会科学版）2008年第5期。

[②] 黄万华先生认为："台湾左翼文学在90年代甚至出现了以陈映真、吕正惠和《左翼杂志》、《夏潮》、《人间》为中心的传统左翼思潮，以《台湾社会研究季刊》为中心的新左翼思潮，和以陈芳明为代表的左翼文学思潮变异形态等之间的分化和冲突。"参见黄万华：《左翼文学思潮和世界华文文学》，《文史哲》2007年第2期。

前辈赖和①而成为新的"台湾的鲁迅"②。不仅如此，在台湾不同的历史阶段，陈映真的文学写作还分别被赋予了针对不同反抗对象和现实功利维度的左翼意味③。这个自称为"市镇小知识分子"的作家，如今被赞誉为"台湾三十年来的作家之中最配得上'知识分子'的称号的人"④和"当代台湾最重要的马克思主义倡导者"⑤，其文学写作的历史转折与左翼意味，令人深长思之。

一

1937年生于基督教牧师家庭的陈映真，1958年遭逢"家道遽尔中落"⑥，成长于"政治上极端苛严、思想上极端僵直、知识上极端封闭

① 台湾学者施淑指出："在台湾现代文学史上，赖和一直享有'台湾新文学之父'和'台湾的鲁迅'等尊称。前一个称号，突显了赖和在台湾新文学运动中的崇高地位；后一个称号，则概括了他的文学精神。"施淑：《赖和小说的思想性质》，载《两岸——现当代文学论集》，清华大学出版社2014年版，第218页。

② 1998年中国友谊出版公司出版的《陈映真文集》在封底上写道："陈映真，台湾文化界的一面旗帜。他师承鲁迅，被誉为'台湾的鲁迅'。"此后，许多论者直接以此定位陈映真的地位和角色，如王晴飞：《"台湾鲁迅"：陈映真》，《马克思主义文摘》2011年第5期。

③ 朱双一先生认为："正是对于原则、立场和理想的坚持，使得陈映真成为左翼文学文化的一面思想旗帜，在台湾社会获得了广泛的尊敬。"参见朱双一：《陈映真的国族身份、阶级身份与文学身份》，载黎湘萍、李娜主编：《事件与翻译：东亚视野中的台湾文学》，中国社会科学出版社2010年版，第261页。

④ 吕正惠：《战后台湾文学经验》，生活·读书·新知三联书店2010年版，第219页。

⑤ 王德威：《台湾：从文学看历史》，（台湾）麦田出版2005年版，第163页。

⑥ 陈映真：《试论陈映真》，载刘福友编：《陈映真代表作》，河南文艺出版社1997年版，第514页，署名"许南村"。

的六十年代"①。1959年发表短篇小说《面摊》引起文坛瞩目，并且逐渐走上了文学写作的"感伤主义"②之旅。1966年其"风格有了突兀的改变"——"契诃夫式的忧悒消失了。嘲讽和现实主义取代了过去长时期来的感伤和力竭、自怜的情绪"③，这是陈映真思想向左翼突变的时期，算是其文学左翼写作的开端。

1968年他因组织"民主台湾联盟"被捕并入了政治犯监狱④。后因特赦提前三年出狱。出狱后的陈映真对台湾左翼运动与思想史有着更丰富的理解，但社会已今非昔比。置身于台湾社会变革的跌宕激流中，痛心于台湾历史一再被扭曲，陈映真开始转而致力于与岛内分离主义、历史虚无主义逆流等进行不屈的战斗。政治环境和文学氛围的两相激发，使陈映真的文学写作，成为灌注着政治经济批判理念的左翼写作。1975年，陈映真以一篇承前启后式的自我剖析论文《试论陈映真》，以略带行为艺术的姿态，掀开了独具特色的文学左翼转型之路。他扬弃了"市镇小知识分子的作家"的自我定位，成为多维视野下台湾"文坛斗士"⑤、乡土作家、左翼作家。1985年，为了唤起民众对社会边缘与底层的关注，陈映真等创办《人间》杂志，致力于"以图片和文字从事报告、发现、记录、见证和评

---

① 陈映真：《汹涌的孤独》，载《陈映真文集》（杂文卷），中国友谊出版公司1998年版，第584页。

② 陈映真：《试论陈映真》，载刘福友编：《陈映真代表作》，河南文艺出版社1997年版，第513页。

③ 陈映真：《试论陈映真》，载刘福友编：《陈映真代表作》，河南文艺出版社1997年版，第519页。

④ 刘福友编：《陈映真代表作》，河南文艺出版社1997年版。前言第8页。

⑤ 王向阳：《力主统一的文坛斗士——论陈映真对"文学台独"的批判》，《湖南人文科技学院学报》2008年第1期。

论"①，以报告文学的方式实践着左翼写作理想。

1988年陈映真与他人共同成立"中国统一联盟"并被推为首届主席，以实质性政治角色作为其左翼之路的再出发。是故，从1987年的《赵南栋》到1999年的《归乡》，尽管陈映真的文学创作曾一度停笔长达十二年之久，但文学的政治写作热情一直绵延其间。这正如罗兰·巴尔特所言："当政治的和社会的现象伸展入文学意识领域后，就产生了一种介于战斗者和作家之间的新型作者，他从前者取得了道义承担者的理想形象，从后者取得了这样的认识，即写出的作品就是一种行动。"②作为台湾统派知识分子的代表，缠绕于左翼作家和政治理念之间的陈映真，二十几年来不时在大陆和台湾、在文学界与政治圈中转入或淡出，成为台湾左翼文学文化人物的一面思想、政治与文学的旗帜。

二

陈映真文学的左翼进程③，存在着来自诸多不同渠道的思想资源的影响：不仅有众人耳熟能详的五四新文学整体思潮传统的承续，也有基督教的宗教激情和责任感刺激产生的坚忍精神；既有来自文学写作伦理探索的动力，也有源于现实社会人生改造的革命道义担当；不但有对现代主义、后现代主义、殖民主义思潮的乡土民族立场的反拨，也有对抗现实政治生态恶化的统筹运作。然在这种情势下，多数论者不是把陈映

---

① 陈映真：《〈人间〉杂志发刊辞》，载《鸢山》（《陈映真作品集》第8卷），（台湾）人间出版社1988年版，第164页。

② 罗兰·巴尔特：《符号学原理》，李幼蒸译，生活·读书·新知三联书店1988年版，第76页。

③ 关于陈映真的文学左翼进程，何艾琼的论文有比较好的梳理。参见何艾琼：《台湾的良心：论陈映真的左翼意识与文学创作》，福建师范大学2008年硕士学位论文。

真左翼文学完全政治化，就是片面将其文学化。事实上，陈映真不同阶段的文学左翼逻辑各不相同，现实意义和文学价值也同中有异。这才是这个有着较为执着的政治理念、社会蓝图构想的"差异性"作家的独特文学品格。

概而言之，陈映真文学左翼的思路逻辑，是从五四新文学的传统承续，进而自觉向往"鲁迅左翼"[①]的思想追求，最后在特定政治情势和历史地理叙述的葛藤中，走向文化政治和泛政治写作的再度左翼。

1. 承续五四新文学传统

陈映真曾阅读过不少五四时期的新文学作品。他谈及对鲁迅《呐喊》的阅读时说："随着年岁的增长，这本破旧的小说集，终于成了我最亲切、最深刻的教师。"[②]不管从何种角度解读这段回忆，陈映真深受五四新文学传统影响是确实的。五四文学对弱小者发声的道义、对黑暗势力的鞭挞、对社会不公的悲愤抑郁、对社会变革的探求热情、对彷徨不前的燥热与烦闷……都在陈映真早期小说中有所体现，如《面摊》《乡村的教师》，乃至1967年发表的《唐倩的喜剧》仍不乏五四新文学探索者对社会发出的冷嘲热讽与愤激沉思。

五四新文学时期借助宗教热情展开对新社会思索的路径，同样呈现在陈映真的文学写作中。如黑格尔所说："宗教不仅只是历史性的或者理性化的知识，而乃是一种令我们的心灵感兴趣，并深深地影响我们的

---

① "30年代的中国实际上存在两个左翼传统，一个是'鲁迅左翼'，另一个则是中国共产党领导下的左翼，可以称为'党的左翼'。"参见钱理群：《陈映真和"鲁迅左翼"传统》，《现代中文学刊》2010年第1期。

② 陈映真：《鞭子和提灯》（《陈映真作品集》第9卷），（台湾）人间出版社1988年版，第19页。

情感，和决定我们意志的东西。"[①]在陈映真早期创作中，源于家庭背景和童年成长经验而来的基督教意识一直弥漫其间，甚而成为作品人物命运、故事氛围的基本元素，特出者如短篇小说《我的弟弟康雄》。

其实，不仅仅是思想情绪和题材受到影响，就连陈映真早期的文体探索也和五四新文学探求者异曲同工，如《面摊》的场景片断连缀呈现、《我的弟弟康雄》的日记体写作，都是五四时期新文学写作者常用的文体实验形式。

在现代主义文风盛行的六十年代的台湾，陈映真作品闪耀出浓厚的个人主义迷梦光泽，呈现出"忧悒、感伤、苍白而生苦闷"[②]的五四知识分子风貌。与此同时，虚幻的新社会想象及对现代中国的缥缈想象，也使陈映真的现代主义有了明确的政治情怀寄寓。这种夹杂现代主义思索的个人感伤主义，也使其早期文学写作与五四新文学传统接上了脉络[③]。那因"有特殊的台湾问题在"[④]而与时俱来的家国政治情怀，则为他再次与大陆三十年代的左翼的合辙埋下了伏笔。

2. "鲁迅左翼"的追求

陈映真深受鲁迅的影响。[⑤]陈映真说："鲁迅给了我一个祖国。他

---

① 黑格尔：《黑格尔早期神学著作》，贺麟译，商务印书馆2017年版，第3页。

② 许南村：《试论陈映真》，载刘福友编：《陈映真代表作》，河南文艺出版社1997年版，第513页。

③ 关于陈映真与五四新文学传统的关联，笔者觉得不必做过于大一统的牵扯和引申（如陈思和、罗兴萍：《试论陈映真的创作与五四新文学传统》，《文学评论》2011年第1期），过犹不及。

④ 钱理群：《陈映真和"鲁迅左翼"传统》，《现代中文学刊》2010年第1期。

⑤ 参见吕正惠：《陈映真与鲁迅》，《郑州大学学报》（哲学与社会科学版）2010年第1期；陈映真：《陈映真文选》，生活·读书·新知三联书店2009年版，第39页；陈映真：《陈映真的自白》，见《陈映真文集》（文论卷），中国友谊出版公司1998年版，第27页。

影响着一个隔着海峡、隔着政治，偷偷地阅读他著作的一个人。"①但钱理群认为，陈映真的鲁迅认同"不是偶然的"，他"把鲁迅看作是现代中国的一个象征，特别是现代中国的左翼传统的载体，所感受到的，所认同的是鲁迅背后的'中国'"。②钱理群的立论颇有以陈映真酒杯浇大陆鲁迅研究块垒的意味。他是将陈映真作为"台湾的鲁迅"或"鲁迅在台湾"进行历史论说的。为此，他才将陈映真定性为在台湾发扬"独立于党派外、体制外的批判知识分子的传统"的"鲁迅左翼"传统的知识分子，甚至指出"陈映真正是这样的批判知识分子传统在台湾的最重要的传人和代表，陈映真也因此在中国现代知识分子史上获得了自己的特殊地位"。③

无论把哪个台湾作家当作鲁迅精神传承象征，其根本问题都是鲁迅究竟意味着什么？有鉴于此，才会出现把不同的台湾作家当作"台湾的鲁迅"的命名战。把陈映真当作"台湾的鲁迅"④，在哪一点上有意味呢？我认为，是他们在"文艺与政治的歧途"⑤命题上的左翼思索与实践。当然，二者历史情境不同，尽管有钱理群所概括的三个相同点⑥，但其现实选择与政治旨趣大相径庭。最大的差异，恰恰是在对待"文艺与政治的歧途"时的选择和实现方式。与鲁迅在1927年后疏离与间性的

① 陈映真：《中国结》（《陈映真作品集》第11卷），（台湾）人间出版社1988年版，第121页。

② 钱理群：《陈映真和"鲁迅左翼"传统》，《现代中文学刊》2010年第1期。

③ 钱理群：《陈映真和"鲁迅左翼"传统》，《现代中文学刊》2010年第1期。

④ 有意思的是，这类说法无一例外地来自大陆学者，尤其是大陆文学史的表述。

⑤ 鲁迅：《文艺与政治的歧途》，载《鲁迅全集》第7卷，人民文学出版社2005年版，第115—123页。

⑥ 钱理群：《陈映真和"鲁迅左翼"传统》，《现代中文学刊》2010年第1期。

思想文化批判立场不一样，1958年后的陈映真的左翼转折越来越从文学贴向了现实政治，即便是其中的文化政治。

陈映真文学的左翼转折，逐渐走向文学政治化的探求。1958年后，陈映真曾说："在文学上，他（即陈映真自己——引者注）开始把省吃俭用的钱拿到台北市牯岭街这条旧书店街，去换取鲁迅、巴金、老舍、茅盾的书，耽读竟日终夜。［……］在他不知不觉中，开始把他求知的目光移向社会科学。艾思奇的《大众哲学》在这文学青年的生命深处点燃了激动的火炬。从此，《联共党史》、《政治经济学教程》、斯诺《中国的红星》（日译本）、莫斯科外语出版社《马列选集》第一册（英语）、出版于抗日战争时期，纸质粗粝的毛泽东写的小册子……一寸寸改变和塑造着他。"①

思想资源的改变，很快在陈映真的文学写作上得到体现。1964年陈映真的代表作《将军族》发表，抒写两位社会弱小者从隔膜、理解到相爱的凄美人生，在悲悯的温暖中谱写人性尊严的凯歌。实事求是地说，如果不是特别在意作者和小说题材的台湾情境，其实大可不必有本省、外省人之流的解读，小说不过传达了一个信念——"被压迫的人们，背负伤痛的人们，是可以、应当相互理解和关怀的"②。这种情感，也是陈映真所说的"要永远以弱者，小者的立场去凝视人、生活和劳动"③。按钱理群的论说，这是"一条左翼知识分子的原则"④。张梦

①　转引自吕正惠：《战后台湾文学经验》，生活·读书·新知三联书店2010年版，第223页。

②　李娜：《在台湾的后街与陈映真相遇》，《十月》2006年第6期。

③　陈映真：《相机是令人悲伤的工具》，载《石破天惊》（《陈映真作品集》第7卷），（台湾）人间出版社1988年版，第107页。

④　钱理群：《陈映真和"鲁迅左翼"传统》，《现代中文学刊》2010年第1期。

阳先生则申述更详："左翼中的'左'字，并不是'左'倾或者激进之意，而是一种反映大多数人的利益的平民意识，一种眼睛向下看、同情和支持弱势群众的精神。"①

如果说《将军族》的写作大致和鲁迅《故乡》相类，那么《一绿色之候鸟》则以一只绿鸟引出对三位六十年代台湾知识分子（赵公、陈老师以及季公）生存状态的探索。这篇有点象征主义神秘趣味的小说，被认为是陈映真作品"高度难解的一篇"②。其实它与《唐倩的喜剧》异曲同工，无非表达陈映真对战后台湾文化环境的独特感受和洞察而已。只不过，前者还带有点感伤主义光泽，后者则"呈现出一种比较明快的、理智的和嘲讽的色彩"③而已。而从《将军族》对底层弱小者的关注，到《一绿色之候鸟》《唐倩的喜剧》对知识分子精神状态的批判，陈映真的文学左翼变得日益理性化和理念化，而且与历史语境紧密结合，呈现出理念化的文学品格、抽象化的政治色彩。而当陈映真开始用"理智的凝视"进一步完成文学左翼转折时，他不仅穿越了当时流行的现代主义迷思，也显现了"抵抗体制的知识份子"④的左翼本色。

---

① 张梦阳：《左翼文学资源对当代中国的意义》，载中国现代文学研究会、中国现代文学馆合编：《中国现代文学研究丛刊》2002年第1期，作家出版社2002年版，第84页。

② 赵刚：《人不好绝望，但也不可乱希望——读陈映真的〈一绿色之候鸟〉》，http://wen.org.cn/modules/article/view.article.php/2264。

③ 陈映真：《试论陈映真》，载刘福友编：《陈映真代表作》，河南文艺出版社1997年版，第513页。

④ 陈映真：《严守抗议者的伦理操守》，载《西川满与台湾文学》（《陈映真作品集》第12卷），（台湾）人间出版社1988年版，第37页。

可见，陈映真"对于社会永不会满意"[①]的知识分子基质，在其执着的文学左翼进程中，接续着他对左翼社科书籍的阅读，使他自然而然地越过文学边界转入了实际政治中。1968年陈映真因"民主台湾同盟"案遭遇了七年牢灾，以政治转入与文学淡出的方式为其文学左翼添了一段现实人生版的从文学到政治的"歧途"，实现其"在一个历史的转形期，市镇小知识分子的唯一救赎之道，便是在介入的实践行程中，艰苦地做自我的革新，同他们无限依恋的旧世界作毅然的诀绝，从而投入一个更新的时代"[②]的自我期许。

3. 走向文化政治的再度左翼

1968年到1975年间，因文学左翼而介入实际政治的陈映真，阴差阳错地在牢狱中见证了前辈左翼革命政治家的鲜活史。他"亲身感受到历史的发生：整个世界的变化，都对里面产生影响"[③]。前辈政治家的确给了陈映真一点力量，使他坚信自己的抉择是合乎历史的。庆幸的是，时过境迁的思索与对照，让陈映真多少有点倒错版的葛兰西意味，他回转到文化政治领域开始了左翼之旅的再出发。

陈映真再度被文坛关注，是因为1977年的乡土文学论战。作为"乡土派"论战一员，陈映真一面著文批判西化派丧失民族立场，一面指斥"扣帽派"文人的政治伎俩，体现出了鲜明的国族情感以及反抗体制的左翼品格。乡土文学论争的介入和参与，成为陈映真从单一现实政治转

---

① 鲁迅：《关于知识阶级》，载《鲁迅全集》第8卷，人民文学出版社2005年版，第227页。

② 陈映真：《试论陈映真》，载刘福友编：《陈映真代表作》，河南文艺出版社1997年版，第518—519页。

③ 冯伟才：《那孤单的背影——记在台北晤陈映真》，（香港）《百姓》总第97期，1985年6月。

入以文学政治诉求为旨趣的再度左翼旅程的转折点，政治意识与文学探索的结合，成为陈映真后期文学的鲜明表征，从《贺大哥》《夜行货车》《上班族的一日》到《铃铛花》《山路》《赵南栋》，从商业社会批判小说到政治小说，无不如此。

面对台湾的政治处境和岛内社会情势变动局面，在牢狱生活中反思了左翼革命史进程的陈映真，对自己左翼旅程开始了再出发。一方面，缘于经典马克思主义对资本主义的政治经济学分析，陈映真举起批判大旗揭露美日跨国资本对人的异化、对人性的压抑扭曲。如在《贺大哥》《夜行货车》《上班族的一日》中，陈映真就以文学漫想录式的写作，形象展现了资本主义经济背后的残酷事实，对消费时代下的人性困境进行了追问。在《云》《万商帝君》中，陈映真不仅延续着对跨国企业的批判，还进一步揭示了资本主义温情面纱下的虚伪民主以及剥削事实。陈映真因此成了"在文学上深刻反省台湾资本主义化之下，社会制度与人性冲突的第一人"[①]。1979年，陈映真再次因为左翼批判激情而遭到短暂拘捕，后因时局变迁、四方声援而免遭劫难。[②]

在审视资本对人的异化的同时，陈映真还以台湾地下党员为题材，通过政治的文学书写还原台湾五十年代历史真相。这类政治小说的写作，成为陈映真八十年代文学写作主题，希望通过对历史的发掘、族群记忆的召唤，记录台湾被遗忘的左翼社会运动史。狱中七年的所见所闻、所思所感，也唤起了陈映真再度左翼的热情；回转到文学写作的现实抉择，则成为他倾诉政治理想的通道。终于，《铃铛花》《山路》和

①　詹宏志：《尊严与资本机器的抗争》，载陈映真：《爱情的故事》（《陈映真作品集》第14卷），（台湾）人间出版社1988年版，第87页。

②　古远清：《海峡两岸文学关系史》，福建人民出版社2010年版，第70页。

《赵南栋》等作品以更冷静、稳健的心态，传达出陈映真历久弥坚的左翼力量。《铃铛花》以儿童视角勾勒台湾左翼革命者的悲情命运，在山野清新的记忆里，还原台湾左翼社会运动的斑斓。《山路》借助柔情辗转而又刚毅坚强的女主人公千惠，讲述台湾左翼革命党人的悲壮历史，在家国呵护中展开对左翼理想者的歌颂，传达出对现实商品资本社会磨灭人性与历史的讽喻。《赵南栋》则透过左翼革命者与其后代的命运与精神对比，批判了弃置理想、无视历史、消解信念的台湾社会。正是在深沉的悲哀与思索中，陈映真审视着台湾资本主义社会畸形繁华梦下的虚无、空洞与苍白，对台湾社会历史开展了一次左翼革命者的精神漫游与想象救赎。

有意思的是，陈映真的再度左翼之旅，已不再是文学道路上的一马平川。对这个心中充满着难以平抑的社会改造热情、有着异常浓厚的政治意识的左翼写作者而言，溢出文学边界的力量寻求，总是难以忘怀、挥之不去的魅影。走向泛政治因此成为陈映真再度左翼的深入。1985年11月，陈映真伙同他人创办了《人间》杂志，希望以报告文学与刊物政治相结合的行动方式，通过对变革中的台湾社会议题的实际介入和参与发言，在社会文化思想政治运动中实践自己的左翼理想。不仅如此，踏上泛政治征程的陈映真，再次朝着更为政治化的方向前行。1987年后，他"由于全力投入政治实践终止了小说创作12年"[①]。1988年陈映真成立"中国统一联盟"并担任首届主席。政治角色的参与，成为陈映真再度深入左翼的乌托邦热情的政治表达。自此，整个九十年代，陈映真几乎都在两岸奔走，致力于祖国的和平统一大业。南方朔曾说："在世变

---

① 古远清：《海峡两岸文学关系史》，福建人民出版社2010年版，第70页。

日亟，倒错、淆乱、残暴等充斥的这个时代，具有乌托邦信念的人已成了空谷跫音。"①

与其奔走于两岸一样，在左翼转折的文学进程上，陈映真同样往复在文学左翼与实际政治之间。作为小说家沉寂了十二年后，两岸社会政治风云人物陈映真，在1999年以崭新姿态回归文学，一如既往地对台湾社会历史发言②。其后三年连续发表了他的三篇小说：《归乡》《夜雾》和《忠孝公园》。《归乡》以两个台湾国民党老兵的身心纠结，思索中华民族大认同的历史内涵和情感意蕴。《夜雾》和《忠孝公园》大胆突进日据时期和大戒严时代的台湾史，探究现实台湾政治生态的前世今生，批判人们功利短视的历史遗忘症，反思政治投机面具下的台湾民众的精神危机。显然，陈映真的发言，面对九十年代以来台湾政治生态的恶化，对于台湾社会精神的荒废与空洞趋势，对种种无视日据时期和大戒严时期台湾史实的政治投机，无论于公于私、于文学于政治、于乡土还是于民族，都包含着左翼激情和梦想。日据时期和大戒严和解严时期的台湾史，恰恰是海峡分离史。破解这两段历史的现实心结，正是祖国统一大业中最有说服力和最有亲和力的难题。陈映真文学再度"左翼的深入"与"文学回归"，由此实现了涵盖民族与政党、省籍与国籍、民族与国族等诸多议题的泛政治的双赢。

①　陈映真：《思想的贫困》（《陈映真作品集》第6卷），（台湾）人间出版社1988年版，序言第21页。

②　陈映真文学左翼再出发，可归为"社会角度、历史发展进程、个人生涯和创作道路"三因素。参见樊洛平：《陈映真对战后台湾历史的反思——以〈归乡〉〈夜雾〉〈忠孝公园〉为研究场域》，《郑州大学学报》（哲学社会科学版）2010年第1期。

三

2010年6月，陈映真加入中国作家协会，7月7日发表入会感言，11月18日担任名誉副主席，开始"用他的影响和号召力加强海峡两岸文学界的联系、交流、理解和沟通"[①]。此事在一定意义上说，算得上是陈映真文学政治化的左翼之旅的美满归宿——尽管理想总要付出现实代价。鉴于中国作协的特殊历史和现实意味，陈映真开始被纳入更为丰富的文化政治学阐释中。[②]

从现实主义小说、新殖民主义批判小说到政治小说的探索，以时代批判者自许的陈映真，总是"在当时一片凌人、窒人的阒寂和茫漠中，孤单地、却自以为充实地走来走去"[③]。可是，文学左翼对陈映真究竟意味着什么？

陈映真的文学在海峡两岸都不乏赞赏和批评。大陆的赞赏主要在两方面：一是早期的类五四新文学的感伤和底层情怀，一是对战后台湾资本主义工业社会的反思批判。至于张贤亮、阿城、陈丹青和王安忆的相关言论，无论褒贬其实与文学并无太多相干。[④]如王安忆说："假如我没有遇到一个人，那么，很可能，在中国大陆经济改革之前，我就会

---

① 时任中国作协书记处书记、新闻发言人陈崎嵘语。参见李舫、吴晚林：《文学相融了，两岸更近了》，《人民日报》2010年8月24日。

② 李公明先生曾对此有婉讽式的讨论。参见李公明：《台湾左眼之路：从后街走向前廊的陈映真》，《上海文化》2010年第5期。

③ 陈映真：《怀抱一盏隐约的灯火》，载《鞭子和提灯》（《陈映真作品集》第9卷），（台湾）人间出版社1988年版，第24页。

④ 此类梳理不少，如李云雷：《从排斥到认同——大陆作家对陈映真二十年的"接受史"》，载陈映真总编：《左翼传统的复归：乡土文学论战三十年》，（台湾）人间出版社2008年版，第249—263页。

预先成为一名物质主义者。而这个人，使我在一定程度上，具备了对消费社会的抵抗力。这个人，就是陈映真。"①此类表述，更多是表达人生情感与社会经验认同。倒是陈芳明道出了其文学左翼的关契，他说："陈映真永远只相信文学是社会的反映，他始终走不出经济决定论的影响。"②尽管论说立场不同（陈芳明是在文化上有分裂主义倾向的学者，他与陈映真的论战也被视为分裂派与统派的论战），但这的确点出了陈映真文学左翼的亮点与盲点。陈映真的文学左翼之路，根本底色就是马克思主义的文学社会学。③台湾各时期的特殊历史与政治情境，陈映真文学与政治的左翼实践，作为主体、题材与对象的特殊性，共同使其底色成为亮色。如是，各个因素的机缘巧合与相得益彰，既成就了文学左翼的陈映真，也模糊了不仅仅是文学左翼的陈映真。

如此看来，陈映真的文学左翼是泛政治的诗意栖居。追问其左翼的现实政治意味，其实并无助于讨论其文学左翼的意义。明了这一点，陈映真文学左翼的价值就显而易见了。

首先，陈映真是反抗虚无的现代知识分子的精神典型。凭着对台湾历经殖民社会、威权社会和后殖民社会形态的经验，他始终保持知识分子的良知与道义（如《面摊》），对现实和现存社会持续地怀有批判的激情（如《我的弟弟康雄》《将军族》《贺大哥》），既有对资本主义

---

① 王安忆：《乌托邦诗篇》，华东师范大学出版社2011年版，第83—84页。

② 陈芳明：《当台湾文学戴上马克思面具》，（台湾）《联合文学》第192期。

③ 陈映真宣称自己信奉"文学工具论"和"主题先行论"，他说："文学工具论是很多人不能忍受的一种说法，可是我要在这里很坦白地说，我是文学工具论者。既然说是工具，首先是因为我有所思，我有话说，所以我写成论文，所以我跟人家打笔仗，所以我写小说，办《人间》杂志。不管用什么形式，只是我自己的思想的表达。"参见陈映真：《我的文学创作与思想》，《上海文学》2004年第1期。

的苦闷洞察（如《万商帝君》），也顽强不懈地寻求现代知识分子自身的精神突围（如《故乡》《唐倩的喜剧》）。当然，也包括他对左翼知识分子精神黑洞的冷静审视与自我批判（如《赵南栋》）。

其次，陈映真是民族文化身份认同的维护者、追寻者和奋斗者的典型。这当然是源于海峡两岸特殊历史情势造成的认同言说困境。日据台湾殖民统治史，为台湾民众的民族认同平添了文化归属的紧张与焦虑；大戒严以来的台湾的政治处境，加上现实空间的长期地理流离，则为台湾民众的国族认同，带来缠夹着政治利害与地理事实的纠葛。因此，相对于分裂主义和殖民主义者，坚持以地理事实、民族文化认同为前提的写作，成为陈映真文学左翼的又一价值（如《忠孝公园》《归乡》）。这也正是朱双一先生所说的："上述经历，使他得以用阶级的观点而非狭隘的'省籍'、'族群'观点来看问题，而这一点，或许是后来部分乡土文学作家陷入'台湾民族'论述的泥淖中，而陈映真却能坚持和捍卫中华民族主义立场的关键之所在。或者说，这既增强了陈映真的左翼作家的身份定位，也增强了他的'中国人'的身份认同。这是陈映真的三种'身份'相互关联的一个实例。"①因坚持"阶级"反而增进大一统的国族认同，这无疑是值得论者对台湾及陈映真左翼身份再三反思的历史特质所在。

最后，陈映真还是坚持历史真相言说的文学写作者。他是不计利害抵抗历史遗忘症的"西绪福斯"，每每事关台湾日据殖民统治史、台湾大戒严恐怖政治史、台湾分裂主义逆潮的时候，陈映真总能自觉充当台湾史真相的发言人并以文学左翼的笔触屡屡勇敢介入（如《铃铛花》

———————————

① 朱双一：《陈映真的国族身份、阶级身份与文学身份》，载黎湘萍、李娜主编：《事件与翻译：东亚视野中的台湾文学》，中国社会科学出版社2010年版，第268页。

《山路》《赵南栋》《夜雾》）。这些寄寓着文学形象的历史声辩，为陈映真的文学左翼之旅注入了令人掩卷沉思的文化政治激情，也产生了与当下大陆对话的思想增值。前者切合两岸统一的千秋大业，意义自不待言。后者牵扯政党政治游移，意味深长。[①]

由此可见，在驳杂的现实功利与历史言说、文化紧张与地理流离的葛藤中，陈映真文学写作不仅生发出多重的左翼意味，而且开启了远比大陆左翼文学更为丰富的现实反拨和历史省思空间。陈映真"泛政治"与"泛左翼"的写作实存，为更充分地析解左翼文学思潮及实践与中国乃至第三世界民族国家的命运之间的关系，提供了难能可贵的省思维度。也就在这个意义上，徐复观先生称陈映真为"海峡两岸第一人"[②]，其意义和分量才庶几近之。[③]

---

① 此类精论当推贺照田先生的《当信仰遭遇危机……——陈映真20世纪80年代的思想涌流析论》系列论文，分别刊于《开放时代》2010年第11期、第12期。

② 徐复观：《海峡东西第一人》，《华侨日报》1981年1月6日。

③ 有学者认为徐复观先生的判断被泛化使用。赵园说："在本书中黎湘萍引徐复观语，称陈映真为'海峡两岸第一人'。我不知这种评价确切与否，我只知道当代大陆文坛完全有经得住如黎湘萍这种研究的对象。"参见赵园：《一个"知识人"对另一个"知识人"的读解——关于黎湘萍所著〈台湾的忧郁〉》，《当代作家评论》1997年第1期。

第二章 中国左翼文学的创作现场研究

第一节 《子夜》创作进程中的颜色政治

红色经典是特定历史时空中的特殊产物。本来，作品能够成为经典源于后世的反复阅读和逐渐形成的较为稳定的思想与艺术评判。但红色经典的经典化历程则有些差异，它们很大程度上首先源于被染色——"红色"的坚强附着。这并不是说红色经典在艺术水准上无法与其他经典相提并论，但无论如何，红色的获得和坚守一定程度上定格了他们的地位，放大了他们的经典魅力，也生成了别样的艺术张力。因此，颜色政治学的存在造成文学史上的颜色化的文学经典问题，二者相映成趣。而瞿秋白与《子夜》红色经典化历程的互动考察，正是讨论此类问题的绝佳例子。

一

早在1924年冬，瞿秋白曾与茅盾比邻而居，那时候两人交往就比较频繁。茅盾当时是商务印书馆党支部书记，在其家开党内会议时，瞿秋白曾常代表党中央出席。此前，瞿秋白就曾经通过郑振铎给茅盾留下了印象。[1]公事上和私下的往来，使瞿秋白和茅盾的友情逐渐加深，而两

———————————

① 刘小中：《瞿秋白与茅盾的交往和友谊》，载瞿秋白纪念馆编：《瞿秋白研究》第5辑，学林出版社1993年版，第174页。

人的分歧则始于二十世纪三十年代文艺大众化论战。论战中两人互相阅读对方的文章、互相辩驳。因此，瞿秋白与茅盾的文学交往主要集中在1930—1934年。其间瞿秋白不仅对茅盾的《路》《三人行》提出批评，而且还对《子夜》创作产生重大影响。瞿秋白对《子夜》的修改和批评，是革命改变文学的最具体而典型的例子。刘小中甚至认为"瞿秋白对茅盾《子夜》创作的帮助，是瞿秋白从政治战线转向文学战线后所办的第一件实事"[①]。的确，瞿秋白的修改和评价不仅影响了《子夜》的文学史评价[②]，也影响了茅盾的文学史地位。瞿秋白与茅盾的特殊关系，提供文学交往与文艺思想互动的考察入口的同时，也让后人得以更好地理解革命时代里文学与政治的独特交缠。

瞿秋白夫妇结束第二次赴苏行程回到上海后，曾见过当时已经脱党的从日本回来不久的茅盾。[③]由于瞿秋白稍后即陷入政治命运转折期，而茅盾也于此前脱党，两人一度失去联络。后来茅盾才从弟弟沈泽民口中得知瞿秋白的境况和地址，第二天便前往探访并请瞿秋白审阅《子夜》原稿及写作大纲。两天后当茅盾再访时，因情况紧急，瞿秋白夫妇临时在茅盾家避难，其间两人天天谈《子夜》。[④]因此，瞿秋白不仅得以在《子夜》创作过程中发表不少意见，对作品实际创作产生较大影响，而且当作品完成后瞿秋白也能较早进行评论。更重要的是，瞿秋白的评论对《子夜》的文学地位和历史地位都产生了影响。从这两方面来

---

① 刘小中：《瞿秋白与〈子夜〉》，《扬州职业大学学报》1999年第1期。

② 蓝棣之：《一份高级形式的社会文件——重评〈子夜〉》，《上海文论》1989年第3期。

③ 茅盾：《我走过的道路》中册，人民文学出版社1984年版，第60页。

④ 茅盾：《我走过的道路》中册，人民文学出版社1984年版，第109—110页。

看，瞿秋白与《子夜》互动就不仅是读者与作品（作者）的关系，而是独特的指导者、作者和批评者与作品（作者）的关系。这类关系形态在中国现代文学发展史上并不多见，而且也只有在左翼革命时期和思想组织化的情境下才有可能发生。瞿秋白与《子夜》的关系，因此最终成为革命与文学互动的象征。

当初茅盾构思《子夜》时，只是准备写"都市——农村交响曲"。按原设想，都市方面设计有三部曲：《棉纱》《证券》《标金》。陈思和认为："《子夜》这个故事，是写一个二十世纪现代的王子、骑士、英雄，一个工业界的神话人物，以及这个人物在上海的传奇故事。所以，这样的故事和写作动机，很难说它是写实主义的，我们过去都说茅盾是用阶级分析方法来写这个故事的，从茅盾个人的阐述和作品表面来看，这当然是对的，但仅用阶级分析的方法，有谁写出过这么栩栩如生的资本家？"①然而，在瞿秋白强化革命意识的介入下，《子夜》从小说情节设计构想到人物细节表现都发生了许多变化。

茅盾曾回忆瞿秋白介入《子夜》的缘起。②从茅盾对创作过程的回忆看，瞿秋白介入过程可谓相当深入具体。瞿秋白对《子夜》在情节结构设置、人物刻画、小说细节上都提出许多宝贵意见。对于这些意见，茅盾或是照单全收或是稍微做些调整。其中，茅盾照单全收瞿秋白意见的有：

1.《子夜》最初结局设想是，吴荪甫跟赵伯韬两人斗到最后，由于工农红军打到长沙，两派资本家握手言和，他们联手起来跑到庐山去狂

---

① 陈思和：《〈子夜〉：浪漫·海派·左翼》，《上海文学》2004年第1期。

② 茅盾：《我走过的道路》中册，人民文学出版社1984年版，第109—111页。

欢，在豪华别墅里互相交换情人纵淫。这种结局在瞿秋白看来当然不合乎革命前途的必然逻辑，也不合阶级分析的结果。因此瞿秋白建议"改变吴荪甫、赵伯韬两大集团最后握手言和的结尾，改为一胜一败。这样更能强烈地突出工业资本家斗不过金融买办资本家，中国民族资产阶级是没有出路的"①。现在的《子夜》结局正是吴荪甫失败想自杀却没有成功。可见《子夜》里失败结局并非茅盾最初的构想。

2. 茅盾回忆："秋白说：'福特'轿车是普通轿车，吴荪甫那样的资本家该坐'雪铁龙'。又说：大资本家到愤怒极顶而又绝望时就要破坏什么，乃至兽性发作。这两点，我都照改，照加。"②现在的《子夜》里，茅盾就增添这些细节——奸淫送燕窝粥的保姆，坐雪铁龙轿车——来表现所谓的资本家骄奢淫逸的特性。

3. 瞿秋白曾建议茅盾"作为'左联'行政书记先写一两篇文章来带个头"，"对'五四'以来的新文学运动，以及一九二八年以来的普罗文学运动进行研究和总结"。③茅盾"遵照秋白的建议"写了《"五四"运动的检讨》和《关于"创作"》《中国苏维埃革命与普罗文学之建设》等，这是茅盾回国后写的最初一批文艺论文。文章中许多重要内容在写作前曾与瞿秋白交换过意见，"其中有的观点也就是他的观点，例如对'五四'文学运动的评价"。④

茅盾只是部分吸收瞿秋白意见，而在小说中稍微调整的有：

---

① 茅盾：《我走过的道路》中册，人民文学出版社1984年版，第110页。

② 茅盾：《回忆秋白烈士》，原载《红旗》1980年第6期。引自《茅盾选集》下册，人民文学出版社2004年版，第304页。

③ 茅盾：《我走过的道路》中册，人民文学出版社1984年版，第72页。

④ 茅盾：《我走过的道路》中册，人民文学出版社1984年版，第73页。

1. 瞿秋白在工人斗争和农民暴动方面给茅盾讲了许多政策和场景，但茅盾却因不能深入体验具体生活，又不愿意做概念化描写，于是割舍正面写农村场景的计划，突出写城市，尤其写资本家之间相互争斗的情景。茅盾说《子夜》中对革命运动者及工人群众的刻画是"仅凭'第二手'的材料"①，就是指瞿秋白等革命政治实践者提供的材料。

2. 茅盾虽没听从瞿秋白写农村生活的建议，但当时已完成的正面描写农村的第四章还是保留下来了。因此这部分与全书显得有些游离。

3. 茅盾回忆《子夜》里"关于农民暴动和红军活动，我没有按照他的意见继续写下去，因为我发觉，仅仅根据这方面的一些耳食的材料，是写不好的，而当时我又不可能实地去体验这些生活，与其写成概念化的东西，不如割爱"②。

二

在瞿秋白革命意识的参与下，《子夜》终于以革命小说的面目隆重登场。但《子夜》毕竟是文学创作，茅盾首先想到的理想鉴定者便是鲁迅。《子夜》平装本初版刚一出来，茅盾便拿着几本样书，带着夫人孔德沚和儿子到北四川路底的公寓去拜访鲁迅。③而此时正是鲁迅与瞿秋白交往相当密切的时段，两人甚至合作写些杂文（包括瞿秋白的第一篇评论《子夜》的杂文——《〈子夜〉和国货年》）。因此，鲁迅对《子夜》的意见和印象就变得非常重要且微妙。这些都一一记载于鲁迅当时的文章和往来书信中。

---

① 茅盾：《子夜》，人民文学出版社2004年版，第479页。

② 茅盾：《我走过的道路》中册，人民文学出版社1984年版，第110页。

③ 茅盾：《我走过的道路》中册，人民文学出版社1984年版，第115页。

1933年2月9日夜，鲁迅在《致曹靖华》中写道：

国内文坛除我们仍受压迫及反对者趁势活动外，亦无甚新局。但我们这面，亦颇有新作家出现；茅盾作一小说曰《子夜》（此书将来当寄上），计三十余万字，是他们所不能及的。《文学月报》出五六合册后，已被禁止。①

1933年3月28日，鲁迅在《文人无文》中写道：

我们在两三年前，就看见刊物上说某诗人到西湖吟诗去了，某文豪在做五十万字的小说了，但直到现在，除了并未预告的一部《子夜》而外，别的大作都没有出现。②

1933年12月13日，鲁迅在《致吴渤》中写道：

《子夜》诚然如来信所说，但现在也无更好的长篇作品，这只是作用于智识阶级的作品而已。能够更永久的东西，我也举不出。③

---

① 鲁迅：《致曹靖华》，载《鲁迅全集》第12卷，人民文学出版社2005年版，第368页。

② 鲁迅：《文人无文》，载《鲁迅全集》第5卷，人民文学出版社2005年版，第85页。

③ 鲁迅：《致吴渤》，载《鲁迅全集》第12卷，人民文学出版社2005年版，第516页。

1936年1月5日夜，鲁迅在《致胡风》中写道：

有一件很麻烦的事情拜托你。即关于茅的下列诸事，给以答案：

一、其地位。

二、其作风，作风（Style）和形式（Form）与别的作家之区别。

三、影响——对于青年作家之影响，布尔乔亚作家对于他的态度。①

显然，此刻鲁迅对《子夜》的评价意见几乎有着思想和艺术的双重判断功效。令人关注的是，鲁迅当时对茅盾及其《子夜》创作的评介态度似乎有点打太极的玄乎。鲁迅认为，茅盾是作为"新作家"出现的，《子夜》这部作品"并未预告"而低调产生；因为"现在也无更好的长篇作品"，所以《子夜》为时人"所不能及"；然而，《子夜》"只是作用于智识阶级的作品而已"，还应该有比《子夜》"能够更永久的东西"。直到1936年，对茅盾的"地位"，"作风（Style）和形式（Form）"及其"与别的作家之区别"，"对于青年作家之影响，布尔乔亚作家对于他的态度"，鲁迅仍旧以自己"一向不留心此道"②而避开相关问题的直接和正面的评价。可见鲁迅对茅盾和《子夜》的热情并不高，基本停留在对茅盾写作态度的政治表态层面，对其艺术质量的评

① 鲁迅：《致胡风》，载《鲁迅全集》第14卷，人民文学出版社2005年版，第2页。

② 鲁迅：《致胡风》，载《鲁迅全集》第14卷，人民文学出版社2005年版，第3页。

价也只是以鼓励居多。鲁迅的微妙态度，无疑受到其他人对《子夜》评价的影响，这里面就包括瞿秋白，也包括当时评论界对《子夜》接受的两种互相对立的声音：质疑声和肯定声。《子夜》的文学接受史也正是在这两种尖锐对立的声音中拉开序幕。质疑声最初是响成一片，而叫好声则随着革命形势变化逐渐加强。

起初对《子夜》的质疑声不少。陈思（曹聚仁）就说："这部长篇小说，比浅薄无聊的《路》的确好得多，要叫我满意吗？依旧不能使我满意。"[①]禾金认为茅盾抓大题材的能力不够，满心要写"中国的社会现象"，结果却只写成了一部"资产阶级生活素描"，或是"××斗法记"。[②]杨邨人（当时已宣布脱党）觉得《子夜》在技巧上没有什么创新，没有给人以一种思想上的启发。[③]门言则指出茅盾写的是体验的传递而不是经验的结晶，其艺术作品的生命力不会长久，在鲁迅之下。[④]

而肯定的叫好声来自出版商、一般读者和革命阵营。为配合作品发行，叶圣陶甚至亲撰一则广告，称赞《子夜》有"复杂生动的描写"，而叙述时间之短与篇幅之大又反映了"全书动作之紧张"。[⑤]余定义则将《子夜》定为写实主义，认为其把握着1930年的时代精神。[⑥]朱明

---

① 陈思：《评茅盾〈子夜〉》，《涛声》第2卷第6期，1933年2月18日。标题中的书名号系引用时添加，原标题为《评茅盾子夜》。旧文献中常有不加书名号或用引号表示书名号的现象，均径改，不一一说明。

② 禾金：《读茅盾底〈子夜〉》，《中国新书月报》第3卷第2、3期合刊，1933年3月。

③ 杨邨人：《茅盾的〈子夜〉》，《时事新报·星期学灯》1933年6月18日。

④ 门言：《从〈子夜〉说起》，《清华周刊》第39卷第5、6期合刊，1933年4月19日。

⑤ 《中学生》第31期，1933年1月1日，扉页。

⑥ 余定义：《评〈子夜〉》，原载《戈壁》第1卷第3期，1933年3月10日。引自庄钟庆编：《茅盾研究论集》，天津人民出版社1984年版，第147—153页。

肯定《子夜》是一部超越之作，是反映时代精神上的"扛鼎"之作，把"复杂的中国社会的机构，大部分都给他很生动地描绘出来了"，"于形式既能趋近于大众化，而内容尤多所表现中国之特性，所以或者也简直可以说是中国的代表作"。[①]一向对新文学有成见的吴宓，也以"云"为笔名撰文盛赞《子夜》是"近顷小说中最佳之作也"，"吾人所为最激赏此书者，第一，以此书乃作者著作中结构最佳之书。……第二，此书写人物之典型性与个性皆极轩豁，而环境之配置亦殊入妙。……第三，茅盾君之笔势具如火如荼之美，酣恣喷薄，不可控搏。而其微细处复能委宛多姿，殊为难能而可贵。尤可爱者，茅盾君之文学系一种可读可听近于口语之文字"。[②]韩侍桁则虽然批评《子夜》"伟大只在企图上，而并没有全部实现在书里"，但也肯定《子夜》"不只在这一九三三年间是一部重要的作品，就在五四后的全部的新文艺界中，它也是有着最重要的地位"。同时，他也声明自己"不是从无产阶级文学的立场来观察这书以及这作者，如果那样的话，这书将更无价值，而这作者将要受更多的非难。但我相信，在目前的中国的文艺界里，对于我们的作家，那样来考察的话，是最愚蠢，最无味的事"。[③]朱自清则说《子夜》"这一本是为了写而去经验人生的"，"我们现代

---

① 朱明：《读〈子夜〉》，《出版消息》第9期，1933年4月1日。

② 吴宓：《茅盾著长篇小说〈子夜〉》，原载《大公报·文学副刊》1933年4月10日，署名"云"。引自庄钟庆编：《茅盾研究论集》，天津人民出版社1984年版，第157—159页。

③ 韩侍桁：《〈子夜〉的艺术，思想及人物》，《现代》第4卷第1期，1933年11月1日，署名"侍桁"。

的小说，正该如此取材，才有出路"。[1]焰生在赞许之余，肯定了《子夜》有社会史的价值。[2]

　　而对《子夜》革命意味评价的定调，则来自冯雪峰。冯雪峰高度评价《子夜》："不但证明了茅盾个人的努力，不但证明了这个富有中国十几年来的文学的战斗的经验的作者已为普洛革命文学所获得；《子夜》并且是把鲁迅先驱地英勇地所开辟的中国现代的战斗的文学的路，现实主义的创作的路，接引到普洛革命文学上来的'里程碑'之一。"[3]显然，冯雪峰的评价不仅是文学的，更是政治的。领会冯雪峰评价所释放的政治信息后，茅盾自己迅速在文学上做出追认和呼应，对《子夜》创作意图与主题进行一系列补充阐释。茅盾在1939年说："这样一部小说，当然提出了许多问题，但我所要回答的，只是一个问题，即是回答了托派：中国并没有走向资本主义发展的道路，中国在帝国主义的压迫下，是更加殖民地化了。""看了当时一些中国社会性质的论文，把我观察得的材料和他们的理论一对照，更增加了我写小说的兴趣。"[4]1945年6月23日，重庆《新华日报》甚至以半版篇幅登出给茅盾五十寿辰祝寿的消息。同年6月24日，《新华日报》则刊发社论《中国文艺工作者的路程》，肯定茅盾是新文艺运动的"光辉的旗子"。同日，王若飞代表中共中央讲话，正式将茅盾创作道路定为"为中国民族

---

　　① 　朱自清：《〈子夜〉》，《文学季刊》第1卷第2期，1934年4月1日，署名"朱佩弦"。

　　② 　焰生：《〈子夜〉在社会史的价值》，《新垒》第1卷第5期，1933年5月15日。

　　③ 　冯雪峰：《〈子夜〉与革命的现实主义的文学》，《木屑文丛》第1辑，1935年4月20日，署名"何丹仁"。

　　④ 　茅盾：《〈子夜〉是怎样写成的》，原载《新疆日报·绿洲》1939年6月1日。引自《茅盾选集》下册，人民文学出版社2004年版，第325—326页。

解放与中国人民大众解放服务的方向"，"是一切中国优秀的知识分子应走的方向"。[①]此后，尽管有唐湜、林海等对《子夜》提出不同认识，但《子夜》的"接受的定向工程宣告奠基"[②]，对《子夜》的革命评价最终定调。

三

梳理《子夜》的接受历程，瞿秋白所做的相关批评的历史意义自然也就呈现了出来。瞿秋白对《子夜》的批评分为两阶段。瞿秋白读后最先与鲁迅交换意见，并合作发表杂文《〈子夜〉和国货年》。《〈子夜〉和国货年》原稿由瞿秋白写成，鲁迅对个别文字稍加修订，请人誊写后署上鲁迅的笔名"乐雯"寄给《申报·自由谈》，1933年4月2日、3日分两次刊载。[③]瞿秋白的《子夜》批评，着重于它在创作方法和革命立场[④]上的历史突破价值——"第一部写实主义的成功的长篇小

---

① 王若飞：《中国文化界的光荣　中国知识分子的光荣——祝茅盾先生五十寿日》，原载《新华日报·新华副刊》1945年6月24日，又载《解放日报》1945年7月9日。引自庄钟庆编：《茅盾研究论集》，天津人民出版社1984年版，第4页。

② 陈思广：《未完成的展示——1933—1948年的〈子夜〉接受研究》，《江汉论坛》2008年第5期。

③ 关于《〈子夜〉和国货年》的创作和发表过程，丁景唐、王保林做了细致的研究，详见《谈瞿秋白和鲁迅合作的杂文——〈《子夜》和国货年〉》（《学术月刊》1984年第4期），文后附有鲁迅的改定稿，本段引述的内容都来自这一版本，不再出注。

④ 在文艺批评中强调革命立场实质上就是审查作者的写作动机，艾晓明先生认为这是李初梨"开了一个恶劣的先例"。参见艾晓明：《中国左翼文学思潮探源》，湖南文艺出版社1991年版，第109页。李初梨认为一个作家"不管他是第一第二……第百第千阶级的人，他都可以参加无产阶级文学运动"，"不过我们先要审查他的动机，看他是'为文学而革命'，还是'为革命而文学'"。参见李初梨：《怎样地建设革命文学》，《文化批判》第2号，1928年2月15日。

说""应用真正的社会科学，在文艺上表现中国的社会阶级关系"，比"国货年"更具有文学史上和一般历史上大事件记录价值。瞿秋白和鲁迅的看法基本相同，论调也平稳，已开始具体化为革命立场和创作方法方面的肯定。瞿秋白曾说："这里，不能够详细的研究《子夜》，分析到它的缺点和错误，只能够等另外一个机会了。"这"另一个机会"，就是1933年8月13—14日发表的瞿秋白的《读〈子夜〉》。①

而《读〈子夜〉》一文则分成五部分，对《子夜》进行"比较有系统的批评"。瞿秋白此刻采取的批评"系统"自然不是加引号的批评野心（即纯粹的文学批评），而是写《〈鲁迅杂感选集〉序言》时确立的批评模式，即文学社会历史批评。

瞿秋白认为，"文学是时代的反映"，正确反映时代的文学的是好的文学。而《子夜》是"表现社会的长篇小说"，"不但描写着企业家、买办阶级、投机分子、土豪、工人、共产党、帝国主义、军阀混战等等，它更提出许多问题，主要的如工业发展问题，工人斗争问题，它都很细心的描写与解决"，很好地反映了时代。所以，《子夜》是"中国文坛上新的收获"，"这可说是值得夸耀的一件事"。②

瞿秋白认为，"在作者落笔的时候，也许就立下几个目标去写的，这目标可说是《子夜》的骨干"。瞿秋白事先读过创作提纲，也和茅盾讨论过写作思路。他说这句话的时候，当然是一切了然于心。因此，瞿秋白对《子夜》的目标概括自然相当准确。《子夜》的目标为预先设

① 瞿秋白：《读〈子夜〉》，载《瞿秋白文集》（文学编）第2卷，人民文学出版社1986年版，第88—94页。

② 瞿秋白：《读〈子夜〉》，载《瞿秋白文集》（文学编）第2卷，人民文学出版社1986年版，第88页。

定，所以瞿秋白认为《子夜》首先是讨论问题的，因此他择要提出来谈的都是关于中国封建势力、军阀混战、民族工业、帝国主义与民族资本家、知识分子、女性形象和恋爱问题里的阶级关系、小说人物情节里表现的"立三路线"、历史必然和革命战术问题等。行文至此，瞿秋白显然在借茅盾的文学酒杯浇自己的政治块垒，把《子夜》作为现实革命政治情势分析的文本。当然，瞿秋白把《子夜》当成一份高级的社会文件，并不能反过来推定《子夜》就是"一份高级形式的社会文件"①。但必须肯定，瞿秋白的《读〈子夜〉》的确不是在谈文学，而是在谈政治。

在《读〈子夜〉》最后一部分中，瞿秋白提出五点意见，分别涉及对《子夜》社会史价值肯定、意识表现上的矛盾问题、"整个组织"上"多处可分个短篇"的结构问题、茅盾与辛克莱的异同和结尾"太突然"的问题。②瞿秋白提出的自然都是文学意见，但只是提出意见、稍作解释和建议解决办法，并没有像在《〈鲁迅杂感选集〉序言》中一样展开对作者作品思想艺术的论述和归纳。即便如此，茅盾对瞿秋白上述两篇文章仍然相当认可，高度珍视。茅盾认为"瞿秋白是读过《子夜》的前几章的"，但对于瞿秋白认为他受左拉《金钱》影响而创作《子夜》，他又声明自己"虽然喜爱左拉，却没有读完他的《卢贡·马卡尔家族》全部二十卷，那时我只读过五、六卷，其中没有《金钱》"。③

---

① 蓝棣之：《一份高级形式的社会文件——重评〈子夜〉》，《上海文论》1989年第3期。

② 瞿秋白：《读〈子夜〉》，载《瞿秋白文集》（文学编）第2卷，人民文学出版社1986年版，第92—93页。

③ 茅盾：《我走过的道路》中册，人民文学出版社1984年版，第116—117页。

茅盾甚至曾"将《读〈子夜〉》一文的剪报珍藏了半个多世纪。在逝世前不久，他让家人将剪报送给瞿独伊，以供编入新版《瞿秋白文集》之用"①。茅盾在晚年回忆文字中仍写道："我与他见面时常谈论文艺问题，有时我们也有争论，但多半我为他深湛的见解和实事求是的精神所折服。"②

瞿秋白的介入促使茅盾将《子夜》原定写作计划做调整，分章大纲也进行重写。茅盾根据瞿秋白的意见修改小说，当然部分是因为瞿秋白政治身份的特殊，也不排除是出于对瞿秋白马克思主义文艺理论家身份的尊重。因此，陈思和认为："根据政治需要，小说是可以随便改的，为什么？就是为了使自己的艺术创作更符合现实主义创作所要求的反映生活的'本质'。""这样一种创作方法自身存在着非常强烈的二元对立。一方面，它强调细节的真实，可是另一方面，他在设计这个生活的时候，又严格地按照一个阶级、一个政党的要求来写，所以他才会分析出吴荪甫的两重性。我们谈民族资本家的两重性，这种两重性都是通过人物设计表现出来的。"③况且文学现代性追求与左翼革命也并非完全对立，《子夜》受到"上海文化或者海派文化的影响"。对于文学作品"除了有繁华与糜烂同体存在的这么一种特色以外，它还有另外一个特色，就是站在左翼立场上，对于上海都市现代性的一种批判"。因此才导致《子夜》出现两个特点："现代性质疑"和"繁荣与糜烂同体性"。"一个是现代性的传统，还有一个是左翼的传统，而左翼的传统

---

① 刘小中：《瞿秋白与中国现代文学运动》，南京大学出版社2002年版，第203页。

② 茅盾：《回忆秋白烈士》，原载《红旗》1980第6期。引自《茅盾选集》下册，人民文学出版社2004年版，第304页。

③ 陈思和：《〈子夜〉：浪漫·海派·左翼》，《上海文学》2004年第1期。

主要牵涉的问题就是批判现代性。"①根据陈思和的分析，瞿秋白介入《子夜》文学创作的意义就在于强化《子夜》批判现代性的现代性质疑，也就是通过改变小说情节结构设计、表现细节等来强化小说的左翼情绪观念，从而丰富和深化《子夜》的思想内涵，形成小说"现代性质疑"和"繁荣与糜烂同体性"的紧张对立，最终《子夜》"完成了现代文学史上'革命文学'到左翼文学的转换"②。陈思和的论述无疑是一个向度，但也有点因脱离文本时代语境而产生的生硬。因为我们同样也可以说，瞿秋白的介入也使《子夜》产生政治观念设计对小说艺术魅力自然生长的压抑和扭曲——人为地制造小说世界里的革命紧张，使小说牺牲部分艺术魅力来换取社会史层面上的现实反映能力。

　　但不管如何，瞿秋白与茅盾围绕着《子夜》的文学交往实践，正是二者在文学思想上的谈判与妥协的体现。站在各自立场上，都可说这是一场双赢结局的互动；但站在文学读者的立场上，也不妨说是"两败俱伤"。因为瞿秋白介入的出发点不是艺术，茅盾接受介入的出发点当然也不全是艺术。错位的奇异契合，才使得瞿秋白和茅盾在《子夜》修改问题上的立场一致，具体意见也基本一致。对瞿秋白的《子夜》评论意见，茅盾如遇知音。作为修改介入者和评论者的瞿秋白，自然也表现出事该如此的满满自信。因此，不能不说这是中国文学批评史上的一段佳话和奇迹。此外，引人注目的还有瞿秋白就义前对茅盾的评价。令人困惑的是，《多余的话》里瞿秋白认为"可以再读一读"③的作品中，没

---

① 陈思和：《〈子夜〉：浪漫·海派·左翼》，《上海文学》2004年第1期。

② 陈思和：《〈子夜〉：浪漫·海派·左翼》，《上海文学》2004年第1期。

③ 瞿秋白：《多余的话》，载《瞿秋白文集》（政治理论编）第7卷，人民出版社1991年版，第723页。

有《子夜》，但却有《动摇》。①

此前瞿秋白和茅盾曾围绕着文艺大众化发生争论，但那次涉及的是文艺理论的革命立场问题。而瞿秋白对《子夜》的修改，涉及的却是现实主义理论的创作方法问题。在革命立场问题上，瞿秋白用革命的现实功利完全压倒现实主义；而在文学理论上，茅盾现实主义理论也部分修正瞿秋白的革命激进态度。如果说《子夜》的革命修改是双赢，那么文艺大众化争论则成为一种对革命需要的组织服从。前者是革命思想与艺术实践的互动，尚有相当的独立空间进行调整；后者是文艺理论上的阶级立场之争，舍我其谁的独断自然是除了服从便只有选择沉默。因此可以说，瞿秋白对《子夜》的修改是他文艺思想对现实文艺创作活动的介入。在这次革命政治理念对文学创作的僭越式的介入中，革命呈现出比文艺理论上的现实主义更强悍的伟力。现实主义尽管因为革命而让渡一些唯美趣味上的艺术探索，却也因此而获得批判现代性意味上的思想质疑和理论张力。在瞿秋白代表的革命政治对文学叙事的僭越式的介入中，茅盾现实主义的写作艺术获得另种情感上的丰富和思想上的深度。可见无论从哪个角度说，瞿秋白和茅盾的两次文学交往都是中国左翼文学批评史上的两次完美实践。正是类似的实践不仅丰富了瞿秋白作为革命政治家的文艺理论内涵，而且也塑造了中国现代文学的现代品格，尤其是现代革命政治意识形态品格——经典的红色化与红色的经典化。

---

① 王彬彬先生认为瞿秋白对《子夜》是出于政治目的而介入相关构思、创作和评论过程。详见王彬彬：《两个瞿秋白与一部〈子夜〉——从一个角度看文学与政治的歧途》，《南方文坛》2009年第1期。王彬彬的这种说法有其合理的一面，但过于简单和片面。正如本文所言，尽管《子夜》的创作和评价过程中，瞿秋白以政治目的进行相关僭越式的叙述，但瞿秋白对《子夜》无疑存在着文学角度的认识和文艺理论角度的考量。

第二节 丘东平的战争文学伦理与困境

1950年3月14日，在北京召开的京津文艺干部大会上，周扬批判胡风以及"他们小集团"。鉴于胡风和丘东平的特殊关系，又碍于丘东平英勇牺牲的事实，周扬只是附带评说被纳入了"小集团"的丘东平，认为他"为革命牺牲是值得尊重的，但当作作家来看，那死了也并没有什么可惜"。[①]周扬话中有话，充满着张力，更富有杀伤力。此后，以周扬为基调的关于丘东平的文学评价，一直是分裂的。三十四年后，一部以丘东平自杀为题材的小说《东平之死》[②]发表，再次呼应着周扬的"话中话"，将丘东平人与文的价值分裂评价凸显为热门议题。当然，人与文的价值分裂评价也算是一个古老的问题。[③]

一

纵观二十世纪以来的中国现代文学史叙述，关于丘东平的文学写作、文学史意义的评判，恰恰又多是基于上述文学史实和人事纠葛展开的，少有人能全面、综合地论及丘东平写作艺术特质、潜质和历史坐标的独异性。这一点，可以从丘东平诞辰一百周年学术研讨会论文集的情况得见。这本名为《丘东平研究资料》的论文集，主体部分为两大块："丘东平生平事迹""丘东平创作研究"。[④]回应了迄今为止的文学史

---

① 罗飞编：《丘东平文存》，宁夏人民出版社2009年版，第381页。

② 庞瑞根：《东平之死》，《当代》1984年第5期。

③ 钱锺书：《中国固有的文学批评的一个特点》，载《钱锺书散文》，浙江文艺出版社1997年版，第388—408页；钱锺书：《文如其人》，载《谈艺录》，中华书局1984年版，第163—164页。

④ 许翼心、揭英丽主编：《丘东平研究资料》，复旦大学出版社2011年版。

对丘东平关注的三方面问题：丘东平是谁？丘东平为什么在现代史上有其重要性？作为现代作家的丘东平有什么意义、价值和贡献？显然，前面两个问题主要立足于人物传记、革命史上的人事查证。尽管这与丘东平的文学写作和文学史意义评判不无关系，但毕竟不是决定性的因素。真正涉及文学要害的讨论，是上述的第三个问题。

《丘东平研究资料》可以说基本上呈现了既有的丘东平文学研究水准与格局。对其文学的研究主要可分为两类。一类是关于丘东平的作家论。作家论，自然是基于文学史或文学思想史的背景，有从立场和群体归属讨论，如革命文艺战士说、革命作家或左翼作家说；也有从文学思潮和文学流派发凡，如胡风的文艺理论与丘东平创作的关系、战场英雄主义问题等的辩驳。另一类，就是关于丘东平的创作论。创作论，则有从抗战文学立论，也有从现代战争文学立论，也有从叙事文学立论。此外，还有大量有关丘东平具体作品的文本分析。

由上可见，丘东平的文学写作，迄今为止并没有因为他在战争题材上的非同寻常的密集度而获得关注，而是被迅速纳入了既有的作家论和作品论的研究格局中，因此其艺术特质和文学史贡献一直没有得到更好的认知。事实上，作为作家的丘东平，其特质正是其特异的、高密度的战争书写，以及其充盈着战火气息的战争经验传达。不仅如此，丘东平朴素战争情感的全面抒写、"奇诡狞美"①的战争叙事风格、模糊的战事处理模式，不仅凸显出现代战争中的人欲之力、人身之蛮、人性之美，也真实记录下了现代战争与现代东亚历史、现代人之间的血水交缠与白刃战般的搏击，更从战争与人的关联之处——工业现代性与审美现

---

① 金钦俊：《丘东平：现代战争文学的推动者与杰出代表》，载许翼心、揭英丽主编：《丘东平研究资料》，复旦大学出版社2011年版，第281页。

代性的接合部——呈现出另外一个现代性的审视角度，在人性与文明的高度有着独到省思。

二

现代战争是文明社会的产物，但现代战争同样是野蛮的，其野蛮程度较之从前甚至有过之而无不及。和其他许多战争文学作家一样，丘东平笔下的战争书写，有民族国家的立场，也有政治意识形态的立场，但这不是他探究的着力点，他的目标"显然高于一般的爱国宣传"[①]。丘东平是主动沉入战争当中的写作者，正如林岗所言："革命对他们而言是一种日常生活……革命不是一种有待深入的'生活'，而是生活本身。"[②]倘若把"革命"换成"战争"，基本上可以概括丘东平与战争和战争文学的特殊关系。

除了"主动地选择战争，并以士兵的身份进入战争"[③]的独特姿态外，丘东平战争叙述的维度也与众不同——他特别敏锐地看到了战争本身的野蛮和反人类、反文明的荒诞，也看到了抗日战争中"正面战场的阳光与阴影"[④]。而关于战争的野蛮和反文明、反人类的一面，此前并非没有人发现，但在开掘现代中国战争的蛮性方面，在同代的中国作家中，丘东平实在是少见，甚至是仅见的一个。

现代中国战争的蛮性，体现为其爆发频仍，密度大、数量多、场

---

① 舒允中：《内线号手：七月派的战时文学活动》，上海三联书店2010年版，第67页。

② 林岗：《论丘东平》，《学术研究》2011年第12期。

③ 姜建：《士兵·战争·人——论丘东平作品的特质与文学史意义》，《中国现代文学研究丛刊》2011年第7期。

④ 秦弓：《丘东平对抗战文学的独特贡献》，《东岳论丛》2011年第2期。

域广。这自然是因为现代中国社会变革与政权更迭迅速。而另一方面，现代中国的变迁则又异常沉滞与缓慢，循环往复。从地方军阀的成王败寇，到抗日战争的义旗辗转，从中国军队内部的自我倾轧，到异族铁蹄的灭绝摧残，其间所发生的形形色色、大大小小的战事，年轻的丘东平大都亲身经历过。在《沉郁的梅冷城》里，克林堡与华特洛夫斯基亲兄弟之间的手足相残，导致了一百七十二个无辜的生命转瞬即逝；《麻六甲和神甫》中，地痞麻六甲和保卫队一样，肆意掠夺教堂和神甫的财产，甚至以掠夺和杀戮为人生之乐。许许多多的生命在戏弄、嘲弄和戏耍中变得毫无尊严和意义，盲目而且麻木。正如小说里写的："人们传说着失踪的神甫已经死了，教堂里的神甫变换了一个，是中国人，不是外国人了，大概他们以为失踪的事对于中国人和外国人的区别上也有点儿关系的。"①叙述类似的惨剧连环，丘东平的笔调平稳沉郁，乃至阴冷短促，无论句式还是词句，都呈现出对战争之蛮的直截了当、深入骨髓的把握和感知。《沉郁的梅冷城》里，面对一百七十二个鲜活人命陨灭的瞬间，丘东平却仅仅用了两句话叙述，外加一句"独语"便戛然而止：

> 华特洛夫斯基是有着他的过人之处的，他命令保卫队驱散了群众之后，随即把克林堡捆缚了，给五个保卫队送回家里去。
> 因为，他说：
> "克林堡今日得了疯狂的病症了！"

---

① 丘东平：《丘东平作品全集》，复旦大学出版社2011年版，第24页。

大约过了二十分钟，保卫队便枪决了那一百七十二个。①

类似场景描写一再出现在丘东平小说当中。《红花地之守御》也有这种虐杀俘虏的片段，死亡场面堪比集中营：

> 这惊人的场面是终于痛楚地展开了！
>
> 我们，一百四十三人一齐地发射了一阵最猛烈的排枪，这排枪有着令人身心颤动的威力，黄色的俘虏崩陷的山阜似的一角一角地倒下了，——随着那数百具尸体笨重地颠仆的声音，整个底森林颤抖了似的起着摇撼，黄叶和残枝悚悚地落了下来，而我们底第二轮排枪正又发出在这当儿。
>
> 回顾我们自己底队伍，是在森林里的丛密的大树干的参合中，弯弯地展开着，作着对那黄红交映的尸堆包围的形势，像一条弧形底墙，……②

此类对战争蛮性的叙述，无一例外，丘东平都是在仅用几个连词的情况下，把一出出酷烈悲剧，写得像一阵风似的。杀人者和被杀者一样，麻木不仁。这一切都呈现在叙述者刻意装出来的冷漠中。热铁与热血，刹那间凝聚在生冷的死水中，令人感到寂灭与痛楚。想必这就是丘东平战争蛮性写作的魅力与张力之所在。倘若抛开诸多因素，就战争本身而言，无非就是你死我活的生命搏击、野蛮厮杀。其手段和惨烈程

---

① 丘东平：《丘东平作品全集》，复旦大学出版社2011年版，第13页。
② 丘东平：《丘东平作品全集》，复旦大学出版社2011年版，第63页。

度，并不会因为战争双方是文明国家就变得文明起来。丘东平的战争书写，敢于直视战争朴素的缘起与本质，不回避也不止步于此，这就是他对战争之"蛮"的体味与传达，也正是他战争书写的平实有力、震撼人心的地方。

此外，丘东平对战争的蛮性体味，还在于他对战云逼迫下脆弱人性的揭示。这不仅表现为作品中大量出现神经质式的人物、语言和故事，也呈现为一种狰狞可怖的、抑郁阴冷的文本叙述风格。兹举一例：《十支手枪的故事》中，瞎子赵妈的女儿小玛利，偶然瞥见绅士藏在放香糖的木盒里的十支手枪，从此就被编织进了一张不可摆脱的死亡之网。而绅士掩藏十支手枪，也是出于一次偶然的接待，原因是他"一向便喜欢接待这一类的人物，有权威，有势力，只要他们肯在他的门口出入"[①]。最后，绅士扼死了小玛利，绅士杀人逃逸又被夜巡的哨兵抓住了。十支手枪也阴差阳错地由绅士的妻子缴到法庭，尽管绅士并没有供出关于手枪的秘密，一切不过是因为他的妻——"她是希望着能够减轻她的丈夫的罪状"[②]而已。类似吊诡的悲剧，与《一个孩子的教养》如出一辙。当然，就阴冷酷烈的战争蛮性书写而言，《通讯员》[③]更为出色。战友纷纷战死，通讯员林吉必须时时面对回忆的刺激和他人的不信任。最终，他陷入生不如死的困境，在邻人诘问下愤而开枪自杀。

发掘并大量书写着战争的"蛮"，这不是丘东平写作的独到开拓。

---

① 丘东平：《丘东平作品全集》，复旦大学出版社2011年版，第27页。

② 丘东平：《丘东平作品全集》，复旦大学出版社2011年版，第38页。

③ "通讯员"，今写作"通信员"，指在部队中担任递送公文等联络工作的人员。丘东平作品使用"通讯员"的写法，为避免用词不一致，下文一律不做修改，"通讯员"均指"通信员"。

可放眼中国现代文学的战争叙述，却极少有像他这样深入骨髓地了解、体验着战争的蛮性的。这自然是因为他是亲身经历过战争的、敢于正视战争的小说家。更重要的是，他是从战争起点开始体验、观察和书写战争的，是一个眼睛向下和向前的参战者、观察者，而不是单靠着想象和文字阅读的后设小说家。

三

战争，无论是何种战争，总是群雄逐鹿，是角力争胜的行为。正如毛泽东所说："革命不是请客吃饭，不是做文章，不是绘画绣花，不能那样雅致，那样从容不迫，文质彬彬，那样温良恭俭让。革命是暴动，是一个阶级推翻一个阶级的暴烈的行动。"[①]

革命也是战争，使用"革命"的称呼是为强调其正义的特点，以此获得自信和力量。战争是野蛮的，但"革命"却不仅仅靠"蛮"，还必须讲"理"。光有蛮力而蛮干，那是一介武夫，实际上也不能叫战争，只是乌合之众的混战。现代意义上的战争，除却不能磨灭的蛮性，更要紧的是它的集约化、科技化和规模化。从冷兵器时代到热兵器时代，再到高科技武器时代，战争已经不再是以往的人海战术。个中缓慢而无法遏止的战争渐变，从"蛮"的呈现到"力"的考量，一切都驳杂地呈现在丘东平的观察与书写中。如石怀池所论，"从'底层'爬出来的作家，他们往往是'力'的化身，给温文尔雅的文学圈子带来一颗粗犷的

---

① 毛泽东：《湖南农民运动考察报告》，载《毛泽东选集》第1卷，人民出版社1991年版，第17页。

灵魂，一股逼人的锐气的"。①看《红花地之守御》里的集体虐杀俘虏片段，情形固然残酷，究其原因，其实就是现代战争和冷兵器时代战争的区别。按理说，一百四十三个人仅仅凭着排枪来看押三百多个俘虏，如不是盲目自信，双方都应该知道时刻存在着局势逆转的可能性。面对这种难言的精神危机和情势紧张，唯一的办法，只有将其转变为数量绝对优势——大规模剿灭俘虏，自然就是极端的选择。战争的角力本质便是如此。

量的消长是战争"力"的源泉。更令人心惊胆寒的，则是战争中由"智"生发、而又与蛮性交缠在一起的"力"的角逐。古往今来的战争书写，精彩之处大多在这方面的发掘。武装斗争固然血腥残忍，但毕竟是战争的本色使然，对战争文学来说，不过是理应如此而已；文化斗争隐蔽曲折，却是现代战争的文明表征。尤其是两种斗争同时进行的驳杂，足以令人掩卷沉思。因此，丘东平战争书写的另一特异之处，就是能够"集现代性与左翼倾向于一体"②，在大大小小、形色各异的现代战争场域中，戳破久远的人性恶疾，刻画现代的文明变态。例如《兔子》一篇，一个兵因为无意中发现排长贪污埋葬费，又在"排长的旁边有一位体面的客人在坐着"的时候，冒冒失失地报告了这件事，结果惹来了排长精心设计的"搂草打兔子"式的杀身之祸：

他望见排长正对他招着手。

①　石怀池：《东平小论》，载许翼心、揭英丽主编：《丘东平研究资料》，复旦大学出版社2011年版，第180页。

②　刘东玲：《论丘东平的文学创作》，载许翼心、揭英丽主编：《丘东平研究资料》，复旦大学出版社2011年版，第211页。

他翻了起来，倾斜着身子，一步步踉跄地向着排长那边走，一条长长的脖子在空间里苦苦地挣扎着，仿佛给一条麻绳缚着狠狠的往前拉。

他没有忘掉那立正的姿势。

[…………]

他的眼睛发射着异样的光，呆呆地直视着前头，双手拨开树枝，脚底踏上了那有着凹陷的地上时，那弯弯的背脊就在左右的摆动着，并且张开双手，竭力防备着自己的倾跌，……

但是，在他的前头，耸着高枝的那边，突然发出枪声。

[…………]

那捉兔子的蠢货在第一下枪响的时候就倒下了。一下子结果了两个。①

这个兵的死，不难让我们迅速联想到阿Q等的同类死亡。不同的只有死亡的情景和场域。这是丘东平眼睛里看到的现代战争之"力"引发的死亡——朴素生命的被构陷和陷落。引发人精警之感的，其实还有丘东平对人性心机与贪婪的控辩。这一切，都在丘东平式的短促动作性短句里产生着别样的悲哀。

而在文本内外嵌入流转不已的、庄谐互现的情感，却是丘东平喜欢的。即便在战事胶着的叙述之际，丘东平也会抽出笔致，从容插入

---

① 丘东平：《丘东平作品全集》，复旦大学出版社2011年版，第179—180页。

一大段他颇为得意的"车大炮"①。事实上，这也正是丘东平对战争之"力"的本色观察和朴素发掘。战争并非单色体，它光怪陆离而且驳杂，譬如在《多嘴的赛娥》中，情报员赛娥到达了一个"梭飞岩的工作人员"和"从梅冷方面开出的保卫队"都在活动的村庄，当故事情节进入令人揪心的时候，丘东平突然在小说文本中阑入了一大段极具戏谑性的、针对这个地点本身的调侃——

> 下午，赛娥到达了另外的一个神秘的村子。梭飞岩的工作人员的活动，和从梅冷方面开出的保卫队的巡逻，这两种不同的势力的混合，像拙劣的油漆匠所爱用的由浅入深，或者由深出浅，那么又平淡又卑俗的彩色一样，不鲜明，糊涂而且混蛋……这样的一个村子。但是从梅冷到海隆，或者从海隆到梅冷的各式各样的通讯员们却把她当作谁都有份的婊子一样，深深地宠爱着，珍贵着。②

丘东平笔尖热辣，把战争用人类最原始的性事比拟，狠狠地嘲弄了许多战争的"宏大意义"。多嘴的赛娥，其实在整个革命情报输送过程中并没有多嘴，始终表现坚决。革命大业最终崩解，是因为那个谁也没想到的老太婆的"多嘴"。而老太婆的"多嘴"，只不过是因为"激烈的失眠症"而发出喃喃自语。于是，关于革命坚贞的神话，迅速消解在一系列毫无来由的偶然失误中。至此，我们似乎又听到丘东平特有的调

---

① "车大炮"就是吹牛之意。不仅丘东平在小说中喜欢用这个词，郭沫若在《东平的眉目》里也用这个词来调侃丘东平。参见郭沫若：《东平的眉目》，载许翼心、揭英丽主编：《丘东平研究资料》，复旦大学出版社2011年版，第176页。

② 丘东平：《丘东平作品全集》，复旦大学出版社2011年版，第45页。

侃——人犹如此，战争的滚滚烟尘又该情何以堪？

四

丘东平的战争叙述的特别，还在于它的"野"。语言上有海陆丰地区（今属汕尾市）的方言夹杂，战争体验则新鲜迅变，常有时地差异，还有那些在战争中人的神经质的反应，以及他们时时刻刻处于生死关头的幻觉，加上对新文学语言的运用不够熟练造成的陌生化效果，一切都足以令丘东平的小说显得面目别致，"野性"十足。

平心而论，阅读丘东平的小说，那些非常个人化的战争观察和体验，那些极具现场神经质感的紧张，总是在不断地打断纯粹的文学欣赏。疙疙瘩瘩的文本，神经兮兮的体验，倏忽即逝的情绪转换，变化无常的生与死，灼目的粗暴，硬朗的爱憎，自嘲的勇毅，阴冷的抒情……一切都显得与众不同，确实"野"得可以。[①]正因为如此，对战争感受特殊性的留意和对其复杂性的聚焦，已是研究者对丘东平战争叙述特征的基本认同。有论者因此认为，这恰恰是丘东平小说在战争叙事中"注意防备'单纯化'"的特殊追求，"其作品主题不是鲜明的而是含混的，其人物形象不是单面的而是多面的，其修辞色彩不是纯洁的而是暧昧的"。[②]

然而，一旦论及战争叙述的纯与不纯，就必然会生发"什么是战

---

① 草明说丘东平有"多方面的丰富的生活""闪灼的才华与豪放的热情"和"爱炫的癖好"。于逢则说丘东平"充满活力，仿佛没有一刻安静"。草明和于逢的回忆，颇可从人的角度映衬其文的风格。参见草明：《忆东平》，载许翼心、揭英丽主编：《丘东平研究资料》，复旦大学出版社2011年版，第49页；于逢：《忆东平同志》，载许翼心、揭英丽主编：《丘东平研究资料》，复旦大学出版社2011年版，第51页。

② 刘卫国：《丘东平"战争叙事"特征新论》，《文学评论》2013年第3期。

争文学"的讨论，也就必然要涉及思考革命文学的同质化问题。①事实上，战争文学也好，革命文学也罢，不过都是文学大观园的一部分，充其量只是题材和文学体验书写的差异，并不存在审美标准上的隔阂。丰富、生动、细腻、深入应该是文学的普遍追求。丘东平对此亦有着先见之明，他说："战争使我们的生活单纯了，仿佛再没有多余的东西了，我不时的有一种奇异的感觉，以为最标本的战士应该是赤条条的一丝不挂，所谓战士就是意志与铁的坚凝的结合体。这显然是一种畸形的有缺憾的感觉，而我自己正在防备着这生命的单纯化，这过分的单纯化无疑的是从战争中传染到的疾病。"②可见，"纯"与"不纯"的问题，就丘东平而言，是对战争必然导致的简约划一与文学感受的多元复杂之间的张力与矛盾的警惕。以后设视野来看，就是对丘东平的战争叙述（更广泛说，就是革命文学叙述）方式正当与否的判断。对丘东平的战争体验是否同质化的思考，其实也就是对他的战争文学叙述的野味道、野路子、野风格如何评价的问题。的确，战争和革命都是足以洗刷一切的洪流，对彻底性与集约化的要求是共同的。但并不等于战争文学必然是同质化和单一的——因为人是复杂的，更何况是战争情境中的人呢？

丘东平是个很好的革命战士，也是勇敢积极的直面拥抱战争的战士，但他更是一个坚持真切细腻地观察人、体察人与战争的纠葛的作家。他始终立足于以"复眼"来叙述表面上似乎整齐划一的战争，甚至强制自己以近乎热得发冷的激情来审视战争中的人情世态。丘东平这一

---

①　参见杨义、严家炎、王富仁、黄修己、吴福辉、刘增杰和秦弓等人关于"抗日战争的历史记忆与文学"专题讨论的系列论文，《河北学刊》2005年第5期。

②　丘东平致胡风的信，载丘东平：《丘东平作品全集》，复旦大学出版社2011年版，第707页。

点，与张爱玲在《倾城之恋》中对战争与爱情之间苍凉而荒诞的体验的叙述，就"直追人物的心理性格"①的力度和宽广度上颇有异曲同工之妙。人世悲凉并非只有张爱玲式的挥手，还有丘东平这种贴着战争世态娓娓道来的沧桑。举例而言，他人写战争都强调正邪之别，立场鲜明，但丘东平不少小说偏偏看不出明晰划分，反而模糊处理，更多是反思战争本身。②比如在《中校副官》中就出现了对内战与抗战之间多线纠葛的思考。在寓言性的《骡子》一篇中，又有对"中国军""日本军"以及战争本身的朴素而深刻的思考。《白马的骑者》重心在于铺叙马夫谢金星人不如马的经历，足以尽显乱世凉薄。小说所表现的繁华落尽、循环往复，使人不由得感叹：幸亏谢金星他就是一个马夫。至于《运转所小景》里"百姓的无知和卑怯"与"兵队的残暴"；《正确》的连长刻意用杀死"受处分的兵士"来证明自己的"正确"；《尊贵的行为》写骄横的旅长让马夫去街上抢夺商家的豆子喂马，事后却又以枪毙马夫的行为给自己增添"行高德厚"的美名……如此这些，都切切实实把庸众、弱者的"凶顽"镂刻得入木三分。

相对于许多战争文学书写中四处洋溢着的令人乏味的政治正确的标举而言，丘东平"野"得别有滋味。之所以如此，是因为他的写作都是从战争情势中起步。他的体验和观察，大多源于亲身所历和所见的战争情态。现场观感和亲历体验，与其新文学写作实践一起成长，共

---

① 杨义：《中国现代小说史》下册，人民出版社1998年版，第160页。

② 古远清先生理解为"和当时白色恐怖环境有关"和"情节的不确定性"。参见古远清：《得模糊处且模糊——〈沉郁的梅冷城〉小识》，载许翼心、揭英丽主编：《丘东平研究资料》，复旦大学出版社2011年版，第238页。笔者认为"模糊"还有助于丘东平避开了政治意识形态的战争立场选择，可以将更多笔力置于对战争本身的哲学思考和审美开掘。

同生成别有风味的丘东平式的、原生态的"野"味十足的战争文学文本。例如，《寂寞的兵站》为了表现兵士们"毫无意义的狂暴而放任的性格"和"毫无凭借的空虚"[1]，丘东平随兴就大胆纳入了一首鄙俚的"酸曲"：

> 莲角开花
>
> 满天青——啰，
>
> 妹你生好（美）
>
> 兼后生（年轻）——啰；
>
> 春水人情
>
> 你要做——啰，
>
> 唔比春草
>
> 年年有——啰！

> 莲角开花
>
> 满天青——啰，
>
> 妹你偷睇
>
> 假唔知——啰；
>
> 我要睇妹
>
> 你个屎——啰，
>
> 假在路上

---

① 丘东平：《丘东平作品全集》，复旦大学出版社2011年版，第606页。

拾个钱——啰！①

丘东平的"防备'单纯化'"，实际上并非仅仅因为他对"单纯化"的有意识的防备和理论明晰，而且源于他对驳杂、复色的战争现实、生活情境与个人体验的深刻感受，也源于他有限的新文学表达语汇、文字能力与充沛的战争实感传达之间的矛盾。"如万斛泉源，不择地而出"，于苏轼是一种气势如虹的文才自信，在丘东平则更多是表达的焦灼与憋闷。有鉴于此，当读到丘东平战争小说文本中的被认为"颇多不大修洁"②的粗话糙话③、方言俚语，除了说只有这样才能传达出人物身份与情感处境的生动一致，亦即丘东平所说的"没办法，不像这样，不过瘾，他妈的，简直不过瘾"④之外，也反映出丘东平的某种不得已而为之的"野"路子和歪打正着。他自己说："我最初写文章是用土话构思好了，再翻成普通话的。"⑤

显然，无论是书写战争的"蛮"，还是镂刻"力"与"野"，对于战争的文学书写，丘东平都是有着自己的"格调"（丘东平语）追求

---

① 丘东平：《丘东平作品全集》，复旦大学出版社2011年版，第605—606页。

② 茅盾：《给予者》，载许翼心、揭英丽主编：《丘东平研究资料》，复旦大学出版社2011年版，第215页。

③ 张全之先生把"语言粗糙凌厉"特征解释为"不避污秽"，并认为这"使小说在感情基调上显得异常芜杂"。参见张全之：《丘东平：以五四精神之火烛照军人世界》（节选），载许翼心、揭英丽主编：《丘东平研究资料》，复旦大学出版社2011年版，第272页。

④ 聂绀弩：《东平琐记》，载许翼心、揭英丽主编：《丘东平研究资料》，复旦大学出版社2011年版，第6—7页。

⑤ 聂绀弩：《东平琐记》，载许翼心、揭英丽主编：《丘东平研究资料》，复旦大学出版社2011年版，第5页。

的。他也是矢志追求这个境界的。丘东平曾说："我的作品中应包含着尼采的强者，马克思的辩证，托尔斯泰和《圣经》的宗教，高尔基的正确沉着的描写，鲍德莱尔的暧昧，而最重要的是巴比塞的又正确、又英勇的格调。"⑥较之郭沫若对丘东平这些自我期许的记忆犹新，胡风也注意到了丘东平的战争叙述"格调"的重要意义。不过，急于求其友声的胡风，迅速把丘东平的"格调"定格在"革命文学运动"。胡风说："在革命文学运动里面，只有很少的人理解到我们的思想要求最终地要归结到内容的力学的表现，也就是整个艺术构成的美学特质上面。东平是理解得最深的一个，也是成就最大的一个，他是把他的要求、他的努力用'格调'这个说法来表现的。"⑦

可是，事实并非如胡风所说的那样简单和直接。丘东平不仅仅是革命文学运动里的作家，他的战争书写"格调"的真正所在，是对中国现代文学里开掘得非常有限的战争题材的探索，即人性在战争的极端情境下的文学呈现。作为那个时代屈指可数的本色军旅作家，丘东平的战争书写特质是高密度、原生态的战争经验传达。他那朴素战争情感的全面抒写、他的"奇诡狞美"的战争叙事风格、他基于人类立场的战争反思，不仅凸显出现代战争中的人欲与人情，也曝出人性的凶顽与愚陋。丘东平以自己的勇敢和执着，以战争亲历者的真实和鲜活，以新文学习作者的坦诚与朴素，真切镂刻出了中国大地浸泡于现代战争中的苦难酸楚与悲欢离合。

---

⑥　郭沫若：《东平的眉目》，载许翼心、揭英丽主编：《丘东平研究资料》，复旦大学出版社2011年版，第177页。

⑦　胡风：《忆东平》，载许翼心、揭英丽主编：《丘东平研究资料》，复旦大学出版社2011年版，第42页。

五

一个人的生与死，在中国现代漫长而驳杂的战争视域中，的确是稀松平常的事。周扬认为丘东平"为革命牺牲是值得尊重的"，是基于革命本身的立场判断，也就是对丘东平参加战争的左翼立场的肯定，即革命与否的认定；但周扬断定丘东平"当作作家来看"则是"死了也并没有什么可惜"①，显然是对其文学价值和才华的蔑视。

无疑，丘东平的写作才华主要呈现在大量的战争书写上。鉴于上述讨论，我们也可以明了，丘东平战争书写的价值和意义，不在于对战争立场的选择和明晰，而在于对战争与人、战争与文明之类关系的反思，对战争本身的残酷野蛮的反思。道理很简单，丘东平不仅亲身经历了太多的战争，而且他往往是沉浸于战争自身又能跳脱出战争来反思。这样一个战争的文学书写者，在讲究和率先关注立场和动机的意识形态氛围中，能被施之以"人"与"文"的区别对待，从另一种意义上说，无论如何都还算得上是丘东平的幸运，当然也是周扬在文学批评上的厚道和辩证之处。这也足以表明，周扬在文艺与政治之间，在评判丘东平上面，的确充分表露了他的非凡之处。

周扬相关判断的合理与有分寸，并不表示这些判断本身在文学价值上的批评正确。周扬的判断固然表露其作为党的文艺批评家的持重，但也说明他对丘东平文学价值评定的"束手无策"。周扬可以敏锐感知作家在革命与文艺方面的"立场"，但他却没有办法判断丘东平在战争书写上的探索价值。换言之，周扬也许正是因为丘东平在战争文学上不够鲜明的写作立场和革命姿态，进而否定了其文学艺术上的成就和价值。

---

① 罗飞编：《丘东平文存》，宁夏人民出版社2009年版，第381页。

这种先入为主的"盲视"与"洞见"，或许就是周扬这一评说的"经典"意义所在。

正如前面所论，长期以来，对丘东平文学的评价也好，对其人的判断也罢，基本上都以周扬的"话中话"为前提。至于说那部以丘东平自杀为题材的小说《东平之死》的发表引发的再讨论，根本原因就在于，这篇小说不仅否定了丘东平文学上的价值，而且还否定了其本人在实际战争中的"革命"立场，也等于彻底否认了丘东平的"人"与"文"。这显然是历史虚无主义的态度，比周扬的判断更为决绝。

事实上，周扬对丘东平的战争书写并非毫无了解。但就是立场（政治标准）第一的文学批评前提，阻碍了他对丘东平文学艺术成就的深入探讨。也就是说，周扬根本就没有（也许是不能）用惯常的文学批评标准来讨论丘东平的战争文学。如何判断战争文学的价值？对于周扬这一类的批评家而言，只要是战争，立场是第一位的。因此，战争文学对于周扬，首先必须是战争的定性问题，其次才是文学。我们无法，也无意苛求周扬他们跳出历史局限，但随着时间流逝，或许可以提出更为丰富的看待人类战争的角度，可以有更开阔更深入的视野。毕竟，当战争的成败快感烟消云散之后，留下的是更漫长的人类文明自身的悖论与悲哀。而此时此刻，关注人的精神世界，关注人类文明的困境，往往就是文学的长处。

就此而言，丘东平战争叙述的"力、蛮、野"，从战争与人的关联之处——工业现代性与审美现代性的接合部——中呈现出另一现代性的审视角度："从战士、战争和战争中的人这个真实而坚固的铁三角的视角进入战争。"①这也是林岗先生所论的，丘东平"不仅写得有真情实感，而且有很深刻的观察，有的还有哲学思考在里面。这一层对左翼作家来说更加难得"②。是故，丘东平在战争书写中"对于现实的拼命的肉搏"③，时刻"醉心于'不全则无'者所共同的苦痛"④的思考，才因此超越了一般的猎奇炫幻的战争写作，在人性与文明的高度上开启了一扇对战争进行文学开掘的"黑暗的闸门"⑤。

丘东平是亲历并曾经书写过现代中国多"类"战争的作家，而且是不折不扣的左翼作家。丘东平战争书写的特质，不在于左翼立场本身，而在于其高密度的战争经验传达。"最讨厌庸俗的大众化论者"⑥的丘东平，是一个活跃在现代中国复杂战争语境下的革命作家。他用"自己的那种钢一样的笔锋"书写着"内容总是被战斗道德的庄严的意识贯串

---

① 揭英丽、许翼心：《〈血潮汇刊〉述略》，载许翼心、揭英丽主编：《丘东平研究资料》，复旦大学出版社2011年版，第225页。

② 林岗：《论丘东平》，《学术研究》2011年第12期。

③ 胡风、端木蕻良、鹿地亘等：《现时文艺活动与〈七月〉》（摘录），载许翼心、揭英丽主编：《丘东平研究资料》，复旦大学出版社2011年版，第178页。

④ 郭沫若：《东平的眉目》，载许翼心、揭英丽主编：《丘东平研究资料》，复旦大学出版社2011年版，第178页。

⑤ 据乐黛云先生所论，"黑暗的闸门"典出《说唐》，后因鲁迅《我们现在怎样做父亲》中"自己背着因袭的重担，肩住了黑暗的闸门，放他们到宽阔光明的地方，此后幸福的度日，合理的做人！"而广为人知。参见乐黛云：《肩起黑暗的闸门——纪念鲁迅〈我们现在怎样做父亲〉发表90周年》，《新京报》2009年4月28日。后来，夏济安的《黑暗的闸门》（*The Gate of Darkness*, University of Washington Press, 1968）也为此说增色不少。

⑥ 聂绀弩：《东平琐记》，载许翼心、揭英丽主编：《丘东平研究资料》，复旦大学出版社2011年版，第5页。

着"的战争文学。[①]对丘东平来说，对战争的文学关注和心灵发掘，比立场本身重要得多。丘东平的意义更在于他是中国现代战争文学的力行者和先行者，他不仅是"知道到自己的作品里头去玩耍"[②]的"中国左翼文学的新血液"[③]，更是"一个新的世代的先影"[④]。

---

① 胡风：《忆东平》，载许翼心、揭英丽主编：《丘东平研究资料》，复旦大学出版社2011年版，第45页。

② 聂绀弩：《东平琐记》，载许翼心、揭英丽主编：《丘东平研究资料》，复旦大学出版社2011年版，第5页。

③ 胡从经：《东平小论》，载许翼心、揭英丽主编：《丘东平研究资料》，复旦大学出版社2011年版，第196页。

④ 郭沫若：《东平的眉目》，载许翼心、揭英丽主编：《丘东平研究资料》，复旦大学出版社2011年版，第176页。

第三章　中国左翼文学的批评现场研究

第一节　革命与私谊：翻译论战中的瞿秋白与鲁迅

　　二十世纪中国文学（尤其是左翼文学）发展过程中，团体革命政治与文艺私趣之间的关系始终相互纠缠。而在以往的相关研究中，人们往往过多强调了群体政治意识形态对个人文艺趣味选择的规约。实际上，当左翼政治还只是一种社会气氛和边缘团体的时候，私谊交往与革命政治的互动与纠缠却显得更为突出和主流。二十世纪三十年代的翻译论战中，瞿秋白与鲁迅之间的友谊即是如此。

　　瞿秋白和鲁迅之间的文学交往，集时代情势、政治革命功利和私人之间的友谊温情于一体。对此历史性的私谊进行历史还原和意义讨论，不仅可以呈现中国现代文学史在日常活动层面上文学和政治关系的经典化历程，推进中国现代文艺思想史上的文艺统战研究，也可深入理解中国现代学术发展的逻辑转折与变异。

　　众所周知，瞿秋白在左联时期的文学交往活动并非都是单纯的文艺活动或个人日常行为。不仅参与的诸多文艺论战如此，他与鲁迅和茅盾等的交谊往来也是这样。乃至于对泰戈尔和萧伯纳访华的时事的回应，仍是瞿秋白"构筑世界无产阶级革命文化体系中的一个有机环节"[1]。

---

① 王文强：《瞿秋白文化思想的发展历程》，载瞿秋白纪念馆编：《瞿秋白研究》第12辑，学林出版社2002年版，第224页。

在瞿秋白频密的文学交往中，瞿秋白与鲁迅之间的私谊对中国现代文学史和文学翻译史的影响都甚为深刻。

一

瞿秋白、鲁迅与左联是因三十年代上海左翼文化界的文化反"围剿"工作而紧密结合起来的。瞿秋白和鲁迅的交谊究竟是如何开始的呢？1931年5月初，瞿秋白在茅盾家初次见到左联党团书记冯雪峰。几天后，瞿秋白托冯雪峰找个能比较长时间居住的地方，准备翻译苏联文学作品。不久瞿秋白夫妇就迁到谢澹如家，从此与左联发生关系，间接领导左联。当时冯雪峰"大概三四天到他那里去一次，至少一个星期去一次，主要是去和他谈左联与革命文学运动的情况，讨论问题，和拿他写的稿子"。但多年后冯雪峰却坚持认为："秋白同志来参加领导左联的工作，并非党所决定，只由于他个人的热情；同时他和左联的关系成为那么密切，是和当时的白色恐怖以及他的不好的身体有关系的。"[1]钱云锦也认为瞿秋白是通过冯雪峰和谢澹如了解左联和文化界动向。[2]可见，瞿秋白大约在1931年5月后才主动融入左联，而且更多是出乎个人不得不然的革命热情。

当时的左联与毛泽东同志批评的"第二党式的所谓赤色群众团体"[3]有很多相似之处。1931年上半年，由于过度左倾，"左联的阵容

---

[1]　冯雪峰：《回忆鲁迅》，人民文学出版社1957年版，第50—52页。

[2]　钱云锦：《忆谢澹如掩护党的秘密工作的片断》，载《党史资料丛刊》1983年第3辑，上海人民出版社1983年版，第66页。

[3]　毛泽东：《关于若干历史问题的决议》，载《毛泽东选集》第3卷，人民出版社1991年版，第981页。

已经非常零落"①。初次见到冯雪峰时，瞿秋白读到鲁迅写的《中国无产阶级革命文学和前驱的血》，连声赞叹"写得好，究竟是鲁迅"②。瞿秋白赞赏鲁迅的思路显然是因文及人，此时他还尚未直接和鲁迅联系。据冯雪峰回忆，"两人还没有见面以前，秋白同志也是一看到我，就是'鲁迅，鲁迅'的谈着鲁迅先生，对他流露着很高的热情和抱着赤诚的同志的态度的"③。由此推定，瞿秋白这时对鲁迅的赞赏还停留在单边的热情阶段。

瞿鲁关系的转折，"开始于秋白同志住进谢家的这个时候"④。冯雪峰说："两人的接近开始于一九三一年下半年，在这以前他们没有见过面。他们的相互认识和接近，是因为有一个左联。"⑤因为共同的左联，瞿秋白和鲁迅因革命而发生关联。左联因此成为瞿秋白和鲁迅、文学和政治都能互动和双赢的平台。在左联的群体氛围里，瞿秋白既有政治威望又有一定文学造诣，而鲁迅则仅有文学威望。瞿鲁结合，可谓文学与政治的合则双美。

瞿秋白入住谢澹如家后，最初写有《鬼门关以外的战争》《学阀万岁！》等论文，开始倡导文艺大众化理论。此后，左翼文坛爆发了由瞿秋白担任论战主力的三次文艺论战（民族主义文艺运动批判、文艺自由论辩和翻译问题论战）。这三次论战鲁迅都参加了，主要原因仍是

---

① 茅盾：《关于"左联"》，载中国社会科学院文学研究所《左联回忆录》编辑组编：《左联回忆录》上册，中国社会科学出版社1982年版，第151页。

② 冯雪峰：《回忆鲁迅》，人民文学出版社1957年版，第50—51页。

③ 冯雪峰：《回忆鲁迅》，人民文学出版社1957年版，第53—54页。

④ 冯雪峰：《回忆鲁迅》，人民文学出版社1957年版，第52页。

⑤ 冯雪峰：《回忆鲁迅》，人民文学出版社1957年版，第50页。

共同的左联。论战中瞿鲁两人不断相互了解和接近，瞿鲁友谊也渐渐有所质变。其中思想感情的催化剂，便是瞿鲁两人因文学翻译问题而开始的通信，瞿鲁从一般战友变成了"亲爱的同志"（二人在信中互称）。可见，瞿秋白介入鲁迅和梁实秋之间的翻译论战是瞿鲁友谊质变的重要环节。因为这次论争，瞿鲁二人亲密地走到一起，既成为被称为"左翼文坛两领导"的铁哥们，又是"人生知己"加"斯世同怀"的好兄弟。在翻译问题论争中，瞿秋白也由此进行大量翻译实践，并且从俄文直接译介和编撰马克思主义文论著述。正是这项工作改变了中国左翼文艺从日本转译苏俄文论的单一资源取向，部分纠正了左翼文艺战线关门主义的发展倾向，对中国现代文艺思想和左翼文艺理论的发展产生了深远影响。

二

瞿鲁友谊发生质变，源于鲁迅与梁实秋之间的翻译论战。鲁迅与梁实秋之间的文学翻译论战，前后持续八年之久。该次论战相当复杂，从一开始就渗进政治斗争的敏感因素，所谓"战辞之激烈，战文之繁密，实为中国文史所罕见"[①]。在当时，实际上曾发生多起翻译争论。除鲁迅和梁实秋外，茅盾与郑振铎、陈西滢与曾虚白、巴金与王力、张友松与徐志摩，甚至鲁迅与瞿秋白、穆木天、林语堂等都曾因翻译而有过争论。但为何偏偏是鲁迅与梁实秋，最终成了难解难分的译坛论敌？而介入论战的瞿秋白又究竟充当了什么角色？

梁实秋与鲁迅交恶，始于梁实秋发表《北京文艺界之分门别户》——

① 刘全福：《鲁迅梁实秋翻译论战研究》，载张柏然、许钧主编：《面向21世纪的译学研究》，商务印书馆2002年版，第590页。

"这可能是梁实秋一生中写过的唯一的一篇播弄是非的文章"①。由于这篇文章，梁实秋与鲁迅开始了关于翻译艺术质量的论战。《新月》第2卷第6、7期合刊（1929年9月10日）同时刊载梁实秋的《文学是有阶级性的吗？》《论鲁迅先生的"硬译"》，而《萌芽月刊》第1卷第3期（1930年3月1日）则发表鲁迅的《"硬译"与"文学的阶级性"》。直到《新月》第2卷第9期②发表梁实秋的《答鲁迅先生》后，梁实秋和鲁迅关于翻译艺术的论战才暂告一段落。但事实上梁实秋和鲁迅间的论战仍在继续，只不过翻译艺术问题的争论暂时退隐到次要位置，论战焦点转向了翻译和文学的阶级性、普遍人性以及批评态度等问题。

平心而论，当年鲁迅翻译的日式马克思主义文论的确不够通俗晓畅，甚至有点难以卒读。这一点鲁迅本人实有自知之明。而梁实秋的文章激起鲁迅带有意气的反批评，主要是因为梁实秋对鲁迅从事翻译这项工作本身不够尊重和体谅。而且对于鲁迅从事翻译工作的态度和热情，梁实秋一开始也没有正确对待和认识。对于鲁迅翻译文本的选择导向，梁实秋更是带着政治偏见。鲁迅和梁实秋的文学翻译论争，后来竟会游移到文学翻译背后的政治立场和文学阶级性之争，正缘于这一内在逻辑。因此，高旭东认为："梁实秋与鲁迅的论争，百分之六十以上要怪梁实秋。当他从美国学了一种保守的人文主义与古典主义文学批评之后，他那种横空出世的姿态，以及对鲁迅缺少起码的作为有成就的作家

---

① 高旭东：《梁实秋　在古典与浪漫之间》，文津出版社2005年版，第45页。

② 《新月》第2卷第9期封面上印刷的发刊时间为1929年11月10日，版权页记录为1929年10月初版，均有误。梁实秋在这一期的《答鲁迅先生》一文提到"一九三〇年二月十四日下午七时"鲁迅发起自由运动大同盟的事件，文章开篇又提到鲁迅在《萌芽月刊》第1卷第3期（1930年3月1日）的回应文章，这说明实际的发刊时间应不早于1930年3月。

和学术长者的尊重，导致了论争的逐步升级。"①这算是部分体贴人情的论解。而恰恰在翻译之争转变为政治立场较量的背景下，瞿秋白主动介入了鲁迅和梁实秋之间此刻已变味了的文学翻译论战。

1931年12月5日，瞿秋白给鲁迅去了一封长达七千多字的信。12月28日，鲁迅回信答复瞿秋白。这两封信后来分别以《论翻译》（署名"J.K."）、《论翻译——答J.K.论翻译》发表。接着，瞿秋白再次给鲁迅去信（即《再论翻译答鲁迅》）。而前两封信的发表，成了鲁迅和梁实秋之间的翻译论战再起高潮的导火线。于是，1933年成为梁实秋攻击鲁迅"硬译"最激烈的年头。实际上，对于自己和梁实秋在翻译问题上的分歧，鲁迅心里非常清楚。鲁迅在《文艺与批评》的译者附记中写道：

> 从译本看来，卢那卡尔斯基的论说就已经很够明白，痛快了。但因为译者的能力不够和中国文本来的缺点，译完一看，晦涩，甚而至于难解之处也真多；倘将仂句折下来呢，又失了原来的精悍的语气。在我，是除了还是这样的硬译之外，只有"束手"这一条路——就是所谓"没有出路"——了，所余的惟一的希望，只在读者还肯硬着头皮看下去而已。②

鲁迅的这段话有三层意思：第一，本书不是直接从俄语翻译的，这是关于重译的问题；第二，自谦翻译能力不够，并说"中国文本来

---

① 高旭东：《梁实秋　在古典与浪漫之间》，文津出版社2005年版，第67—68页。

② 鲁迅：《文艺与批评》译者附记，载《鲁迅全集》第10卷，人民文学出版社2005年版，第329—330页。

的缺点"也是翻译不好的原因，这是翻译与汉语的发展问题；第三，重申坚持"硬译"法，只能让读者来改变阅读习惯和适应，这是翻译标准问题。以上三个层面，不仅是梁实秋和鲁迅翻译论战的核心，也是瞿秋白和鲁迅通信讨论的核心。但有一点——虽然不是翻译学问题，却是问题的要害——那就是梁实秋首先缺乏对前辈鲁迅的尊重。而这一点，恰恰是瞿秋白为人行事比梁实秋练达的地方。瞿秋白不仅相当尊重鲁迅，而且率先肯定的就是鲁迅从事翻译工作的认真态度和热情。因此，尽管瞿秋白和鲁迅翻译观点不同（相反，瞿秋白和梁实秋的翻译观在一定程度上倒是相近），但最终瞿秋白和鲁迅却因翻译问题成为战友和知己同怀，而梁实秋则与鲁迅成为终身译敌。个中人事的错位着实令人慨叹。

　　论及翻译观念，梁实秋批评了鲁迅"硬译"，言下之意即是"死译"——毫无艺术生命力的翻译。可是，"硬译"的概念对鲁迅和梁实秋却具有不同含义。[1]鲁迅称"硬译"显然没任何贬义，只是"直译"的替说。"硬"，一方面是就语言翻译而言，另一方面也体现了鲁迅对翻译事业的真诚态度——所谓"硬要做某事""一定要做成某事"的知难而上的倔强精神。况且，提倡"硬译"还包括更加忠实原文的意思。正如鲁迅后来提"宁信而不顺"也不过是针对"宁顺而不信"的意气语。因为鲁迅的"不顺"并非指讹译误译，而是说译文由于强调准确传神而导致同步艰涩，即"不像吃茶淘饭一样几口可以咽完，却必须费牙来嚼一嚼"。[2]

---

　　① 详见刘全福：《梁实秋翻译论战研究》，载张柏然、许钧主编：《面向21世纪的译学研究》，商务印书馆2002年版，第597—600页。以下简述部分内容。

　　② 鲁迅：《论翻译——答J.K.论翻译》，《文学月报》第1卷第1号，1932年6月10日。

的确，对于翻译策略，鲁迅很有自己的一套考虑：译者面对的读者要分为不同的层次，甲是受过良好教育的，乙是略能识字的，丙是识字无几的，其中丙被排除在译文读者的范围之外。给乙类读者的译文要用一种特殊的白话，至于甲类读者，则不妨运用直译，或者说不妨容忍译文中出现"多少的不顺"。①

但如果认为"尽管梁实秋批判鲁迅的硬译，他自己却没有明确提出过自己的翻译标准"②，那也不尽正确。其实梁实秋从一开始就主张翻译首先要让人看懂，即"顺""爽快"。所以，若从瞿秋白文艺大众化的思想看，梁实秋和瞿秋白的翻译标准倒有些相同。而瞿秋白和鲁迅的共同点则是对重译的态度、对翻译和汉语发展关系的看法。然而鲁迅后来力荐瞿秋白从俄文原著翻译俄文作品，可见他对重译的看法实质上转而朝着梁实秋靠近。个中逻辑似乎有点荒唐，其实不然。因为鲁迅和瞿秋白的重译观的争论，本来也只是出于改变现实的迫切，并非原则差异。

可见，瞿秋白和鲁迅的最大共同点是对翻译和汉语发展关系的认识。瞿秋白努力从事汉语拉丁化，希望通过语言大众化达到文艺大众化，从而完成群众革命启蒙和战争动员宣传任务。鲁迅则从日语翻译中不断添加新表现法而臻于完美的事实得到启发，对翻译和汉语发展的关系有新的考量。如何通过翻译来发展汉民族语言？鲁迅认为"宁信而不顺"也是一种译本，而"这样的译本，不但在输入新的内容，也在输入

---

① 鲁迅：《论翻译——答J.K.论翻译》，《文学月报》第1卷第1号，1932年6月10日。

② 刘全福：《鲁迅梁实秋翻译论战研究》，载张柏然、许钧主编：《面向21世纪的译学研究》，商务印书馆2002年版，第600页。

新的表现法"。要克服中国文缺点，"只好陆续吃一点苦，装进异样的句法去，古的，外省外府的，外国的，后来便可以据为己有"。鲁迅继而认为，可以"一面尽量的输入，一面尽量的消化，吸收，可用的传下去了，渣滓就听他剩落在过去里"，所以现在可容忍译文中出现"多少的不顺"。"其中的一部份，将从'不顺'而成为'顺'，有一部份，则因到底'不顺'而被淘汰，被踢开。这最要紧的是我们自己的批判。"①

在翻译与汉语发展关系问题上，梁实秋和鲁迅、瞿秋白的看法差异很大。梁实秋历来反对把翻译和语言发展问题混淆，认为"翻译的目的是要把一件作品用另一种文字忠实表现出来，给不懂原文的人看"②。此外，梁实秋对汉语的认识也和鲁迅、瞿秋白相反。梁实秋认为"中国文是如此之圆润含浑"，"许多欧洲文的繁杂的规律在中文里都不成问题"，"翻译家的职责即在于尽力使译文不失原意而又成为通顺之中文而已"。③他认为，中文文法受欧洲语言影响而发生变化是不可避免的事，但应该认识到这一过程的循序渐进性，翻译家虽不妨做种种尝试，却不可操之过急，否则只会欲速则不达，其结果连翻译本身的职责也丢了。④梁实秋还说："鲁迅先生如以为中国文法不足以达意，则应于写

---

① 鲁迅：《论翻译——答J.K.论翻译》，《文学月报》第1卷第1号，1932年6月10日。

② 转引自刘全福：《梁实秋翻译论战研究》，载张柏然、许钧主编：《面向21世纪的译学研究》，商务印书馆2002年版，第601页。

③ 转引自刘全福：《梁实秋翻译论战研究》，载张柏然、许钧主编：《面向21世纪的译学研究》，商务印书馆2002年版，第601页。

④ 刘全福：《梁实秋翻译论战研究》，载张柏然、许钧主编：《面向21世纪的译学研究》，商务印书馆2002年版，第602页。

杂感或短篇小说时试作欧化文。"①梁实秋以我为主的、改良式的现代汉语发展观，其实颇为稳健。但鲁迅和瞿秋白认为翻译可促进民族语言发展的观点也是对的。只不过瞿鲁低估，甚至错误贬斥了汉语活力，这显得过于草率和激进。但若从急于改变民族文化面貌、尽快取得革命成功的心态考虑，鲁迅和瞿秋白的观点也可以体谅，毕竟那是"大夜弥天"的年代。

梁实秋和鲁迅的翻译论战，在1934年后进入僵持阶段，后来又断断续续在一些老问题上有所反复。鲁迅逝世后，这场拉锯战式论战不了了之。但是，梁实秋和鲁迅、瞿秋白的翻译论争，对中国翻译事业产生了重大影响。从此，文学翻译的艺术质量的要求后置于从事翻译工作的态度、动机和立场。而后者在革命政治语境里也最容易被无限拔高和放大，翻译的立场和翻译的质量从此开始就不是对等的二元，而是一前一后的等级序列。这种思路逻辑，不仅意味着文学翻译的发展歧路，也整个扭转了中国现代学术思路的现代进程。现代性中的审美与革命开始成为一种政治意识形态的建构，而并非艺术独立和学术独立的现代进程本身。就瞿鲁交谊和瞿秋白文艺思想来说，这场论争也相当重要，因为它意味着共产主义革命现实的需要已深入到对文化事业的规约。在革命语境里，选择了革命政治的任何个人，严格来说已经不存在很纯粹的私人交谊了，他首先要考量并最终服从于政治群体工作的利益。

三

瞿秋白不自觉地介入鲁迅和梁实秋之间的文学翻译论战，此事正是

---

① 梁实秋：《偏见集》，上海书店1988年版，第303页。

在革命统战层面具备了文艺思想史的独特意义。

瞿秋白在看了鲁迅翻译的《毁灭》后，高度赞扬鲁迅翻译的认真精神，而且批评了"二十世纪的才子和欧化名士"（暗指梁实秋等人），并指出马克思主义文艺论著翻译中存在一些问题。而此时，鲁迅和梁实秋翻译论战才刚刚告一段落。同时，梁实秋对鲁迅"硬译"批评也着实揭出了鲁迅的短处。恰好在此刻，身为翻译家和革命家的瞿秋白及时地以"亲爱的同志""亲密的人"的身份给鲁迅译作以高度的赞扬，率先肯定了鲁迅对待翻译事业的热情和认真。更关键的是，瞿秋白还迅速对鲁迅和梁实秋的翻译论战进行了政治定性，率先断言鲁迅从事的是革命文学翻译事业。瞿秋白鲜明的政治表态和论战立场选择，无疑在革命道义和革命态度上对鲁迅从事翻译事业进行了双重肯定。而在实际上，因为自己翻译能力有限而一再受到梁实秋在专业能力上贬损之苦的鲁迅，现在突然得到瞿秋白富有革命道义的支持和专业水准的推崇，无疑深受感动。

于是，鲁迅写了一封同样长度的复信给瞿秋白表示自己对个中深情厚谊的心领神会。在文学翻译问题上的往复通信中，瞿秋白和鲁迅开始坦诚讨论翻译标准、翻译和汉语发展关系等问题，并进而达成了论战同盟式的共识。此后，瞿秋白和鲁迅不仅联手对梁实秋及其弟子赵景深提出尖锐批判，而且对汉民族语言的生命力进行大胆贬斥。瞿秋白和鲁迅的《论翻译》《论翻译——答J.K.论翻译》这两封信不仅迅速被鲁迅公开发表，最后还被鲁迅合并收入了《二心集》，可见鲁迅对这次通信的珍视程度。但鲁迅为何又将这两封私人论学书信公开发表呢？刘全福推测是"鲁迅想必认为两人之间的讨论有益于中国文学翻译事业的发展"①。其实，除了翻译事业上的考虑外，鲁迅更多是以此举再次表明"吾道不孤"。

实事求是地说，瞿秋白对翻译问题的理论思考并不算多，更没有材料表明他对鲁迅和梁实秋的翻译论战此前有过多少关注。但在《论翻译》中瞿秋白却一再强调翻译问题革命立场的重要性。因此，与其说瞿鲁结盟是缘于翻译论战，倒不如说是因为共同的左联。正是在接触左联和参加左翼文学战线系列斗争中，瞿秋白才和鲁迅产生了相关的信息交流。1931年10月，瞿秋白再度接受鲁迅的委托，重译《解放了的董·吉诃德》。后来，又受鲁迅委托翻译《铁流》序言。交付译稿时，瞿秋白曾附短柬说《铁流》序言"简直是一篇很好的论普洛创作的论文"②。可翻译《铁流》序言的时候，瞿鲁两人"不但还没有见过面，并且也没有什么通信"③。而瞿鲁两人的最初见面，还是在《毁灭》译本出版之后。所以，瞿秋白是读完《毁灭》后才就小说出版意义和翻译问题写信给鲁迅的。可见，瞿秋白从来都以革命立场看待文学翻译事业。瞿秋白给鲁迅写信谈翻译问题，同样出于这一立场。尽管写这封论翻译问题的信，瞿秋白开始并没有介入鲁迅和梁实秋翻译论战的考虑。但是，瞿秋白谈翻译的去信和鲁迅复信的发表，却事实上成为梁鲁翻译论战再起高潮的导火线。故瞿秋白写这封信，一方面不自觉介入并且再次激发了梁、鲁翻译论战，另一方面也在关键时候给鲁迅以莫大的来自左翼革命阵营的支持。鲁迅此前看重瞿秋白更多是出于对瞿秋白中俄文翻译才能

---

① 刘全福：《鲁迅梁实秋翻译论战研究》，载张柏然、许钧主编：《面向21世纪的译学研究》，商务印书馆2002年版，第595页。

② 瞿秋白：《给鲁迅和冯雪峰的短简》，《新文学史料》1982年第4期。

③ 冯雪峰：《回忆鲁迅》，人民文学出版社1957年版，第54页。

的欣赏，但瞿秋白这封关键时候写的翻译讨论来信，却让鲁迅获得了革命同志和战友般的支援。尽管瞿鲁翻译观同中有异，但因论战而趋同的策略，反而使鲁迅对瞿秋白的翻译才能和立场有了更大程度的认同和更高力度的赞赏。至此，"战友"不再仅仅是瞿秋白单方面对鲁迅的认同性称呼，而且也是瞿鲁之间完成统战的同盟共识。而瞿秋白和鲁迅之间异乎寻常的亲密友谊也基本形成。

四

通过翻译问题论战，瞿秋白在不经意间完成了思想上统战鲁迅的第一步。这是鲁迅靠近革命阵营的一小步，却是瞿秋白"在文艺界上革命统一战线的执行"①的一大步。尽管其间也体现了左翼在文艺统战中少有的"更多的细心，忍耐，解释，甚至'谦恭'与'礼貌'"②。

对瞿秋白而言，翻译论战本身并不是革命者看重的事情。但考虑到瞿秋白当时正急遽滑向中国共产主义革命领导层边缘的处境，他如果想要继续主持革命斗争，除了凭借自己著书作文的专长参与文艺圈的政治立场论战，并以自己的文艺优长争夺各种论战的政治权威之外，也实在没有其他更自然而顺当的通道了。出于这种对待文艺论战的手段而非目的的参与意识，瞿秋白比任何人都要清楚各种文艺论战所蕴含的政治契机。因此，在论战中瞿秋白总是能极为理性地认识到翻译论战整个过程的演变玄机，也相当成功地利用了翻译论战从文艺论战滑向政治立场较量这一转折的势能，并主动推进了翻译论战与左翼革命政治在文化战线

① 张闻天：《文艺战线上的关门主义》，《斗争》第30期，1932年11月3日，署名"歌特"。

② 张闻天：《文艺战线上的关门主义》，《斗争》第30期，1932年11月3日。

上的迅速结合。

　　而在鲁迅看来，他未尝不清楚翻译论战与政治论战的边界所在。然而当写出《"硬译"与"文学的阶级性"》的时候，无疑也表明将翻译论战转变为政治立场规约已经是鲁迅自己的主动选择。其中问题的关键不在于这一选择能够给鲁迅带来多少政治威权，因为这在当时几乎不可能。但主动选择时人趋避的阶级性作为自己翻译主张的论说基点，则表明鲁迅在学理论争层面的无奈和左翼政治选择在道义上能够带来的论战优势，也表明鲁迅在主流政治情态上的弱势。然而当时势更易之后，曾经的道义同情与政治弱势已经结合为主流意识形态的强势，于是历史叙事便自然遮蔽了翻译论战最初作为文艺论战的学术真相，正如翻译论战本来只是源于对翻译文艺质量的追求本身。

　　如前所论，关于翻译问题的论战其实在二十世纪三十年代频频爆发。但只有瞿秋白介入的鲁迅和梁实秋之间的翻译论战，不仅对中国的文学翻译思想影响深远，而且对中国现代文学（尤其是左翼文学）影响甚巨。这场以翻译艺术质量为发端的论战，本该发展为关涉中国现代文艺转折路向、翻译艺术进向与现代汉语的发展方向等问题的学术争鸣和学理反思；然而在瞿秋白再三强调政治立场规约和论战导向的前提下，论战被简化为阶级性之争，重心词也从"文艺"位移为"论战"。这一方面迅速助长了左翼文艺作为政治机体组织的意识，另一方面也大大损伤了左翼文艺的艺术审美价值和现代文艺论战本身的学理色彩。因此，中国现代文艺论战往往禁不起形式逻辑的推敲，更禁不起现代学术的追问。瞿秋白和鲁迅以私人友谊为基础在翻译问题的论战中结盟，其本来旨趣不是学术共识，更不是翻译思想的趋同，更多是革命道义的同情和对左翼政治氛围的契同与理解。"人生得一知己足矣，斯世当以同怀视之"——这句鲁迅书赠给瞿秋白的共勉语，字里行间没有丝毫与政治和学术相关，言说的只是乱世相逢里惺惺相惜的沧桑和感慨。与其说是心神契合，倒不如说是两个同样孤独的人诉说永世的忧伤。

由此可见，翻译论战中瞿秋白和鲁迅之间的友谊交往是一次左翼革命史上文艺与政治之间美丽而双赢的邂逅，它"促进"了左翼革命在文学战线上的独辟蹊径与意外成功，也"促退"了翻译论战本身良性发展的学术进程和学理价值。当然，在革命历史洪流中，学术是非与政治抉择本身就不是平衡的两极。同理，在这次翻译论战中，尽管在私人友谊交往中瞿秋白和鲁迅才情契合，但在革命政治层面和学术共识层面上，瞿秋白和鲁迅却有点不够知己。因此，翻译论战最终仍不可阻遏地远离翻译质量问题而走向了政治立场争夺。这就表明：瞿秋白和鲁迅的私谊交往，的确微妙地左右和催化了鲁迅和梁实秋之间的翻译论战。鲁迅和梁实秋的争论本来与政治立场无关，却因瞿秋白的私谊的介入而对文艺论战进行主动的政治转化。这种情形在现代文学史上其实并不罕见。而在学术共识和革命政治进程的交错中，私谊的介入、意气的促使、道义情感以及政治功利的趋避，各种因素彼此互动与纠缠，都曾经细微地影响了许多在后世看来是那么纯粹的论战和真理。

第二节 《百合花》：现代左翼抒情传统的当代演绎与变迁

《百合花》发表六十多年了，以茅盾"清新、俊逸"[①]的赞赏辞为发端，可谓论者众多，好评如潮。然而它究竟有什么好，迄今为止似乎仍是一个说不清楚的问题。我认为，《百合花》的好，相当程度上是因

---

① 茅盾：《谈最近的短篇小说》，《人民文学》1958年第6期。

为它的文学史意义，因为它典型地呈现了现代左翼文学写作置身当代史情势中的抒情难题与作家对此的创作突围。茹志鹃背负着经典的左翼抒情传统进入"十七年"时期革命战争史建构的文学叙述洪流，却终能以女作家清新的笔法构建大历史主题，将战争英雄的宏大叙事与人际日常精神慰藉追求相互融合，把现代左翼文学"革命+恋爱"的叙事演绎替换为战争时期军民鱼水情叙事的颂歌，使左翼文学里"革命+恋爱"的抒情回向当代和平建设时期的日常温情，从而开辟了左翼文学抒情传统在当代语境里的新天地、新常态。

一

众所周知，1949年之后，左翼作家往往以战士和作家的双重身份进入新时代，这里面不仅有何其芳、孙犁等老资格的前辈，也包括一大批茹志鹃式的年轻文艺工作者。在建政立国的新时代里，不仅左翼作家与革命文艺工作者本人需要自我更新，现代左翼小说固化的叙述模式和抒情传统，也面临着新语境下的自我调适与转型。于是乎，在"十七年"时期，这批革命作家、文艺工作者纷纷投入革命战争英雄史的宏大叙事洪流。彼时作为小字辈的茹志鹃，当然也不例外。

事实也是如此。从《百合花》的文本解读出发，无论从故事情节、题材，还是从写作初衷来看，它都属于当代"十七年"时期文学中的战争文学，小说本意就在于叙述战争的某一侧面。

小说一开头就写道：

一九四六年的中秋。

这天打海岸的部队决定晚上总攻。我们文工团创作室的几个同志，就由主攻团的团长分派到各个战斗连去帮助工作。①

　　"一九四六年的中秋""打海岸""总攻""文工团创作室""主
攻团""战斗连"……一系列时代色彩明显的关键词，都足以调动和
激发读者的想象力，并很容易就可以唤起某些指涉着特定时期的历史
记忆。有了这些限定的关键词，读者自然就明白小说主人公"我"从事
的"帮助工作"的性质和目的。当然，大家都明白，如此具体的战争年
份，已经很明确告诉读者，这是抗战结束后的解放战争中的战斗。

　　不经意间，作家潜意识里明确设置了小说题材的接续性——《百合
花》里的战争与左翼文学里的革命，其实是前后联结的，属于同一历史
序列。因此，与其说《百合花》属于泛战争文学，不如说它更属于现代
左翼文学写作序列里的战争版。正是在这一点上，开篇就点明进行战争
叙事的《百合花》，事实上与1958年出版的《青春之歌》一样，都属于
左翼文学式的战争叙事，它们接续的都是现代左翼文学所开创的知识分
子的革命抒情传统。不同的是，《百合花》在篇首简单限定了小说的战
争题材性质后，随即转入了非战争过程的情感叙事。

　　但是，《百合花》在战争文学冠帽下所做的叙事转换，并非仅仅
是出于延续左翼文学叙事内容和情节模式上步调一致的目的，它更牵绊
着左翼文学抒情传统在当代建政立国的新语境下的演绎与变迁。毕竟现
代左翼文学叙事中的革命与恋爱，一旦进入新中国建立后的大背景与新
语境，既有的抒情模式也必须同步转换与演绎。此时此刻，革命与恋爱
都应该有，而且也确实有了胜利的果实与结晶。正如《百合花》开头所

---

　　①　茹志鹃：《百合花》，《人民文学》1958年第6期。

写，原来基于地下或半地下工作性质的左翼革命，而今已变成光明正大地奔向胜利的"总攻"。

深谙左翼文学情感变迁的茅盾，率先敏锐发现了《百合花》在叙事题材和情感逻辑上的新动向。茅盾认为《百合花》"故事很简单"，"但是，这样简单的故事和人物却反映了解放军的崇高品质（通过那位可爱可敬的通讯员），和人民爱护解放军的真诚（通过那位在包扎所服务的少妇）。这是许多作家曾经付出了心血的主题，《百合花》的作者用这样一个短篇来参加这长长的行列，有它独特的风格"。①茅盾显然对这种新时代、新社会情势下的人物关系倍感兴致，特别强调说："（《百合花》——引者注）写出了一个普通农家少妇对于解放军的真挚的骨肉般的热爱；而且，这种表达热情的方式——为死者缝好衣服上的破洞——正表现了农民的纯朴的思想感情，而不是知识分子的思想感情。"②不仅如此，在举例分析《百合花》在细节与人物描写上的笔法优点后，茅盾还意犹未尽地说："对于《百合花》的介绍，已经讲得太多了，可实在还可以讲许多；不过还是暂且收住罢。"③

遗憾的是，茅盾对《百合花》里人物情感关系的性质变化的聚焦与敏感，在六十多年内并未得到研究者们充分的注意。茅盾为何要一再强调"表现了农民的纯朴的思想感情，而不是知识分子的思想感情"呢？

朴素而言，年轻媳妇为小通讯员缝衣服的感情性质究竟如何判断，倘若从人物角色来说，无非军民关系基础上的感情，这应该是吻合当时乃至迄今为止的主流话语定性标准的。要是再抽象一些，无非就是

---

① 茅盾：《谈最近的短篇小说》，《人民文学》1958年第6期。

② 茅盾：《谈最近的短篇小说》，《人民文学》1958年第6期。

③ 茅盾：《谈最近的短篇小说》，《人民文学》1958年第6期。

军民男女之间的朦胧情愫，但这在文本里仅仅有些似是而非的暗示。茅盾认为这"正表现了农民的纯朴的思想感情，而不是知识分子的思想感情"，茅盾瞩目的却是"农民的纯朴的思想感情"，并特意把"知识分子的思想感情"涤除出去，尽管他着眼的是感情性质和表述方式的差异。可见，有一点很明确，这里有着茅盾对"知识分子"（主要指资产阶级知识分子、小资产阶级知识分子）的避忌和对"农民"身份的刻意强调。茅盾对"农民的纯朴的思想感情"的强调，显然是为了凸显他对小说主题内容的基本定性，即《百合花》颂扬的是军民关系而非知识分子视域中的男女关系。

茅盾一再声明《百合花》的主旋律是军民关系，而且强调这个"民"乃"非知识分子"，这个问题究竟有多重要？显然是为了在文学史序列里凸显《百合花》题材与思想的时代性。有意思的是，现代左翼文学的抒情传统，大量叙述的不正是"小知识分子"的革命情感么？鉴往知来，茅盾是资深的左翼小说家，在他眼中《百合花》的情感新变，令他眼前一亮并且念念不忘、强调再三，这难道是无缘无故的事情么？当然，茅盾的强调既是一种发现的欣喜和重视的姿态，但也未必没有一种内心的顾虑与紧张。

茅盾对《百合花》的紧张与谨慎，并非偶然。在这篇评论文字的结尾，茅盾再次警觉地发现自己在全文中"讲作品的艺术性的部分比较多"[1]。的确，艺术方面的多说，很容易引起他人的"误解"，即有意对思想内容部分的轻视或"盲视"。茅盾只好迅疾补充一句——"这不

马克思主义传播语境下的
中国左翼文学现场研究

---

[1]　茅盾：《谈最近的短篇小说》，《人民文学》1958年第6期。

等于是，今天的短篇小说的思想内容方面没有可以讨论的了"①。这个补笔，无论对于茅盾还是被评述的小说《百合花》都意味深长。茅盾既然如此重视《百合花》的军民关系颂歌的新质，为何又说自己对小说的思想内容讨论不足呢？难道歌颂军民关系不算思想内容吗？显然不是。问题恰恰在于茅盾讲得较多的《百合花》的"艺术性的部分"。

细读文本即可发现，《百合花》的大部分篇幅都在叙写小通讯员与"我"、小通讯员与年轻媳妇的情感互动。以茅盾特殊的政治素养和身份，凭着自己对革命政治与文学创作之间的微妙关联的了解，茅盾不会不明白，他所强调的《百合花》叙事新质素——军民关系，实际上内里却暗蕴着"清新、俊逸"的男女之间的朴素温暖的情感因素。峰回路转，事实上，"革命+恋爱"的叙述模式在《百合花》里依然还有留存。茅盾的紧张和顾虑，内在的玄机恰恰在此。一方面，茅盾发现了《百合花》故事题材与小说人物身份、感情性质的细微变化，当年左翼革命文学中的"恋人"而今已经确实成为解放战争背景下的"军民"，因此他对《百合花》的情感模式的新时代动向倍感欣喜；另一方面，他又对这篇颂扬新时代大历史的战争叙事新篇竟然承继固有的左翼叙事抒情传统而深感疑虑。众所周知，革命与恋爱的纠结，即便在现代左翼文学叙事里，尚且涉及革命纯洁性与觉悟力的冲突。而今置身当代左翼战争叙事，在关系着统战大局的军民关系范畴里，《百合花》居然还如此大力着墨于男女情愫，作为一个从左翼革命政治激流中走过来的批评家，如何周全地解释《百合花》的这种艺术取舍，茅盾面临的阐释难度可想而知。毫无疑问，在有着题材要求和内容提纯要求的时代氛围里，

① 茅盾：《谈最近的短篇小说》，《人民文学》1958年第6期。

茅盾的紧张显然不是庸人自扰。为此，茅盾的《百合花》评价采取了文学统战的政治处理模式，他将《百合花》里的情感定义为"一个普通农家少妇对于解放军的真挚的骨肉般的热爱"，"而且，这种表达热情的方式——为死者缝好衣服上的破洞——正表现了农民的纯朴的思想感情，而不是知识分子的思想感情"。①

茅盾强调这不是"知识分子的思想感情"。那么，哪一份感情是属于"知识分子的思想感情"呢？当然是指"我"对于通讯员的那份感情。茅盾显然并不赞赏这种知识分子的扭扭捏捏的小资情绪，也不喜欢自命清高的矫情，他欣赏的是年轻媳妇深沉而略有含蓄的传统人情（当然也包括男女之情）。茅盾的这一评价充满着时代感和历史感。不仅如此，为了回避小知识分子的思想感情，为了避开对作为文工团女战士的"我"与通讯员关系和细节描写的评述，茅盾甚至显得有些为难和左支右绌。而为了突出"军民关系"，茅盾除了认为《百合花》"写两个人物（而且是差不多不分主次的两个人物）"，还特意强调这两个人物就是通讯员和新媳妇，甚至把写新媳妇的那部分文本也试图纳入通讯员的份额。茅盾也许意识到了个中的牵强，因为该文"可是""也可以说"等诸如此类的言辞论断中的转折和勉强是明显的。其实，茅盾无非想提纯《百合花》的军民关系。茅盾显然意识到小说实质上的男女情愫抒情模式与彼时历史语境之间的不兼容。这种来自批评家的内心紧张，当然也凝结着茅盾作为风格化小说家的清醒和偏好：在艺术上，茅盾非常明白对男女情愫的书写在艺术表达上的重要性；在政治上，茅盾也清楚艺术性的分量相较于思想与政治而言，再重也不过是一种艺术之"轻"。

---

① 茅盾：《谈最近的短篇小说》，《人民文学》1958年第6期。

有意思的是，在茅盾之后，关于《百合花》在故事模式和情感性质上的微妙变化，后人多以人性美和人情美一言以概之，模糊化处理。不仅如此，鉴于茅盾对《百合花》创作技巧方面的赞赏，人们也多从艺术完美性的角度展开这篇小说的文学史评价和经典化过程。《百合花》的探索和茅盾的敏感，一起被淹没在纷纭的如潮好评之中。

二

可是，对于《百合花》抒情关系问题进行模糊化处理，并不代表问题被真正解决。在六十多年的评论史里，人们仍旧一再困惑于《百合花》好在何处。无论如何，大凡对此过于遥远的追溯或者是源于古典层面影响的焦虑（the anxiety of influence）[①]，和绝对的性叙述概括一样，都不具有强说服力，如有的学者所说："费尽周折讲过之后，仍旧有人在摇头质疑。"[②]

质疑也许是追问和发现的开始。作为一篇写作、发表于当代"十七年"间的小说，《百合花》并非横空出世，于是衍生出了《百合花》的原创性问题，并且在2009年引起了有关论者的辩驳，并由此牵涉到了孙犁的小说《红棉袄》。争论的双方中，有研究者认为，茹志鹃"将《红棉袄》的故事素材，巧妙地移植到了她自己所熟悉的时空背景，这才使《百合花》以其历史事件的'真实性'，产生了震撼读者心灵的轰动效

①　李建军：《〈百合花〉的来路》，《小说评论》2009年第1期；李建军：《再论〈百合花〉——关于〈红楼梦〉对茹志鹃写作的影响》，《文学评论》2009年第4期。

②　张清华：《探查"潜结构"：三个红色文本的精神分析》，《上海文化》2011年第5期。

应"，这是"十七年"文学以"模仿"代替"创新"的表现之一。①而有研究者则认为，"写作《百合花》的茹志鹃是从《红楼梦》里获得了文学的真传，领悟了小说的神髓"，"茹志鹃的《百合花》远比孙犁的《红棉袄》写得好"。②《红楼梦》的影响姑且不说，但《百合花》与《红棉袄》的差别是明显的。

孙犁的《红棉袄》写的是一个小姑娘脱下贴身红棉袄给病后初愈的小战士御寒的故事。比较两篇小说，除了人物身份在外在符号方面大体相当外（如都是小战士，都是女性，都写了军民感情），二者差异很明显。除了故事丰富性和人物关系差异（《红棉袄》是两男一女，《百合花》是两女一男），最重要的是两个故事意象内涵相差显著：红棉袄当然是重要的意象，但红棉袄本身并没有多少文化内涵和传统审美上的固定意蕴。尽管为了突出"红棉袄"与小姑娘在性别上的联系，孙犁在有限的篇幅里，特意补充了小姑娘脱下红棉袄后到暗角处整理贴身小衣的细节，然即便如此，那也属于人之常情。这与"百合花"在小说《百合花》里面，乃至在中西文化传统的内涵和独特意味，有着天差地别。更何况，"百合花"还是新媳妇"枣红底"被子上"洒满"的"百合花"呢。

除了原创性问题外，近年来人们对《百合花》的重读中，性叙述与独特处置也成为焦点。事实上《百合花》文本叙述里的"性"多是暗示、朦胧、隐喻化的表述。但重读这一脉的研究者，却越来越倾向于

---

① 宋剑华：《经典的模仿：〈百合花〉与〈红棉袄〉之对比分析》，《南方文坛》2009年第1期。

② 李建军：《模仿、独创及其他——为〈百合花〉辩护》，《南方文坛》2009年第2期。

将其坐实和明确化。早期的研究者还只是倾向于理解为"较为混沌的情绪心理呈示角度、日常化叙述的深度模式"①。近年来，有的研究者就趋向于坐实理解为性："关于其中一个比较隐秘的角度，确令我有点难以出口，要很'书面化'地回答才得体。所以我常不得不规避在课堂以外的环境来谈到它。"②甚至把《百合花》作为"身体隐喻的献祭仪式"来读，认为"这篇小说之所以有如此深远和长久的生命力、感染力，确是因为它的内部有一个关于'身体和性'的隐喻"。③有研究者明确从性（隐秘的性心理、性的吸引）角度阐释《百合花》："他们之间深层的潜意识的关系，是性的吸引，而这正是这篇小说人物描写的重点。"④不仅如此明确地加以指出，甚至不无武断地认为"茅盾就像我今天一样看出来了，1958年，小说发表的当时茅盾就看出来了"⑤。

然而，无论是原创性问题的争论还是性吸引说的明确化，近年来对《百合花》的重读和再探索，都只是在讨论《百合花》写什么的问题，而没能从"写什么"上升到"为什么写什么"的讨论上来。在这个意义上，茅盾当年的紧张、欣喜和顾虑，显然并未被充分注意，甚至根本就没人注意。近期的研究者们，无非在当下相对宽松的时代环境下，从人性欲望的日常化、平庸化角度出发重读《百合花》，认为《百合花》是

---

① 施战军：《茹志鹃小说与中国当代文学》，《南方文坛》2001年第1期。

② 张清华：《探查"潜结构"：三个红色文本的精神分析》，《上海文化》2011年第5期。

③ 张清华：《探查"潜结构"：三个红色文本的精神分析》，《上海文化》2011年第5期。

④ 朱栋霖：《人的发现和中国文学的发展》，载陆挺、徐宏主编：《人文通识讲演录·文学卷（二）》，文化艺术出版社2007年版，第202—203页。

⑤ 朱栋霖：《人的发现和中国文学的发展》，载陆挺、徐宏主编：《人文通识讲演录·文学卷（二）》，文化艺术出版社2007年版，第203页。

用对革命性（具体为军民友爱关系）的颂扬主题作为保护伞，掩护对性吸引的故事叙述。这种研究结论固然有当下性的洞见成分，但拘泥于从性的欲望属性重读作品，却也同时遮蔽了对《百合花》在"十七年"文学里的新变、新质素的发现，乃至消磨了对历史现场中的新作品的文学史意义的应有理解与理性评估。

三

事实上，因为倘若把《百合花》置于现代左翼文学传统朝向当代的演绎与变迁的链条上，茅盾当年评论中论及的《百合花》的新质素，近年来的原创说争议和性吸引说的洞见与盲视，都可以得到较好的解释和融合。这正如文本中的核心意象"百合花"一样，《百合花》的叙事本身就是多元的。作家正是以此为基点，从技巧、情节、结构、观念、内容、叙述等诸方面对故事展开描绘，以女作家小清新的笔法构建大历史主题，将战争宏大叙事与日常情感伦理融合，其间既有革命政治，也有人性人情，既有现代的光泽与智慧，更有传统的光辉与温暖。

毋庸讳言，革命中的恋爱与战争中的爱恋，无论是军民之间，还是左翼革命同志之间，在性别意味上都包含了男女关系。因此，无论是茅盾当初的"军民关系说"，以及近年来的"性心理叙述说"，二者完全可以并存于对小说内容的解释。《百合花》妙处之一，也就在于其内容喻指的丰富性，即军民之间、男女之间在相互融洽和相互依存的关系比喻上的有机统一。而正是这种立足于男女情愫上的人物观照和抒情微调，才使得《百合花》的当代战争叙述探究与现代左翼文学抒情传统接上了头，延续并变化着。当然，男女情感的确赋予了《百合花》丰富的叙事延展性，但这显然并非仅仅是"性"的丰富，更是一种历史性的丰富，它包容了从左翼革命时代到解放战争时期的人性变动与人情更迭。

细读文本，可以发现《百合花》的叙事正呼应着左翼抒情传统的当代演绎与变迁：从恋爱到爱恋，从革命到战争，从左翼革命的非正规军到解放战争的正规军，从左翼革命叙述的"潜民"到解放战争中的军民。一言以蔽之，从红色恋人到鱼水军民，一个置身于边缘的前革命时期的左翼文学天地，一个则处于主流战争英雄史的回顾与建构时期（后革命时期）的当代写作新语境。为此，与现代左翼文学注重的革命夫妻或者红色恋人模式不同，《百合花》的叙事在战争环境下、在随时都可能全民皆兵的情况下，其人物关系也依据历史新语境迅速被简化整合成军军（军民）关系。换而言之，小说《百合花》既然本意要写战争，自然突出的应该是军民关系。

按理说，小说《百合花》里的"我"（女文工团员）、年轻媳妇和通讯员、团长等都是军民关系。男女关系不是重点，也不能成为重点。可是，一方面，军民有界限，但战争时期的政治需要的却是模糊界限，因为这有利于战争动员和政治思想上的统战。另一方面，左翼战争叙事继承的是左翼革命文学的抒情传统，军民关系如果按职业或社会角色看待，二者又的确并无交集，不会有太多的抒情关联。那么，如何既能叙写好政治统战性质的军民关系，又能继续保有左翼小说光荣的抒情传统，这就成为当代作家试图继续在新时期进行左翼化抒情时遭遇的写作难题。

显然，无论从政治思维上还是艺术逻辑上，军民关系的融通都是当务之急。而把军与民的社会角色界限模糊化的最好办法，自然就是上升为比喻意义。而在比喻意义上的军民共存，甚至还可以带来更高层面的比喻汇通——男女相依。茹志鹃显然从军民鱼水情深的中国式比喻中，觅到了当代战争叙事接通现代左翼抒情传统的关键。于是，《百合花》在文本表面上是结构军民关系的故事，内在感情上则在诉说着军民之间朦胧美好的情愫。表里的错位和有机统一，使得《百合花》既可以叙写好政治统战性质的军民关系，又能继续保有左翼小说光荣的抒情传统，所谓合则双美。"百合花"因此成了这篇小说里一切情感勾连与故事汇通的乡土中国情感意象。

四

有着军民关系与男女关系的互相融通，现代左翼抒情传统进入当代语境里继续生长便是顺理成章的事情。《百合花》终于可以别有笔致地讲述左翼小说的当代战争版、战场版。因此，无论是小通讯员肩上的步枪筒和挂包里两个馒头，还是小通讯员衣肩上的破洞和那床有百合花图案的被子，通篇文本的宏大叙事和支撑情节骨架的细节之间，无不呈现出有机错位与内在融通的和谐之美，故事精彩的细节也都一一落脚在人物之间的交往中，其间一举一动亦无不纳入人物情愫的微妙传达中。兹举三例：

其一，"我"和团长，无疑是上下级关系。团长是军事指挥长官，"我"是战士。面对一个因战斗需要而下派到自己队伍里的女创作员，团长竟然顿时方寸大乱，置紧急的战争情势于不顾，反而因其性别而大为苦恼，如小说中描写的："对我抓了半天后脑勺，最后才叫一个通讯员送我到前沿包扎所去。""抓了半天后脑勺""最后才"，言语之中可谓滋味万千。显然，团长苦恼的是性别问题和护送的人选。琢磨之下，除了安置这位女战士之难处外，似乎团长还有是否需要护送的心理考量。区区一个女战士的到岗安排的小事情，竟然让团长如此手足无措，这应该不是作者的政治觉悟够不够的问题，而是人物角色和故事情节压倒性地占据了小说行文时的感情和逻辑。

其二，"我"（文工团女战士）和通讯员，都是普通战士，都是该团的普通一员。按理说，既然护送该女战士下连队是团长下达的战时任务，那二者就应当属于是军务在身的革命同志关系。然而，姑且不说故事时间的"中秋节"设定的意蕴，小说开头那些赌气性的女性心理和欢快的环境情景描写，都已经不自觉地淡化了军事氛围和革命同志行军的色彩。而接下来的"我"对通讯员的体态观察——"高挑挑的个子""厚实实的肩膀"（后面又出现一次"宽宽的两肩"）……乃至于当分别时看到通讯员被挂破的衣服时，"我真后悔没给他缝上再走"。不用多说，谁都明白这是"我"（文工团女战士）的日常情愫，起码其中已经潜滋暗长一种异性好感。明确的革命同志关系当中，来自异性视角的叙述，陡然间让单调的两人战时行军之旅洋溢着人间烟火气息。

其三，年轻媳妇和通讯员，二者的关系纯粹是革命工作程序，属于规定内的动作，用萍水相逢来形容都有过于暧昧的危险。可是，恰恰在这个本该是毫无悬念和故事的地方，作者偏偏植入了一个天大的情感包袱。从小媳妇看到通讯员的一笑再笑，到故意气通讯员，再到帮通讯员缝破衣服，都起码暗蕴着一种朴素的、美好的情感。小说《百合花》为了酝酿这一情感漩涡，乃至于不惜让这位年轻小媳妇的情感世界的格局颇显古怪，因为文本里始终没有提及她的新郎官去哪了①。也许作者想当然地认为，故事的天然历史语境和固定想象模式，自动暗示了读者关

---

① 雷金庆：《男性特质论——中国的社会与性别》，刘婷译，江苏人民出版社2012年版，第151页。雷金庆的猜测是，年轻小媳妇的丈夫"多半正在部队里保卫他们的新家园"。

于新郎官的使命问题。其实这也许是小说家的难言之隐。因为小通讯员与年轻小媳妇的这份朴素美好的情感倘若再往前走一步，年轻媳妇的性情之举的伦理问题就被坐实了。在革命伦理与人情人性的常态与温情之间，《百合花》意欲二者兼得，只能不说。

因此，《百合花》的最大感情纠结，表面上是小通讯员和"我"、年轻媳妇三者之间的小我之情、人之常情的纠结，实质上更有革命伦理与感情正常如何两全的为难。要想保全革命伦理，即必须屏蔽人之常情的两性欢愉与男女好感；而要想小说写得好看，没有这些人情戏份，《百合花》也就不成为耐人寻味的艺术之"花"了。那么，如何才能弥合二者思想上的距离与情感上的缝隙？于是，军民关系与男女朴素美好情愫互为表里的交替叙述，仿佛成了一条缀合小说思想政治与故事需求的感情"拉链"。而这种叙事和抒情上的拉链感，在一定程度上甚至构成了《百合花》鲜明的抒情节奏感①。

五

由此看来，现代左翼文学叙事转入当代文学语境后，最大的挑战便是如何继续保有其抒情传统，同时又能保持新时期的革命伦理。左翼革命时期的恋爱，多少还算是革命需要。然而到了战争时期乃至战争后期，任何与性别和私人相关的感情因素都可能会陷战争于洼地。因此，

---

① 乐黛云曾说，"罗兰·巴特自己就曾把巴尔扎克的一部短篇小说打散成五百六十一个阅读单位来进行分析，以说明各单位的不同形式以及其间的相互关系。夏威夷会议上也有学者用类似的方法来分析茹志鹃的《百合花》，把这个短篇分解为十四个不同的形象系列，找出各系列的特点和相互关系以说明《百合花》的抒情特点与节奏感的来源。"参见乐黛云：《"批评方法与中国现代小说研讨会"述评》，《读书》1983年第4期。

战争时期的左翼抒情传统的发扬与转换，成为作家们进入当代后的首要难题。

然人孰能无情，作家更是如此。一般来说，人世间的感情无非仅有有无浓淡之分，但在宗教信仰和类宗教信仰的革命政治高度上，感情不仅有有无浓淡之分，更有纯粹驳杂之别。因此，无论是左翼革命抒情还是战争洪流叙事，考量感情的首要标准都是政治。《百合花》也不例外。革命较之于宗教而言，对感情纯洁度有着更多的要求。革命无止境，则感情提纯无限度。不管如何，感情一旦与革命相关，纯洁便是最好的颂扬，"纯洁"的定性本身也成为任何革命叙事里的最好的"护情符"。

另一方面，男女关系，在革命大业进程中固然无法避免，但可以因纯洁而转化，这个淬炼的关节便是革命本身。一旦革命，男女双方既可以是"军军关系"的革命同志，也可以是军民关系的夫妇、男女，这些都算是革命对男女关系的一种淬炼。在这个层面上，《百合花》的写作，无意中暗合了左翼文学抒情传统在当代中国语境里的变化逻辑。可以说，从左翼革命同志之间的"革命+恋爱"，到军民关系里面的"战斗+爱恋"，从《丽莎的哀怨》《青春之歌》到《洼地上的战役》《荷花淀》《百合花》，鲜明地勾勒出一条从注重革命男女恋爱关系的左翼抒情到探索军民关系伦理讴歌的演变轨迹。

有意思的是，随着历史进入后革命时期，左翼革命的恋爱男女也翕然一变，成为战争英雄里的军民夫妻。而左翼革命时期的小知识分子感情，一旦变身为"十七年"时期的英雄男女伦理，不仅身份角色变化了，连感情都日常化了。前者多是恋爱中的浪漫纠结，后者多为日常的温情暖意。《百合花》如此，孙犁的《荷花淀》更是典型。《荷花淀》

里既有战斗的紧张，也有夫妻夜话的舒缓，"民兵"的身份角色，赋予了作家诉述军民关系其乐融融的叙事便利，可谓别有风情雅致在焉。那一群民兵夫妇的抗日斗争写得风光旖旎、如诗如画，除却荷花淀那里的优美景色和孙犁的特色笔致之外，"民兵"这个独特群体和称谓保护下的男女人情叙写，无疑功莫大焉。所谓民兵，顾名思义，亦民亦兵。于抗日战争而言，他们都是革命兵士；于人情世态来说，他们则皆为人间、民间男女。既然革命与恋爱不冲突，军民关系当然包含民间男女的日常情愫。从丁玲、蒋光慈乃至茅盾等人笔下的革命男女，再到孙犁、茹志鹃笔下的战争军民，其间的思路变迁多有辗转，然以男女关系的形态调适来建构革命历史，却无疑成为作家茹志鹃所做的有效而且有益的独具特色的尝试。

但我们更应该看到的一点是，尽管表面上《百合花》的情节模式与诸多现代左翼文学如出一辙，但它毕竟已经悄悄地将革命置换成了战争，把情人间的恋爱变成了人情味十足的朦胧爱恋；这显然不仅仅是时代呼唤与小说题材的转换需要，更是与时俱进的左翼抒情逻辑的历史与政治演进。革命与恋爱的抒情是革命政治笼罩下的紧张形态，但军民鱼水情深的颂扬却旨在回归日常生活的、伦理形态的人际温情。很显然，现代左翼抒情传统演进到了《百合花》阶段，与现代革命战争时期的激情燃烧已经大不相同，日常化与生活化的温情暖意已然成为当代和平建设时期的左翼作家抒情的新质素。可以说，正是《百合花》这一抒情叙事模式的细微变动，因缘际会地应和了现代左翼文学抒情传统转向日常的当代调适与叙事变动的内在要求。《百合花》也因此似乎成为一个典型文本，既接续现代左翼文学主流，又开启了当代革命战争文学叙事的一种有效路径。

事实上，当历史进入当代，左翼革命也已经从鼓动宣传的现代时期走向战争史构建和英雄叙事的写作时期。茹志鹃只不过是通过写《百合花》，敏锐地用艺术形式呈现了这一历史变动，尤其是相应而来的人与人之间的情感变动与精神渴望。可以说，这也正是《百合花》"清新、俊逸"的真正内涵与深度所在。当然，更耐人寻味的是，茹志鹃在1957年爱人被打成"右派"的情境下写成此作，并辗转发表于风雨飘摇的1958年。作家个人的精神宇宙与时代的感知内外交集，或许可以说，这也是触动她将这一时代性的情感脉动与小我的境况深度糅合的因缘吧。

总而言之，短短一篇《百合花》，"奠定了茹志鹃以细腻重现军民鱼水情见长的大作家的声誉"[1]。它以简约清新的笔法，将现代左翼文学抒情传统演进为当代"十七年"文学时期的战争英雄叙事的新境界和新形态，即将"军民鱼水情深"颂歌下的大历史建构与人世日常伦理的温暖传达相融合。因此，这篇"不无悲凉地思念起战时的生活，和那时的同志关系"[2]而写成的小说，尽管世事变迁、风云变幻，但个中内蕴的历史脉动、英雄情结，以及潜在的对日常的幸福、人之日常情愫的追求与渴望，总能唤起人们平静朴素的人间温情与历史敬意，难怪它会被誉为1958年中国的"一个奇迹"、中国当代文学"一个意外的收获"[3]。

---

① 雷金庆：《男性特质论——中国的社会与性别》，刘婷译，江苏人民出版社2012年版，第150页。

② 茹志鹃：《我写〈百合花〉的经过》，《青春》1980年第11期。

③ 李建军：《〈百合花〉的来路》，《小说评论》2009年第1期。

第三节　对影成三人：郭沫若、李白与杜甫的互文写作

——重读郭沫若《李白与杜甫》

《李白与杜甫》是"新文化运动的主将"[1]郭沫若的最后一部著作，1971年10月由人民文学出版社初版。"在那个特殊的年代，《李白与杜甫》几乎人手一册。"[2]此后四十年来，它更是饱受争议。[3]2009年该书入选《中国图书商报》"60年最具影响力的600本书"的首批书目。[4]2010年此书由中国长安出版社再版重印，仍引起争议。

《李白与杜甫》长久引发人们热议的关键，在于其应景式的"扬李抑杜"写作。分而论之，即为两大问题：应景与否？为何与如何扬李抑杜？关于前者，虽有出处然并无确证，在此姑且不论。[5]至于为何与如何"扬李抑杜"，书中亦有很明确的立场和极为清晰的情感判断。然长

---

[1]　周恩来：《我要说的话》，《新华日报》1941年11月16日。

[2]　吴波：《〈李白与杜甫〉：谁解暮年郭沫若？》，《广州日报》2010年6月12日。

[3]　杨胜宽：《〈李白与杜甫〉研究综述》，《郭沫若学刊》2009年第2期。

[4]　伍旭升、岛石主编：《60年中国最具影响力的600本书》，中国书籍出版社2009年版，第8页。

[5]　二十世纪八十年代，夏志清在《重会钱锺书纪实》一文中这样叙述："郭沫若为什么要写贬杜扬李的书（《李白与杜甫》），我一直觉得很奇怪。钱锺书言，毛泽东读唐诗，最爱'三李'——李白、李贺、李商隐，反不喜'人民诗人'杜甫，郭沫若就写了此书。"参见夏志清：《新文学的传统》，新星出版社2010年版，第275—276页。

桑逢康说："迄今为止，没有任何确凿的过硬的材料，能够直接证明郭沫若写《李白与杜甫》，是为了迎合甚至秉承毛泽东的意旨。"参见桑逢康：《郭沫若人格辩》，《文学自由谈》2005年第2期。

郭沫若的女儿郭平英说："我认为只是一部学术著作，但偏巧他的观点和主席相同，可能使这个问题复杂了。"此话多系辗转传抄，并无出处，如前引吴波的《〈李白与杜甫〉：谁解暮年郭沫若？》，《广州日报》2010年6月12日。然在所见及的郭平英公开访谈报道中没有这句话，见吕莎：《郭沫若及其时代——关于郭沫若的对话》，《中国社会科学报》2012年11月14日。

期以来，《李白与杜甫》真正蕴含的问题反而很少被深入讨论，譬如：郭沫若与彼时彼刻的李杜书写的关系是什么？采取李杜并论的方式对郭沫若意味着什么？在论者与论述对象的关系空间里，郭沫若究竟要以此来表达什么？郭沫若为何要在人生最后的岁月里花费如此心力来抒论此议题？退一万步说，即便真要所谓扬李抑杜，垂垂老矣的他又为何一定要如此执着地辨析这一问题？以常情常理加之文本细读，这一切似乎并不难解，但也并非不值得人们更求甚解。

一

　　郭沫若写《李白与杜甫》，一定程度上算得上是影响的焦虑（the anxiety of influence）之结果。因为在郭沫若写此书前，彼时有三部关于杜甫的书影响很大，分别是冯至的《杜甫传》、傅庚生的《杜甫诗论》、萧涤非的《杜甫研究》。①这些书均可谓印量大、读者多，影响了很多学者。因此，著名诗人废名（冯文炳）在1962年发表了《杜甫的价值和杜诗的成就》。②以上三部关于杜甫的著述，尚不包括傅东华早在1927年由上海商务印书馆出版的《李白与杜甫》。事实上，更值得一提的恰恰是傅东华的《李白与杜甫》。他在序中表明此书是以"批评的功夫"做"属于文学的研究"，目的"在试以一种新的方法来解释比较李杜的作品，希望读者容易了解他们的性质和异同，并希望他

---

　　①　冯至：《杜甫传》，人民文学出版社1952年版；傅庚生：《杜甫诗论》，上海文艺联合出版社1954年版；萧涤非：《杜甫研究》，山东人民出版社1956—1957年版。

　　②　冯文炳：《杜甫的价值和杜诗的成就》，《人民日报》1962年3月28日。

们能用类此的方法去研究别的诗人"。①比照傅东华与郭沫若的两本同题书，其在思路与方法上存有一定的承传。确乎，"郭沫若1967年研究和评论杜甫，是有感于当时的杜甫研究现状"②。而这个"当时"的"研究现状"，指的应是早已经蔚为壮观的李杜研究的社会与时代症候（symptom）。

从郭沫若的《李白与杜甫》初版目录看，内容依次为《关于李白》《关于杜甫》《李白杜甫年表》。李斌认为"在写作时间上，最先写出的是第一部分的最后一节即《李白与杜甫在诗歌上交往》，其次是完成于1967年三四月的《关于杜甫》的主体部分"③。如此说来，《李白与杜甫》大概是郭沫若研究李白与杜甫的诗歌交往并在讨论杜甫之后才增值产生的最终作品。其本意是研究李白杜甫的文学关系，进而结合时势与流俗，并萌动做反面文章的豪情而论及杜甫，又进而研究李白——这

中国左翼文学现场研究马克思主义传播语境下的

---

① 傅东华：《李白与杜甫》，商务印书馆1927年版，属商务印书馆的"百科小丛书"第151种。全书计十章，分别是《诗的两条大路》《自来批评家的李杜比较论》《遗传的影响与少年时代》《"归来桃花岩"与"快意八九年"》《居长安的经验不同》《人生观的根本差异》《同时代的不同反映》《晚年的不幸相仿佛》《两诗人的共同命运——客死》《从纯艺术的观点一瞥》。

② 李斌：《郭沫若〈李白与杜甫〉著述动机发微》，《首都师范大学学报》（社会科学版）2017年第4期。

③ 李斌：《郭沫若〈李白与杜甫〉著述动机发微》，《首都师范大学学报》（社会科学版）2017年第4期。李文注明此论断出自林甘泉、蔡震主编的《郭沫若年谱长编》待版书稿。该书现已出版，查该书并无此论断。但关于此书创作时间的详细情况，李斌所言"据新披露的材料来看，《李白与杜甫》中关于杜甫的主体部分在1967年4月11日他听到郭民英去世的消息前已经完成"的判断属实。上述相关材料，参见林甘泉、蔡震主编：《郭沫若年谱长编（1892—1978年）》第5卷，中国社会科学出版社2017年版，第2097、2098、2100、2123、2220、2228—2230页。

大概是郭沫若著书的思路与心路历程。①

从书的具体内容看，李白部分叙述连贯完整，更像是从侧重事功成败的角度着眼的李白人生传记，和郭沫若许许多多的新编历史剧的写法、才气都相仿佛，读之亦令人慨叹大有郭氏风采。杜甫部分，则显然有些支离破碎，以"阶级意识""门阀观念""功名欲望""地主生活""宗教信仰"五大框架诠释杜甫，鲜明呈现出特殊年代以降的人物认识模式，条条框框一块块硬邦邦地铸在那里。末了，加上杜甫的死因——"嗜酒终身"——和杜甫与严武、岑参、苏涣的交往经历。显然，如此"解"杜甫，既不是理解，也不完全是情解，倒有点肢解的鲁莽灭裂，即郭沫若自己所谓的他人对他的批评——"偏爱李白"而来的"挖空心思杨李抑杜"②。就文本阅读感觉而言，李白部分的清通爽快与杜甫部分的疙疙瘩瘩，李白部分的理解同情与杜甫部分的"挖空心思"的责难戏谑，前者的文采风流、严谨理性与后者的捉襟见肘、强逞学问，构成了鲜明的对比。尽管二者在细部上皆有学术功力和才情在焉。

① 关于该书的写作过程描述，还可见诸王锦厚和张洁宇的著作。

王锦厚认为："《李白与杜甫》从1967年酝酿到1969年正式写成，几乎整整花了三年的时间。据了解：这是郭沫若一生中酝酿时间最长，写作时间最长，修改时间最长而修改也是最多的一部学术著作。《李白与杜甫》一书的废稿比原稿多一倍以上，这在他一生的写作中是很少见的。"参见王锦厚：《郭沫若学术论辩》，四川文艺出版社1996年版，第186页。

张洁宇在书中写道："据知道内情的人说，《李白与杜甫》从1967年酝酿到1969年写成，整整用了三年的时间。这在郭沫若的写作生涯中，是酝酿时间最长、写作时间最长、修改时间最长并且是修改得最多的一次写作。《李白与杜甫》一书的废稿比定稿多一倍以上，这在他一生中也是很少见的。"参见张洁宇：《毛泽东与郭沫若》，湖北人民出版社2013年版，第251页。

② 郭沫若：《李白与杜甫》，人民文学出版社1971年版，第186—187页。

于是《李白与杜甫》分成了两部分。一方面，文字里面对李白与杜甫的抑扬褒贬，固然可以世俗化地理解为郭沫若对二者的情感与思想的认同与倾向，即所谓扬李抑杜之类的二元对立选择。另一方面，李白与杜甫之间的关系是否属于二元对立，这是一回事；而李白、杜甫与郭沫若三者的关系如何，这又是另一回事。暮年郭沫若写《李白与杜甫》的要害和重心，要之是处理后面这一种关系，而并非过多去关注和辩论前者——众说纷纭的李白与杜甫之间的抑扬褒贬。当然，对于诸多关于郭沫若此书乃奉命写作、揣摩他人心意的批评，在特殊年代里，乃至在延续数千年的曲学阿私或阿公的氛围中，人们也完全有理由展开各色联想，甚至予以各种理解与批判。但退而思之，近八十高龄、处于人生末段、垂垂老矣的郭沫若，经历过那么多时代风雨洗礼的他，真的会为此目的而花费如此心力去写一本这样的著述吗？个中逻辑也颇费思量，总是义有未安。毕竟对郭沫若而言，写一首、数首乃至数十首表态诗，远比在人生末段花费数年写一本书要轻松愉快得多吧？

笔者认为，《李白与杜甫》的写作中，郭沫若看重的应该是如何处理"我"与李白、杜甫的"三人行"，而非其他。李杜二人事实上并非"既生瑜何生亮"的关系。李杜二者的对立或者统一，这种简单化庸俗化的思考，对郭沫若而言，即便不是徒增烦恼，多少也算是浪抛心力。更准确的考量，郭沫若期待的应是"吾与我周旋"①情境下对"我"、李白与杜甫三位一体的思考。从这个意义上说，郭沫若写作此书，更趋向于兼集李杜于一身、"举杯邀李杜，对饮成三人"的自我精神漫游与沉思。如果是这样，那么暮年郭沫若对自己与李白、与杜甫之间的间性

---

① 钱谦益：《列朝诗集小传》，上海古籍出版社1959年版，第414页。

思考，则更多是人生意味上的精神通观与智慧达观。如是，《李白与杜甫》就不仅仅是历时性的时代产儿，更是共时性的郭沫若暮年凤凰涅槃式的沉思。

从文本细读中，我们更有理由相信，郭沫若写杜甫时，是以学术研究的态度写出了没有研究水准和研究心态的文字，乃至于刘纳一再感慨"我感到了切实的悲哀：我们第一流的学者竟煞有介事地打着这样无聊的笔墨官司"①。全书颇多嬉笑怒骂、假作真时真亦假的质素。写李白时，以写传记的态度写出了颇有研究水准和传记才华的文字，尽管里面有不少庄谐互现、笑中带泪的包袱。也就是说，这两部分是互为参商、互相参照的。在杜甫部分写不出来、不好写出来的内涵，在李白部分则淋漓尽致地得到了发挥。在李白部分爱屋及乌的成分，在杜甫部分中自然就无法交相辉映了。李白与杜甫，在郭沫若的《李白与杜甫》中是与郭沫若形成参照与对话的，分别与郭沫若想象中的自己呈现出互文性质的三对矛盾，"对影成三人""相看两不厌"，真有所谓欢喜冤家之感。更重要的是，这三对相辅相成的双子星，在书中也不过是替现实中的郭沫若唱双簧。这才是郭沫若的《李白与杜甫》，这才是郭沫若的李白与杜甫。用一句有点绕的话说，这之间的关系，应该是郭沫若与李白与杜甫的关系，是"与"而不是"和"，均非简单的并置而论，而是带着感情与认同判断的选择、理解与同情。一个"与"字，道出了暮年郭沫若撰述《李白与杜甫》的真实情缘与思想关契。

由此可见，暮年郭沫若写《李白与杜甫》，既有"人生总结"和

---

① 刘纳：《重读〈李白与杜甫〉》，《郭沫若学刊》1992年第4期。

"情感寄托"的成分①，但又不限于此，还应有从大时代走过来的他对人生、历史、艺术的贯通与审视，以及他对自我角色的反观与沉思。正如书中所写的"不仅仅在惜花，而且在借花自惜"，"语甚平淡，而意却深远，好象在对自己唱安眠歌了"。②

二

郭沫若的《李白与杜甫》出版后，1972年，茅盾和周振甫就在往来书信中论及此书。茅盾认为"郭老《李白与杜甫》自必胜于《柳文指要》，对青年有用。论杜稍苛，对李有偏爱之处。论李杜思想甚多创见"，周振甫"深以公（指茅盾——引者注）论为然。郭书确实胜于章书远甚，确有偏爱"。③恽逸群认为此书"一扫从来因袭皮相之论"④，萧涤非则指出其"曲解杜诗""误解杜诗"⑤。可以见出，移步换景与移形换影，无论正反意见，都承认了郭沫若此书关于李杜的相关识见的"新异"，其差别只是认可或不认可这种"新异"：认可则为"创见"，不认可则为"曲解""误解"。

---

① 刘纳：《重读〈李白与杜甫〉》，《郭沫若学刊》1992年第4期；刘海洲：《时代的反讽 人生的反思——论郭沫若的〈李白与杜甫〉》，《文艺评论》2011年第12期；王琰：《〈李白与杜甫〉：悼己、悼子、悼李杜的三重变奏》，《福州大学学报》（哲学社会科学版）2013年第4期；谢保成：《写〈李白与杜甫〉的苦心孤诣》，《郭沫若学刊》2012年第2期。

② 郭沫若：《李白与杜甫》，人民文学出版社1971年版，第131—132页。

③ 上海图书馆中国文化名人手稿馆编：《尘封的记忆——茅盾友朋手札》，文汇出版社2004年版，第29页。

④ 恽逸群：《恽逸群遗作选——关于〈李白与杜甫〉致郭沫若书》，《社会科学》1981年第2期。

⑤ 萧涤非：《关于〈李白与杜甫〉》，《文史哲》1979年第3期。

因此，即便从最低限度来看，暮年郭沫若写《李白与杜甫》，其目的也应该是有所见、有所识。参酌其文史修为，郭沫若当然有这种自信、能力和底气。故而郭沫若才会在答复读者对此书的疑问时说："杜甫应该肯定，我不反对，我所反对的是把杜甫当为'圣人'，当为'它布'（图腾），神圣不可侵犯。千家注杜，太求甚解。李白，我肯定了他，但也不是全面肯定。一家注李，太不求甚解。"①言下之意，郭沫若认为自己对李白和杜甫都有自己的看法，有自己反"太不求甚解"的独到之解，也有自己反"太求甚解"的为学知止。也许是强作解人，也许是以他人酒杯浇自己块垒，但都不妨是隔代同音，乃至于曲径通幽，都算是"求甚解"。既然是求解，则既可解人，也可能是自解。既然是将李白、杜甫这两大诗人和自己"与"在一起，郭沫若显然是在求解觅知音。

好谁恶谁，扬谁抑谁，本来就不应当是暮年郭沫若写《李白与杜甫》的根本动机，起码不必是唯一动机，那终归不是"与"。对哪个具体诗人的好恶，对暮年郭沫若而言，已经算不上是一件多么有价值和意义的事情。况且，通过这种表态来附和某种或某个人对李杜的爱好与意见，远没有郭沫若以其他方式的赞美来得直接爽快。暮年郭沫若并不糊涂，素来亦非忸怩之人，他也没有必要那么曲折地再以此增加自己的什么分量。郭沫若要写一本能将李白、杜甫和自己"与"在一起的书，无疑是有寄托的，不过所寄托之物，主要不是在别处和高处，而是在他自己的灵魂和精神深处的幽思与寂寞。

郭沫若曾说："唐诗中我喜欢王维、孟浩然，喜欢李白、柳宗元，

---

① 　郭沫若：《郭沫若同志就〈李白与杜甫〉一书给胡曾伟同志的复信》，《东岳论丛》1981年第6期。

而不甚喜欢杜甫，更有点痛恨韩退之。"①郭沫若又说："把杜甫看成人，觉得更亲切一些。如果一定要把他看成'神'，看成'圣'，那倒是把杜甫疏远了。"②郭沫若喜欢李白，不甚喜欢杜甫，喜欢杜甫的诗和人，不喜欢被尊为"神"和"圣"的杜甫，这与《李白与杜甫》不矛盾。对作为诗人的杜甫和李白，郭沫若有喜好拣择，但这并不影响郭沫若在艺术时空的沉思和人世存在的叩问维度里，将李白、杜甫和自己"与"在一起对话、游目骋怀。

论唐诗必然关涉李杜，但论李杜则未必一定要牵扯唐诗。拘泥于前者，便有抑扬褒贬、区分彼此的分别心和偏执出位之思。豁通后者，则更多是古今同一的会通与当下之思。"和"还是"与"，是为人之学还是为己之思，在我看来，这才是理解暮年郭沫若的《李白与杜甫》写什么的关键。诚然，对于李白和杜甫，郭沫若各有所欲，也各有所"与"。例如，在"关于李白"这一部分里，郭沫若对于李白"世人皆欲杀"的"人生污点"，颇有慨而叹之的寥寥数语：

> 受人讥评，在李白是理有应得。但陆游的讥评，说得并不中肯。李白那两句诗是在讥刺趋炎赴势者流，何以讥刺了趋炎赴势者便应当"终身坎壈"？③

趋炎附势固然不是美德，但纵览人世沧桑，那又何尝不是普遍人

---

① 郭沫若：《少年时代·我的童年》，载《郭沫若全集》（文学编）第11卷，人民文学出版社1992年版，第41页。

② 郭沫若：《读〈随园诗话〉札记》，作家出版社1962年版，第92页。

③ 郭沫若：《李白与杜甫》，人民文学出版社1971年版，第58页。

性与世态呢！李白自己也有趋炎附势之举，但偏偏有时又犯点傻气和痴气，居然弱弱地去讥刺趋炎附势者流，这不过恰恰说明了他始终是个诗人，而非庸人。而更加趋炎附势的人，反而振振有词地去苛求不那么趋炎附势的人，去讥刺那偶尔不得已而趋炎附势的人，这是否有点"以百步笑五十步"呢？郭沫若话中有话的代为说项，虽有逆时俗翻新语的味道，其实不过是坚持了一点点诗人的赤子之心和朴素的勇气罢了。而正是在此类有些拧巴的话语逻辑中，我们才隐隐约约看到了不被时代和俗流完全淹没的郭沫若，那个举世滔滔之下有点懦弱而自知理屈的郭沫若。但他始终是那个敢于在时代激流中傲立潮头的、写出《女神》和《天狗》、写出《屈原》和《试看今日之蒋介石》的郭沫若。或许在这个意义上，郭沫若想说的其实是"李白就是我"。以至于在写完《李白在长流夜郎前后》之后，即辩说李白的人生轨迹之后，郭沫若心有戚戚，非常感慨而自信地说："实际上如果仲尼还在，未必肯为他'出涕'；而'后人'是没有辜负他的。他的诗歌被保留了一千多首，被传诵了一千多年，'后人'是没有辜负他的。"[1]

对诗人的偏爱，是郭沫若论李杜的本质与初衷。哪怕在刻意抑杜的笔墨里，郭沫若也清醒保有这一底线。他愤愤于杜甫的"功名心很强，连虚荣心都发展到了可笑的程度"[2]，但仍旧说"杜甫毕竟只是诗人而不是政治家。作为政治家虽然没有成功，但作为诗人他自己是感到满足的"[3]。当然，差别也是明显的。郭沫若说杜甫作为诗人是"自己感到满足的"，而李白则是"'后人'是没有辜负他的"。

---

① 郭沫若：《李白与杜甫》，人民文学出版社1971年版，第133页。

② 郭沫若：《李白与杜甫》，人民文学出版社1971年版，第255页。

③ 郭沫若：《李白与杜甫》，人民文学出版社1971年版，第258页。

俗世中，一时一事的公平固然很重要。但更久远的是历史和人世评说的公正。郭沫若对李白的俗与不俗，显然有自己诸多的哀其不幸与怒其不争，甚至有爱屋及乌的掩耳盗铃、曲为之辞与强为之辞。譬如对《为宋中丞自荐表》的那一番七弯八绕的考证，以及对李白与永王李璘的关系疏证，等等。郭沫若的一番苦心、满腔幽绪，既是为了那个因为"又庸俗而又洒脱"而"之所以为李白"[①]的李白，当然也是为了自己。

为"飘然思不群"的李白"洗白"，固然是有着郭沫若"与"李白的一腔幽情在焉。不仅如此，郭沫若在《关于杜甫》的部分，同样也为挖掘杜子美的"不美"部分而搜肠刮肚。这难道不也正是一腔幽情在焉的另一种呈现么？精神分析所谓"反向形成"的精神防御机制，大概也就是这种。此类例子数不胜数。郭沫若对杜甫"三重茅"的考证与责难固然不必再说，郭沫若论及杜甫与陶渊明的选择性接受同样耐人寻味。甚至在一定程度上说，这一部分与郭沫若"另类"论李白的趋炎附势一节，堪称前后呼应、相映成趣。

郭沫若从杜甫诗文中钩稽杜甫对陶渊明的态度，他认为"杜甫对于陶渊明却有微辞。……他也肯定陶的诗，……尽管杜甫对自己的二子宗文、宗武，比起陶渊明对其五子还要更加关怀，但他却坦然对于陶渊明加以讥刺"，"看来杜甫不承认陶侃的一族真正是陶唐氏的后人……据此，可见陶渊明自称为尧皇帝的后人是出于假冒，这也暴露了陶渊明的庸俗的一面。……杜甫虽然没有明说陶渊明假冒，而在实际上没有承认他们是同族。这可从反面来证明杜甫的门阀观念是怎样顽强，并也同样

---

① 郭沫若：《李白与杜甫》，人民文学出版社1971年版，第24页。

证明杜甫的庸俗更远远在陶渊明之上"。[①]郭沫若的逻辑很有意思，他论列杜甫庸俗，原因就是他发现比陶渊明更庸俗的杜甫居然"坦然对于陶渊明加以讥刺"，讥刺难得庸俗一下的陶渊明的"庸俗"。

艰难时势，特殊的诗人，特殊的话头，绵密心曲如此，这件事本身就足以令人喟然叹息。正如郭沫若在叙说李白时所表达的——"只是把地上的舞台移到了天上或者把今时的人物换为了古时，在现实的描绘上，加盖了一层薄薄的纱幕而已"[②]。所以，当我们读到郭沫若的"杜甫比陶渊明更庸俗论"以及"李白实际上没那么趋炎附势论"时，能感知到二者真可谓异曲同工。这一出类似双簧的左右手写作，六手联弹，道出了近八十高龄的他对世道人心的感慨与喟叹，真是"赋到沧桑句便工"。于是郭沫若才会在写到李白暮年以及《下途归石门旧居》时慨然长叹：

> "云游雨散从此辞"，最后告别了，这不仅是对吴筠的诀别，而是对于神仙迷信的诀别。想到李白就在这同一年的冬天与世长辞了，更可以说是对于尔虞我诈、勾心斗角的整个市侩社会的诀别。李白真象是"了然识所在"了。
>
> …………
>
> 这首诗，我认为是李白最好的诗之一，是他六十二年生活的总结。这里既解除了迷信，也不是醉中的豪语。人是清醒的，诗也是清醒的。天色"向暮"了，他在向吴筠诀别；生命也"向暮"了，他也在向尘世诀别。[③]

① 郭沫若：《李白与杜甫》，人民文学出版社1971年版，第236—238页。

② 郭沫若：《李白与杜甫》，人民文学出版社1971年版，第84页。

③ 郭沫若：《李白与杜甫》，人民文学出版社1971年版，第154—155页。

傅庚生不同意郭沫若对这首诗的判断和解释，但却非常明了郭沫若解诗的逻辑与意图，他说："李白的好诗尽多，似乎不宜评此诗为李白最好的诗之一。只为过分地强调了'觉醒'，又把此诗做为表现觉醒的典型，才说成'总结'，誉为'最好'。"④

三

已然暮年的郭沫若，偏偏要写一本《李白与杜甫》的书，既要力挽流俗、抗拒定见，又要力避过犹不及。这样的李白和杜甫，该怎么写才能有"与"的相辅相成，而不是"或"的非此即彼、厚此薄彼呢？郭沫若在书中早已明确说，自己不在意李杜优劣论，而且哪怕是对于"新型的李杜优劣论"也要"顺便加以批评"。⑤乃至全书出版时，虑及李杜二者的均衡，郭沫若甚至特意交代"'与'字可用小号字"⑥。

从文本结构安排上看，郭沫若也做了非常精心的通盘考量。《李白与杜甫》，包含两大部分《关于李白》与《关于杜甫》，篇幅相当，表述也很平实——"关于"，而不是论、评或其他。所谓"关于"，即与此相关。究竟是什么与此相关，哪些内容与此相关，如何看待和阐释这些相关，这里面的选择和斟酌，正是体现出郭沫若的识见与用心。

在郭沫若看来，他眼中的李白主要与政治活动相关。李白的政治活动，在古代读书人的世界与人生轨范里，不过是极为经典而稀松平常的

中国左翼文学现场研究
马克思主义传播语境下的

---

④ 傅庚生：《李白〈下途归石门旧居〉散绎》，《唐代文学》第1期，1981年4月。

⑤ 郭沫若：《李白与杜甫》，人民文学出版社1971年版，第182页。

⑥ 林甘泉、蔡震主编：《郭沫若年谱长编》第5卷，中国社会科学出版社2017年版，第2220页。

日常生活，所谓"学成文武艺，货与帝王家"①。刘纳将该书中李白部分看作郭沫若写的李白人生传记，也许正是因为有此内蕴连通在焉。郭沫若眼中的杜甫，他认为与其紧密相关的，则是杜甫的出身与思想。于是，郭沫若用了一系列彼时代里认识和分析人物最经典的标签、符号与模式来定位杜甫——"阶级意识""门阀观念""功名欲望""地主生活""宗教信仰"。不仅如此，郭沫若还由此及彼，连带勾勒了"杜甫集团"的核心人物——严武、岑参和苏涣，从"一个"到"一群"，从"杜甫"到"杜甫集团"。

从文本结构上看，李白与杜甫这两部分，是花开两朵，各表一枝。李白部分诗情饱酣，颇多人生况味上的理解与同情。杜甫部分则强词夺理，险中求胜，更着意于策略上剑走偏锋的新异夺目。

从行文思路事实上，《关于李白》与《关于杜甫》两部分其实并不对等，风格差异不说，思路更是迥异。写李白，一通行云流水的叙述，最终落脚于李白的"觉醒"。研杜甫，则用时代色彩鲜明的符号裂解拼贴，另加上杜甫与严武、岑参和苏涣的交往来凑数，最终来了个"嗜酒终身"的"死"。郭沫若以这种对比鲜明的章节标目的形式，呈现自己对李白与杜甫的理解，也表明了他对李白与杜甫的人生风采差异的判断——诗歌李白与杜甫诗歌。而由诗歌而解李白人生，李白体现的是诗人与政治，是文人与政治的纠葛；由杜甫人生而解诗歌，杜甫牵涉的是诗歌与政治，是文艺与政治的互渗。此二者理解进路的差异，恰恰是郭沫若、李白、杜甫三者的"与"和"不与"的关节处和缠绕所在。

这样的《李白与杜甫》当然是郭沫若的，也是郭沫若式"新编历

---

① 元代无名氏杂剧《庞涓夜走马陵道》的"楔子"："自古道：学成文武艺，货与帝王家。"见张纯道选注：《无名氏杂剧选》，安徽文艺出版社1988年版，第53页。

史剧”的一贯风采。然如果就此完篇，此书就不叫《李白与杜甫》，而是《郭沫若论李白与杜甫》了。这当然不是郭沫若的全部构想。于是郭沫若在《关于李白》部分的最后一节，写了《李白与杜甫在诗歌上的交往》。事实上，“诗歌上的交往”才是李白与杜甫之所以能“与”和长期得以并置而论的关键，也是郭沫若试图和李杜相“与”并论的心有戚戚之所在。如果没有这一点，李白和杜甫的联系不过就是历史时空而已。也正因为有诗歌交往，李白与杜甫的联系就是诗歌的，郭沫若的《李白与杜甫》就更是文学的而非历史的。进一步说，这件事本身就是诗，这正如罗兰·巴尔特所言：“当政治的和社会的现象伸展入文学意识领域后，就产生了一种介于战斗者和作家之间的新型作者，他从前者取得了道义承担者的理想形象，又从后者取得了这样的认识，即写出作品就是一种行动。”[1]郭沫若写《李白与杜甫》，也正因为这点联系所生成的精神脉络和精神空间，可以极为宽容而妥帖地安放着郭沫若自己的人生况味与精神旨归。暮年郭沫若很清楚这里的关节和缠绕，因为他自己正是兼有李白情结和杜甫情结的时代诗人、摩罗诗人。李白与杜甫的诗歌交往的历史、艺术事实，让他在《李白与杜甫》的写作中，找到了在现实和历史、现实与浪漫、政治与诗歌、超迈与庸俗中并存兼容的节点。

郭沫若既有才子的豪情狂妄与意气，也有叛逆时代的斗胆与不羁；既有李白式的逸兴遄飞的天纵英才，也有杜甫咀嚼低回式的后天苦习而来的才华；既有李白式的天生我材必有用的期待与自信，也有杜甫式的忧黎庶官僚的努力、坚忍与执着。可以说，郭沫若是兼备李白与杜甫两

---

① 罗兰·巴尔特：《符号学原理》，李幼蒸译，生活·读书·新知三联书店1988年版，第76页。

种情怀、才华与际遇的当代诗人。对郭沫若而言，李白与杜甫都是他不可分割的一部分，无所谓高下之分。为此，郭沫若的《李白与杜甫》特别在乎对李杜的等量齐观。这也是郭沫若的最大心结——他享受的是"我"在李白与杜甫的关系中共荣共存，而非有所侧重与拣择。书中有一个细节尤其可以见出郭沫若对李白、杜甫的平视之意，那就是在《李白与杜甫在诗歌上的交往》一节所写到的：

> 李白虽然年长十一岁，他对于杜甫也有同样深厚的感情。但他有关杜甫的诗不多，只剩下四首……前人爱以现存诗歌的数量来衡量李杜感情的厚薄，说杜厚于李，而李薄于杜。那真是皮相的见解。[①]

此类对李白杜甫等量齐观的强调，郭沫若在论及李白的《戏赠杜甫》时又再次拈出，并说这首诗长期被认为是李白"戏杜甫"的证据——"这真是活天冤枉"[②]。在《李白与杜甫》里，"活天冤枉"大概算是郭沫若最强烈的愤懑了。也许正是前人乃至近时专家一直在、仍旧在抑李扬杜，郭沫若偏要平视通观二者，于是造成了一种《李白与杜甫》在"扬李抑杜"的感觉。事实上，人们注意到了郭沫若对李白的揄扬，却没有注意到他对李白与杜甫二者均衡性的强调、声明和重视。而大量关于此书此事的研究、阐释和评价，恰恰是只关注到了李白与杜甫二者的非此即彼、厚此薄彼。

郭沫若只有一个，李白式的、杜甫式的，都是郭沫若。人的一生的

---

① 郭沫若：《李白与杜甫》，人民文学出版社1971年版，第159页。

② 郭沫若：《李白与杜甫》，人民文学出版社1971年版，第162页。

理想境界，应该是完成了自己，而非撕裂了自己。倘若强作解人，非要在一个完整的人中拣择出各人所需要的郭沫若，那正如非得在李白与杜甫之间站队列，真是"活天冤枉"——"未免冤枉了李白，也唐突了杜甫！"①当然也误解了郭沫若。

一言以蔽之，暮年郭沫若的《李白与杜甫》，写的是李杜两大类诗歌、两种人生与两种接受史里面诸多的"与"和"不与"，更抒发了郭沫若充满张力的自我反思、理解与认同的暮年情怀。小而言之，后人不管如何臧否这部书，平心而论，都应该承认它是一部特别的书，如张炜所说："年近八旬的郭沫若先生出版了这部著作，虽然引起了诸多争执，但直到今天来看也是别有价值的。因为它里面没有堆积永远不错的套话，而是多有创见和发现。"②大而言之，此书传达了郭沫若"曾经沧海难为水"之幽思、幽情，更有一种"吾与我周旋，久自成一家"③、自我完成的绚烂之平淡的情怀心境。《李白与杜甫》，不仅是郭沫若的李白观与杜甫观，更是他暮年借此表达的自我通观与反思、确证，是"一场有关自己辉煌和凄凉人生的潜对话"④。郭沫若用这种奇崛而平实的写作方式，不动声色地呈现了一个时代，更完成了自己。这是他戎马倥偬而又狂傲卑微一生的总结、回望与畅想，却也成就了一次在中国现当代文学史上都罕见的人与文、学术与文学、古与今贯注融通的互文性写作。

---

① 郭沫若：《李白与杜甫》，人民文学出版社1972年版，第163页。

② 张炜：《也说李白与杜甫》，作家出版社2014年版，第228页。

③ 钱谦益：《列朝诗集小传》，上海古籍出版社1959年版，第414页。

④ 张炜：《也说李白与杜甫》，作家出版社2014年版，第232页。

第四章　中国左翼文学的传播现场研究

第一节　鲁迅的经典化进程研究

——以《鲁迅杂感选集》的编选为中心*

在重构中国现代革命文学史的实践中，瞿秋白最重要的成绩便是编定《鲁迅杂感选集》并写了长篇序言。这一举措，不仅为中国现代文学史树立了堪称经典作家的鲁迅，更塑造了一位革命文艺战线上的红色旗手，从而开启了鲁迅经典化建构的进程。

一

左联时期，鲁迅在上海靠写作为生，日益倾向左翼文艺思想。鲁迅刚经受完来自太阳社、创造社等团体的围攻，又陷入与梁实秋漫长的翻译论战。在翻译论战里，较之梁实秋，鲁迅显然不够当行本色。正在其最艰难的时刻，瞿秋白因缘际会支援了他。而在三次文艺论战里，鲁迅也曾以左联盟员的身份发出"战叫"[1]。于是，在共同战斗与互相欣赏

---

* 本节初发表时陈华积同志为第二作者。

[1]　鲁迅文中常用"战叫"表明其独特的人生与社会态度，最早出于《野草·这样的战士》。参见鲁迅：《这样的战士》，载《鲁迅全集》第2卷，人民文学出版社2005年版，第220页。

中，瞿秋白与鲁迅逐渐形成知己与同怀、战友加兄弟的友谊关系。[①]瞿鲁之间的文学合作，更是罕见地从合作写14篇杂文[②]开始。（见表4.1）

① 瞿秋白到中央苏区后，不仅鲁迅的学生冯雪峰成了"和他谈得来的人"，而且"谈鲁迅"也是他和冯雪峰闲谈时的主要话题。可见瞿秋白和鲁迅的交谊之深。参见庄东晓：《瞿秋白同志在中央苏区》，载《忆秋白》编辑小组编：《忆秋白》，人民文学出版社1981年版，第337页；冯雪峰：《关于鲁迅和瞿秋白同志的友谊》，载《忆秋白》编辑小组编：《忆秋白》，人民文学出版社1981年版，第270页。

② 关于瞿秋白与鲁迅合作的杂文数目曾有多种说法，现择其要者分列如下：

《鲁迅回忆录》记录了瞿秋白、鲁迅合作的杂文10篇，系二人交流后写出，用鲁迅的笔名发表，分别为《伸冤》《曲的解放》《迎头经》《出卖灵魂的秘诀》《最艺术的国家》《关于女人》《真假堂·吉诃德》《内外》《透底》《大观园的人才》。参见许广平：《鲁迅回忆录》，作家出版社1961年版，第127—128页。

《鲁迅全集》认为共12篇，在上述10篇以外补充了《王道诗话》和《中国文与中国人》。参见《鲁迅全集》第5卷，人民文学出版社2005年版，第51—52页注释。

唐弢在鲁迅的文集外发现，《"儿时"》与《〈子夜〉和国货年》也是瞿秋白用鲁迅的笔名发表的杂文，曾依据鲁迅日记将《"儿时"》收入《鲁迅全集补遗》，后参照瞿秋白遗稿，认为《"儿时"》与《〈子夜〉和国货年》"仅仅是借用鲁迅的笔名，在自由谈上公开发表而已"。参见上海鲁迅纪念馆编：《〈申报·自由谈〉目录》，1981年版，唐弢序第7页。

丁景唐、王保林有专著详细分析了上述14篇文章，认为《"儿时"》与《〈子夜〉和国货年》应视为二人合作，只是鲁迅对瞿秋白原稿的改动幅度有大小之别。参见丁景唐、王保林：《鲁迅和瞿秋白合作的杂文及其它》，陕西人民出版社1986年版。

叶楠认为有15篇：《瞿秋白文集》中的《〈大晚报〉的不凡和难堪》与鲁迅《伪自由书》中的《颂萧》相吻合，也是二人合作的文章。参见叶楠：《论秋白与鲁迅合作的杂文》，载瞿秋白纪念馆编：《瞿秋白研究》第3辑，学林出版社1991年版，第153—154页。

本书采用14篇的说法。1933年瞿秋白和鲁迅合作在《申报·自由谈》等刊物发表的系列杂文，不仅"出色地表现了他们两人之间不分尔我，一体战斗的千古不灭的友谊——这是革命的战斗的友谊"（《〈申报·自由谈〉目录》，唐弢序第6页），而且也是瞿秋白在文艺战线上重要的文艺思想实践。

表4.1 1933年瞿秋白与鲁迅合作写杂文情况

题名	发表情况	写作时间	收录该篇的鲁迅文集（如有）
《王道诗话》	《申报·自由谈》3月6日，署名"干"	3月5日	
《伸冤》（原题为《苦闷的答复》）	《申报·自由谈》3月9日，无署名	3月7日	
《曲的解放》	《申报·自由谈》3月12日，署名"何家干"	3月9日	
《迎头经》	《申报·自由谈》3月19日，署名"何家干"	3月14日	《伪自由书》
《出卖灵魂的秘诀》	《申报·自由谈》3月26日，署名"何家干"	3月22日	
《最艺术的国家》	《申报·自由谈》4月2日，署名"何家干"	3月30日	
《〈子夜〉和国货年》	《申报·自由谈》4月2日、4月3日，署名"乐雯"	不详①	
《内外》	《申报·自由谈》4月17日，署名"何家干"	4月11日	
《透底》	《申报·自由谈》4月19日，署名"何家干"	4月11日	《伪自由书》
《大观园的人才》（原题为《人才易得》）	《申报·自由谈》4月26日，署名"干"	4月24日	
《关于女人》	《申报月刊》第2卷第6号（6月15日），署名"洛文"	4月11日	《南腔北调集》
《真假堂吉诃德》（原题为《真假董吉诃德》）		不详②	
《中国文与中国人》	《申报·自由谈》10月28日，署名"余铭"	10月25日	《准风月谈》
《"儿时"》	《申报·自由谈》12月15日，署名"子明"	9月28日	

注：1.表中题名与发表情况依照原刊填写，题名按发表时间排序，"原题"为其在《瞿秋白文集》中的标题。

2.表中14篇文章皆见于《瞿秋白文集》，写作时间（如有）也从此处引得，原系鲁迅所加。

① 《瞿秋白文集》未注明本篇写作时间。丁景唐、王保林认为本文作于3月10日，参见丁景唐、王保林：《鲁迅和瞿秋白合作的杂文及其它》，陕西人民出版社1986年版，第59页。

② 《瞿秋白文集》记录为4月11日。文后注释指出该日期有误：该文曾引用4月12日《申报》上的材料，写作时间应在此之后。

瞿秋白和鲁迅合写杂文，据许广平回忆："大抵是秋白同志这样创作的：在他和鲁迅见面的时候，就把他想到的腹稿讲出来，经过两人交换意见，有时修改补充或变换内容，然后由他执笔写出。"①现在看来，从这些杂文的篇目、内容到写作经过，可以肯定瞿鲁合写杂文是成功的。瞿鲁合作的杂文，基本写于1933年3月5日到4月24日。此时，瞿秋白和鲁迅的关系无论在居住空间上，还是情感程度上都相当密切，可谓天时、地利与人和。由于是在共同思想探讨之后，再由瞿秋白单独执笔写作，这些杂感表现出强烈的战斗色彩和坚定一致的革命立场，显然符合瞿秋白文艺思想倾向。在语言文字风格和表现手法上，这些杂文也因鲁迅介入修改和参与讨论，而显得蕴藉内敛一些。②

瞿鲁合作写杂文的行为，不仅是文坛佳话，也体现二者在文艺思想上的日益亲近。就瞿秋白而言，这是革命向文学的转移；对鲁迅来说，则是文学朝革命的迈进。从这次互相靠拢而最终团结在一起的文学与革

① 许广平：《鲁迅回忆录》，作家出版社1961年版，第128页。

② 关于瞿秋白和鲁迅合作的杂文修改前后文体风格差异比较，参见李国涛：《Stylist——鲁迅研究的新课题》，陕西人民出版社1986年版，第135—147页。

命会合的历程中，可以见出，瞿鲁的交谊不仅是私人友谊，更是瞿秋白成功的革命统战实践和文学战线归化。由于此时的左翼文艺仍然是秘密政治，瞿鲁的杂文合作不至于显露出生硬的政治刚性，尽管渗透着革命和文学在现实斗争中生成的互相召唤，但仍旧充满着文人在乱世里惺惺相惜的人间温情。

因此可以说，瞿秋白左联时期的文艺思想实践，是从瞿鲁杂文写作的文学合作开始的，并在斗争和建设两方面同时展开。这称得上是一个漂亮完美的文艺战线方略。其斗争的一面，是瞿鲁共同参与左联组织的三大文艺论战，甚至合作写杂文对论敌展开文艺思想战线斗争；至于建设的一面，则除了瞿秋白的马克思主义文艺理论译介、传播和阐释体系本土化和系统化工作外，还包括瞿秋白对鲁迅和高尔基两位中苏革命文学创作榜样的确立和阐释。当中，瞿秋白对鲁迅作品的红色阐释和革命经典地位的确立，即《鲁迅杂感选集》编选和长篇序言撰写，既是该文艺战略的重中之重，也是其文艺思想实践上的空前胜利。瞿秋白由是成为"党内最早认识和高度评价鲁迅在中国思想文化界的杰出作用的领导人"[1]。

其实，瞿秋白对鲁迅的认识逻辑始终一致，一直立足于反封建的思想革命价值上的肯定。1923年底，瞿秋白对当年的文坛进行扫描，第一次对周氏兄弟进行评价。瞿秋白把周氏兄弟当作当年中国文坛的代表人物，分别以其代表作的书名——《呐喊》和《自己的园地》，评价他们在小说和散文创作上的文学成绩。瞿秋白指出，鲁迅思想超前孤独，

---

① 杨尚昆：《在瞿秋白同志就义五十周年纪念会上的讲话》，《人民日报》1985年6月19日。

"虽然独自'呐喊'着"而"只有空阔里的回音"[1]。瞿秋白再次提到鲁迅，则是在《学阀万岁！》一文里。为了倡导"革命的大众文艺"，瞿秋白把鲁迅列进"懂得欧化文的'新人'"的"第三个城池"里[2]。1932年5月，瞿秋白写《"五四"和新的文化革命》，又提及自己对《狂人日记》的看法，虽然他对其艺术评价不高，但仍然高度赞赏道："不管它是多么幼稚，多么情感主义，——可的确充满着痛恨封建残余的火焰。"[3]在《狗样的英雄》一文中，瞿秋白再次提到《狂人日记》反抗吃人礼教的进步意义。[4]由上可见，瞿秋白对鲁迅的认识，一开始就不是纯粹艺术上的价值判断，而是始终把他定位在反封建革命意义上来评价和赞赏。但即便如此，这些也只是对鲁迅小说在内容题材上的肯定，根本没有涉及鲁迅杂文的意义。

二

瞿秋白转向关注鲁迅的杂文，是在他们合作写杂文之后。在转向对鲁迅杂文的关注后，瞿秋白对鲁迅的评价突变。这种突变与他们交谊的飞跃和革命情势的紧迫度密切关联。

据鲁迅书信记载，1933年3月20日，鲁迅主动向北新书局李小峰推

---

① 瞿秋白：《荒漠里——一九二三年之中国文学》，载《瞿秋白文集》（文学编）第1卷，人民文学出版社1985年版，第311页。

② 瞿秋白：《学阀万岁！》，载《瞿秋白文集》（文学编）第3卷，人民文学出版社1989年版，第200页。

③ 瞿秋白：《"五四"和新的文化革命》，载《瞿秋白文集》（文学编）第3卷，人民文学出版社1989年版，第24页。

④ 瞿秋白：《狗样的英雄》，载《瞿秋白文集》（文学编）第1卷，人民文学出版社1985年版，第371页。

荐由瞿秋白编选的自己的杂感选集。①同年4月8日，瞿秋白编就《鲁迅杂感选集》②并"花了四夜功夫"③写成长篇序言《〈鲁迅杂感选集〉序言》。为迷惑敌人，瞿秋白化名"何凝"并故意在序言末署"一九三三·四·八·北平"的字样。而为了《鲁迅杂感选集》的出版，鲁迅亲自批划了该书的编排格式：与《毁灭》《两地书》相同，23开、横排、天地宽大、毛边本。④扉页上，还选用了鲁迅喜欢的司徒乔为其作的炭画像。不仅如此，鲁迅还亲任该书的校对，亲自为瞿秋白支付了编辑费。

可见，《鲁迅杂感选集》的出版，不仅"可以说是鲁迅和瞿秋白合作的产物，是他们友谊的结晶"⑤，也是鲁迅研究史和瞿秋白文艺思想发展史上的光辉起点。而《〈鲁迅杂感选集〉序言》，此后则成为用马

① 初始，鲁迅信中明确说"我们有几个人在选我的随笔"。后来才渐渐明确说是"编者""选者"，是单数的"他"。参见鲁迅：《致李小峰》，载《鲁迅全集》第12卷，人民文学出版社2005年版，第383、387页。

② 据杨之华说瞿秋白编选《鲁迅杂感选集》目的有二：一是秋白自愧将鲁迅赠予的书籍散失零落，一是为"要有系统地阅读他的书，并且为他的书留下一个永久的纪念"。参见杨之华：《〈《鲁迅杂感选集》序言〉是怎样产生的》，《语文学习》1958年第1期。

③ 杨之华：《回忆秋白》，人民出版社1984年版，第136页。

④ 鲁迅自印的《毁灭》和北新书局（化名"青光书局"）出版的《两地书》为23开横排毛边本。在1933年4月20日给李小峰的信中，鲁迅曾提议《鲁迅杂感选集》"格式全照《两地书》"，但据上海鲁迅纪念馆资料，实际印刷的为25开横排毛边本。参见上海鲁迅纪念馆编：《上海鲁迅纪念馆藏品选》，上海辞书出版社2018年版，第151页。

⑤ 丁景唐：《鲁迅和瞿秋白友谊的丰碑——鲁迅帮助出版瞿秋白著译的经过》，《中南民族学院学报》（哲学社会科学版）1982年第1期。

克思主义文艺理论解释鲁迅的范式文本。[①]尤其是由于在"研究态度和方法论，被认为具有示范的意义"[②]，此序文更因此而成为鲁迅红色经典化进程的开端。与此同时，这篇长篇序言也是瞿秋白构建马克思主义文艺理论体系并将其本土化的重大突破，是其文艺思想实践成就的重大体现。

《鲁迅杂感选集》首先体现的是瞿秋白作为"选家"的眼光。由于瞿秋白与鲁迅在人生经历上的相似因素，所以选本的编纂和序言写作，也部分出于瞿秋白的夫子自道。[③]瞿秋白的编选范围，是鲁迅已亲自编辑出版的杂文集[④]。纳入瞿秋白编选范围的杂文，基本涵盖鲁迅自1918年至1931年底这十四年间创作的杂文，总量大约占鲁迅自编杂文集的三

---

① 曹靖华1941年和周恩来说："我所看过的论鲁迅先生的文章，在思想性和艺术性上，能赶上瞿秋白同志写的《〈鲁迅杂感选集〉序言》的，还没有。"周恩来说："我有同感。"参见曹靖华：《往事漫忆——鲁迅与秋白》，原载《光明日报》1980年3月26日。引自《鲁迅研究年刊》1980年号。1941年11月16日，周恩来在庆祝郭沫若五十生辰暨创作生活二十五周年而发表的讲演《我要说的话》里三次引用《〈鲁迅杂感选集〉序言》，包括瞿秋白对鲁迅著名的"四点概括"。参见周恩来：《我要说的话》，《新华日报》1941年11月16日。

② 王铁仙：《关于科学评价鲁迅的若干思考——重读瞿秋白的〈《鲁迅杂感选集》序言〉》，载瞿秋白纪念馆编：《瞿秋白研究》第11辑，学林出版社2000年版，第209—210页。

③ 瞿秋白和鲁迅的相似，参见刘福勤：《瞿秋白与鲁迅文学传统》，载瞿秋白纪念馆编：《瞿秋白研究》第11辑，学林出版社2000年版，第223—237页。对瞿秋白与鲁迅文学思想上的承续讨论，韩斌生先生有较好的讨论。参见韩斌生：《世纪之交论秋白——瞿秋白与中国现代文化发展及其当代启示》，载瞿秋白纪念馆编：《瞿秋白研究》第8辑，学林出版社1996年版，第397—409页；韩斌生：《世纪之交论秋白（二）——瞿秋白与20世纪中国文学的鲁迅传统》，载瞿秋白纪念馆编：《瞿秋白研究》第10辑，学林出版社1998年版，第94—106页。

④ 1933年4月8日前，鲁迅出版了7部杂文集，分别是《热风》（1925）、《华盖集》（1926）、《坟》（1927）、《华盖集续编》（1927）、《而已集》（1928）、《三闲集》（1932）、《二心集》（1932）。

分之一。当中对鲁迅杂文写作年份的注重情况也各不相同。从入选杂文思想内容看，瞿秋白主要以强调鲁迅反封建、反国民党政府和趋向无产阶级革命的思想进程（包括与反动文艺思潮论战[①]）为编选标准。[②]对于那些文学性和学术性较强的杂文则一般不收入。[③]对鲁迅反击太阳社和创造社围攻的文章，也多采取规避或淡化论战色彩的处理方式。[④]

在整部选集的正文部分，更是明显贯穿着瞿秋白注重无产阶级革命斗争的文艺思想。《鲁迅杂感选集》以选家瞿秋白长篇序言为开篇，以被选者鲁迅的《〈二心集〉的序言》为收束，将选家评述和被选者自评完美统一了起来。可见，在编选时，瞿秋白先入为主地对鲁迅杂感的历史发展确立了认识标准——现实主义文艺思想的革命生长。瞿秋白继而以此为编选的思想准绳，裁定、删削和截取入选篇目的范围和内容。因此，瞿秋白特别看重鲁迅在1921年《新青年》分化时期的杂感，也尤其

①　例如瞿秋白对《二心集》篇目的编选，入选（除了《〈二心集〉序言》外）的9篇杂感中：《非革命的急进革命论者》《对于左翼作家联盟的意见》《中国无产阶级革命文学和前驱的血》是鲁迅对左翼文学的意见，其中《对于左翼作家联盟的意见》是在左联成立大会上的演讲词，《中国无产阶级革命文学和前驱的血》刊于左联机关刊物《前哨》创刊号（此文还是瞿秋白刚从政治斗争转向文艺战线时异常赏识鲁迅的媒介）；《"丧家的""资本家的乏走狗"》是和梁实秋的论战；《黑暗中国的文艺界的现状》《上海文艺之一瞥》《"民族主义文学"的任务和运命》《中华民国的新"堂·吉诃德"们》批判民族主义文艺运动；《"友邦惊诧"论》则驳斥对"九一八"事变后学生运动的侮蔑。

②　这一点在那些截取的篇目上体现非常明显，例如：鲁迅自编杂文集《华盖集》之第三篇《忽然想到》（一至四），瞿秋白编入时只保留了第三、四节，因为这两节是感慨国民革命失败的，而前两节则是讽刺中国人糊涂陋习。由此可见瞿秋白编选的标准。

③　例如，《而已集》中的名篇《魏晋风度及文章与药及酒之关系》就没有收入。

④　瞿秋白选入的鲁迅论革命文学的文章有：《而已集》中的《革命时代的文学》《革命文学》《文艺和革命》，《三闲集》中的《文艺与革命》《扁》《路》。但却没有收入《三闲集》中的反击名篇，如《"醉眼"中的朦胧》《我的态度气量和年纪》《"革命军马前卒"与"落伍者"》等。

关注鲁迅在1925—1928年大革命转折时期的杂感。至于瞿秋白选择鲁迅《〈二心集〉序言》为选集收束的重要原因，则是它展现了鲁迅思想无产阶级化的发展进程。因为鲁迅自己曾写道：

> 只是原先是憎恶这熟识的本阶级，毫不可惜它的溃灭。后来又由于事实的教训，以为惟新兴的无产者才有将来，却是的确的。[1]

与此同时，在编选《鲁迅杂感选集》过程中，瞿秋白一方面按历史时序、根据鲁迅杂感文字本身来择取篇目，从而对鲁迅进行革命化叙事和整理；另一方面，瞿秋白也根据鲁迅本人皈依革命进程的自我梳理来塑造其经典形象。于是，在编选过程中，作为选家的瞿秋白，以编选《鲁迅杂感选集》的方式，不仅完成鲁迅和自己在革命文艺统一战线上的会师，也促成鲁迅以杂感写作方式进行革命的思想上的转变。这既是瞿秋白编选工作上的革命行动，也是瞿秋白文艺思想在编辑工作上的体现。

而当编选工作和革命策略完美会师后，瞿秋白接下来便要对全书的编辑工作进行总结，做一场关于鲁迅杂文选编的革命经验总结报告和文学战线上的革命总动员。相对于瞿秋白译介、编撰马克思主义文艺理论著述的成功而言，瞿秋白编选《鲁迅杂感选集》的意义更为重大。因为这项工作，瞿秋白不仅在中国本土革命语境内成功树立了马克思主义文艺理论与中国革命文学创作实践结合的典范，而且还打造出一个红色鲁迅的形象，塑造了一个革命文艺上的红色经典。

---

[1] 鲁迅：《〈二心集〉序言》，载《鲁迅全集》第4卷，人民文学出版社2005年版，第195页。

三

　　历史的因缘际会，使得瞿秋白注定成为鲁迅评价史上的关键人物。因为在回顾与创造社、太阳社论争时，鲁迅曾说："我那时就等待有一个能操马克思主义批评的枪法的人来狙击我的，然而他终于没有出现。"[1]近三年过去了，鲁迅终于等到这个"狙击手"，正是瞿秋白。瞿秋白对鲁迅的评价可谓一击而中、应声而立。在读《〈鲁迅杂感选集〉序言》时，鲁迅竟然"看了很久，显露出感动和满意的神情，香烟头快烧着他的手指头了，他也没有感觉到"[2]。因此，在鲁迅评价和研究史上，《〈鲁迅杂感选集〉序言》本身也成为经典，它既是红色鲁迅隆重推出的宣言，更是空前绝后的能打动鲁迅本人的鲁迅研究论作。

　　《〈鲁迅杂感选集〉序言》洋洋一万五千余言，瞿秋白将全文共分为八个部分。第一部分是总论。开篇引用鲁迅在杂文集《坟》里《我们现在怎样做父亲》的名言，把鲁迅当成革命殉道者的象征。接着，瞿秋白引用卢那察尔斯基《〈高尔基作品选集〉序》的表述，构成中苏文艺对称结构[3]：

---

　　① 鲁迅：《对于左翼作家联盟的意见》，《萌芽月刊》第1卷第4期，1930年4月1日。

　　② 杨之华：《回忆秋白》，人民出版社1984年版，第137页。

　　③ 瞿秋白不仅类比卢那察尔斯基评价高尔基的论说思路，据K.B.舍维廖夫考察，瞿秋白在《〈鲁迅杂感选集〉序言》中"不仅引用了列宁的文艺思想，而且还采用了列宁《纪念赫尔岑》一文的写法"。参见K.B.舍维廖夫：《中国人民的优秀儿子——瞿秋白》，马贵凡译，载瞿秋白纪念馆编：《瞿秋白研究》第6辑，学林出版社1994年版，第252页。瞿秋白对卢那察尔斯基是熟悉的，《赤都心史·兵燹与弦歌》中记载了他采访时任苏俄人民教育委员会主席的卢那察尔斯基的经历。"卢那察尔斯基的著作是鲁迅的首选内容并因此而上溯到了普列汉诺夫对于马克思主义文艺的经典认识。1931年瞿秋白被中共六届四中全会整肃而'回归（文艺）家园'后，对于卢氏文艺理论和创作显然也是与鲁迅热议的内容。"参见王观泉：《兵燹与弦歌》，载江苏省瞿秋白研究会编：《瞿秋白研究文丛》第1辑，中央文献出版社2007年版，第143页。

俄苏	卢那察尔斯基——高尔基——《〈高尔基作品选集〉序》
中国	瞿秋白——鲁　迅——《〈鲁迅杂感选集〉序言》

瞿秋白的序言仿照卢那察尔斯基对高尔基的评价，并进而指出鲁迅和高尔基的共同之处，即"革命的作家总是公开地表示他们和社会斗争的联系"[①]。瞿秋白把鲁迅类此为中国的高尔基：

　　高尔基在小说戏剧之外，写了很多的公开书信和"社会论文"（publicist articles），尤其在最近几年——社会的政治的斗争十分紧张的时期。也有人笑他做不成艺术家了，因为"他只会写些社会论文"。但是，谁都知道这些讥笑高尔基的，是些什么样的蚊子和苍蝇！

　　鲁迅在最近十五年来，断断续续的写过许多论文和杂感，尤其是杂感来得多。于是有人给他起了一个绰号，叫做"杂感专家"。"专"在"杂"里者，显然含有鄙视的意思。可是，正因为一些蚊子苍蝇讨厌他的杂感，这种文体就证明了自己的战斗的意义。鲁迅的杂感其实是一种"社会论文"——战斗的"阜利通"（feuilleton）。[②]

　　在汲取苏俄革命话语权威完成对鲁迅"中国的高尔基"定性与定位后，瞿秋白继续对鲁迅和其杂感文体的"中国的高尔基"身份，进行本土化因果定性与定位：

---

①　鲁迅：《鲁迅杂感选集》，青光书局1933年版，序言第1页。

②　鲁迅：《鲁迅杂感选集》，青光书局1933年版，序言第1—2页。

谁要是想一想这将近二十年的情形，他就可以懂得这种文体发生的原因。急遽的剧烈的社会斗争，使作家不能够从容的把他的思想和情感熔铸到创作里去，表现在具体的形象和典型里；同时，残酷的强暴的压力，又不容许作家的言论采取通常的形式。作家的幽默才能，就帮助他用艺术的形式来表现他的政治立场，他的深刻的对于社会的观察，他的热烈的对于民众斗争的同情。不但这样，这里反映着五四以来中国的思想斗争的历史。杂感这种文体，将要因为鲁迅而变成文艺性的论文（阜利通——feuilleton）的代名词。自然，这不能够代替创作，然而它的特点是更直接的更迅速的反应社会上的日常事变。①

系列类比和因果分析后，瞿秋白迅捷地给鲁迅、杂感文体和鲁迅杂感编选三者都打上鲜明的红色革命色彩，将鲁迅杂感写作史与中国社会斗争史、中国思想斗争史密切对应和联系了起来，简明扼要地勾勒出了"红色"鲁迅，完成了对鲁迅进行革命经典化塑造的主体工程。在《〈鲁迅杂感选集〉序言》中，瞿秋白明确指出编选鲁迅杂感工作的革命思想底蕴——"现在选集鲁迅的杂感，不但因为这里有中国思想斗争史上的宝贵的成绩，而且也为着现时的战斗"②。

第二部分是过渡部分。瞿秋白以"亚尔霸·龙迦的公主莱亚·西尔维亚被战神马尔斯强奸了，生下一胎双生儿子：一个是罗谟鲁斯，一个

---

① 鲁迅：《鲁迅杂感选集》，青光书局1933年版，序言第2页。
② 鲁迅：《鲁迅杂感选集》，青光书局1933年版，序言第2页。

是莱谟斯"的一通神话比喻式论述，把鲁迅"革命"思想的逻辑起点确定为鲁迅的家庭出身，从而自然过渡到以阶级论阐释鲁迅的基本思路。

"是的，鲁迅是莱谟斯，是野兽的奶汁所喂养大的，是封建宗法社会的逆子，是绅士阶级的贰臣，而同时也是一些浪漫谛克的革命家的诤友！他从他自己的道路回到了狼的怀抱。"①

树立了鲁迅的国际身份和国内身份后，瞿秋白更鲜明地确立了阐释鲁迅的"阶级论"革命思路。从第三部分到第七部分，瞿秋白娴熟地根据革命进化论逻辑，在历史性叙述中按照"辛亥革命——五四前——五四时期——大革命时期——革命文学论争时期"的进程，对鲁迅从进化论到阶级论的革命思想生长进行梳理和总结。

第八部分是瞿秋白的结论归纳，根据"阶级论"叙述模式，鲁迅杂感写作史于是自然而然成为"从进化论进到阶级论"②的历史。而在此过程中，鲁迅社会身份发生相应变化——"从绅士阶级的逆子贰臣进到无产阶级和劳动群众的真正的友人，以至于战士，他是经历了辛亥革命以前直到现在的四分之一世纪的战斗，从痛苦的经验和深刻的观察之中，带着宝贵的革命传统到新的阵营里来的"③。因此，"最近期间，九一八以后的杂感"，瞿秋白认定鲁迅已"站在战斗的前线，站在自己的哨位上"。④瞿秋白回顾鲁迅杂感里战斗的光辉历程，目的在于总结鲁迅革命传统，他说："然而鲁迅杂感的价值决不止此。……历年的战斗和剧烈的转变给他许多经验和感觉，经过精炼和融化之后，流露在他

---

① 鲁迅：《鲁迅杂感选集》，青光书局1933年版，序言第2—3页。

② 鲁迅：《鲁迅杂感选集》，青光书局1933年版，序言第20页。

③ 鲁迅：《鲁迅杂感选集》，青光书局1933年版，序言第20—21页。

④ 鲁迅：《鲁迅杂感选集》，青光书局1933年版，序言第21页。

的笔端。这些革命传统（revolutionary traditions）对于我们是非常之宝贵的，尤其是在集体主义的照耀之下。"①可见，瞿秋白以阶级论完成对鲁迅杂感写作的革命史梳理，"是以一个党内著名的理论家和政治家的气魄和眼光来评价鲁迅的"②。

在"集体主义的照耀之下"，瞿秋白坚信自己发现了鲁迅的"革命传统"③。在红光照耀下，鲁迅自然也被证明的确有红色革命的传统。瞿秋白以编选《鲁迅杂感选集》的方式，编辑出了自己想塑造的、革命也需要的红色鲁迅。鲁迅的革命经典化塑造已完成，从此，鲁迅成为革命前驱和"听将令"的代表者。瞿秋白再次重申：

> 自然，鲁迅的杂感的意义，不是这些简单的叙述所能够完全包括得了的。我们不过为着文艺战线的新的任务，特别指出杂感的价值和鲁迅在思想斗争史上的重要地位，我们应当向他学习，我们应当同着他前进。④

一切为了现实革命与斗争需要。在革命斗争异常紧张和激烈的年代，作为无产阶级革命文艺战线的领导者，瞿秋白的所作所为，无疑是历史必然和个人本然、应然的统一。因此，当选家和作长序，都是瞿秋白服从于革命斗争需要的实践。尽管行动中也不排除有瞿秋白对鲁迅

①　鲁迅：《鲁迅杂感选集》，青光书局1933年版，序言第21—22页。

②　丁言模：《瞿秋白等人评价鲁迅的现实主义标准——兼论冯雪峰、周扬、巴人的鲁迅观》，载瞿秋白纪念馆编：《瞿秋白研究》第3辑，学林出版社1991年版，第137页。

③　鲁迅：《鲁迅杂感选集》，青光书局1933年版，序言第22页。

④　鲁迅：《鲁迅杂感选集》，青光书局1933年版，序言第25页。

的感恩心理①和经济利益因素②的驱动，但这应该以并不与革命功利需要相矛盾为前提。况且，瞿秋白无论在编选标准确立还是序言论述思想上，也都与其现实主义文艺思想相融合。因此，瞿秋白编选《鲁迅杂感选集》并作序这一文学史的事实，无疑也是瞿秋白文艺思想一次成功的实践。

然而，必须指出，瞿秋白在《鲁迅杂感选集》编选和《〈鲁迅杂感选集〉序言》中体现出的鲁迅观，并不完全等同于瞿秋白个人的鲁迅观。因为瞿秋白不仅没有否定钱杏邨等对鲁迅的批评攻击，而且在《多余的话》中提及的"可以再读一读"的文艺著作中，也只有"鲁迅的《阿Q正传》"③，并没提及鲁迅的杂感。这似乎也能说明，瞿秋白编选和序论鲁迅杂感的真正意图和思想内核，其实并不在于文学价值，而在于革命思想价值。那么，难道瞿秋白和鲁迅的确是处于隔膜和相知并

---

① 杨之华说瞿秋白编《鲁迅杂感选集》目的是为给鲁迅的书"留下一个永久的纪念"。参见杨之华：《〈《鲁迅杂感选集》序言〉是怎样产生的》，《语文学习》1958年第1期。

② 鲁迅说："我的选集，实系出于它兄之手，序也是他作，因为那时他寓沪缺钱用，弄出来卖几个钱的。"参见鲁迅：《致曹靖华》，载《鲁迅全集》第14卷，人民文学出版社2005年版，第99页。

③ 瞿秋白：《多余的话》，载《瞿秋白文集》（政治理论编）第7卷，人民出版社1991年版，第723页。关于《阿Q正传》，杨之华说瞿秋白"经常读它，重复读它，也经常介绍给当时青年。他说读一次二次是不够的，要细读，要重复的读"。参见陈梦熊：《瞿秋白对鲁迅创作长篇小说的关注和期待——杨之华两封遗札所示的一段史实》，《新文学史料》1982年第4期。唐天然曾披露瞿秋白用大小十个"Q"字组成阿Q像漫画。参见唐天然：《战友情深——有关瞿秋白和鲁迅的三件新史料》，《新文学史料》1982年第4期。

存的复杂状态么？①

这一切，也许是因为立场的不同产生的不同的阐释结果。与《〈鲁迅杂感选集〉序言》同年问世的钱基博《现代中国文学史》，认为"树人颓废，不适于奋斗"，而且把鲁迅和徐志摩混在一起判为"新文艺之右倾者"。②但瞿秋白在无产阶级革命立场上做出的鲁迅阐释，却实实在在地为中国无产阶级革命的文艺思想战线树立起一面红色旗帜。

此后，《〈鲁迅杂感选集〉序言》不仅成为革命阵营研究和评说鲁迅杂感和思想的范式，还被确立为中国现代文学批评史上作家作品研究的基本范式。而当初瞿秋白针对鲁迅杂感做出的评说结论，甚至被放大为此后鲁迅研究的基本前提。瞿秋白的鲁迅阐释，在一定意义上甚至可以说是中国新文学研究的出发点，也是中国现代文艺思想史革命化叙述的起点。与此同时，在鲁迅被塑造成"中国的高尔基"的同时，瞿秋白也同步奠定了他自己作为"中国的卢那察尔斯基"③的历史角色。

当然，除了开启鲁迅经典化的历史进程外，瞿秋白还曾对五四文

---

① 黎活仁先生在《鹿地亘与瞿秋白〈《鲁迅杂感选集》序言〉的日译》（香港《抖擞》第33期，1979年5月）中对"文革"时以质疑《〈鲁迅杂感选集〉序言》等来离间瞿鲁关系的论点进行讨论。原因是鲁研专家陈漱渝在《鲁迅与女师大学生运动》附录《携手共艰危》中写道："据周海婴先生回忆，……在逝世前的一个星期，许广平同志完成了一万多字的论文，揭发批判瞿秋白贬低鲁迅的种种谬论。"参见陈漱渝：《鲁迅与女师大学生运动》，人民出版社1978年版，第137页。

② 钱基博：《现代中国文学史》，世界书局1933年版，第448页。

③ 郭绍棠：《回忆瞿秋白》，路远译，载瞿秋白纪念馆编：《瞿秋白研究》第6辑，学林出版社1994年版，第258页。把瞿秋白评价为"中国的卢那察尔斯基"的说法不仅来自苏联研究者，美国的保罗·皮科威兹也持这观点。把瞿秋白类比卢那察尔斯基，我的理解是指二者在各自国家里对马克思主义文艺发展的作用和思路的相似。Paul Pickowicz, *Marxist Literary Thought and China: A Conceptual Framework* (Berkeley, CA: Center for Chinese Studies, Institute of East Asian Studies, University of California, 1980), pp.47–54.

学革命史进行梳理，并以革命领导权争夺为主线重新进行叙述。这既为中国现代文学史革命构建确立了光辉起点，又凿定了现代革命文学史的思想界碑。因此，重塑鲁迅和整理五四文学革命史这两项意识形态构建的重大工程，不仅足以让瞿秋白在中国文艺思想史有一席之地，也给后来的中国文学史留下宝贵的革命书写传统：一是文学的社会历史批评传统，一是文学史按革命思维整理的传统。于是，许多文学史的重写，是社会历史发展的必然。①

第二节　纸墨寿于金石：《海上述林》的传播研究

——以鲁迅为观察点

《海上述林》是一部以鲁迅为核心、由几个人捐资付印以纪念亡友的文学译文集。书的编者，是彼时士林领袖之一的鲁迅；书的著译者，则是中国共产主义革命的早期领导人瞿秋白。可以说，这部书从最初筹划到成书出版、传播流布，已然成为民国出版史上的靓丽风景。

《海上述林》也是一部有特殊意味的、生成于民国文学现场里的礼品书。它是鲁迅对瞿秋白的另一种委婉而自信的定位与判断，更是鲁迅对民国文学现场的一帧久远而永恒的纪念。它不仅体现着鲁迅、瞿秋白等人留存的文人风骨，也映照着一个大变革时代的人间正道与沧桑。

一、《海上述林》的“诞生”

众所周知，鲁迅与瞿秋白之间有着深厚的友谊。

---

① 现代意义上的文学史几乎都是重写，只不过重写时各自所本的主义、思想不同而已。参见宇文所安：《过去的终结：民国初年对文学史的重写》，载刘东主编：《中国学术》总第5辑，商务印书馆2001年版，第180—202页。

1935年2月，瞿秋白在福建长汀被捕，不久后壮烈牺牲。对此，鲁迅悲痛不已。为纪念瞿秋白，虑及于公于私的两种情缘，鲁迅、茅盾和一些瞿秋白的其他友人决定，搜集瞿秋白的遗稿和已发表的文章结集出版。1936年10月15日，鲁迅在给曹白的信中写道："《述林》是纪念的意义居多，所以竭力保存原样。"[①]由是之故，世乃有《海上述林》——这部"在中国出版界中，当时曾被认为是从来未有的最漂亮的版本"[②]的书。

　　关于《海上述林》出版缘起，正如鲁迅对冯雪峰所说："我把他的作品出版，是一个纪念，也是一个抗议，一个示威！……人给杀掉了，作品是不能给杀掉的，也是杀不掉的！"[③]1936年10月6日，鲁迅致信曹白说"这是我们的亡友的纪念"[④]，1936年10月15日，鲁迅致信台静农说"今年由数人集资印亡友遗著，以为纪念"[⑤]。上述的纪念之意，也就是鲁迅在《〈海上述林〉下卷序言》中所说的——"有些所谓'悬剑空垄'的意思"[⑥]。

　　为了筹划编印《海上述林》，鲁迅首先廓清的是文稿的版权归属问题。1935年6月24日，鲁迅致信曹靖华说："现代有他的两部，须赎

---

　　① 鲁迅：《致曹白》，载《鲁迅全集》第14卷，人民文学出版社2005年版，第169页。

　　② 唐弢：《革命的感情》，载《晦庵书话》，生活·读书·新知三联书店2007年版，第85页。据唐弢所论，鲁迅编定的书有两部最为精美考究：一是《海上述林》，纪念瞿秋白的；一是《凯绥·珂勒惠支版画选集》，纪念柔石的，也是鲁迅印行的画册中最精美的一种。

　　③ 冯雪峰：《回忆鲁迅》，人民文学出版社1952年版，第158页。

　　④ 鲁迅：《致曹白》，载《鲁迅全集》第14卷，人民文学出版社2005年版，第163页。

　　⑤ 鲁迅：《致台静农》，载《鲁迅全集》第14卷，人民文学出版社2005年版，第170页。

　　⑥ 鲁迅：《〈海上述林〉下卷序言》，载《鲁迅全集》第6卷，人民文学出版社2005年版，第605页。

回，因为是豫支过板税的，此事我在单独进行。"这里说到的"现代"的"两部"，就是瞿秋白译的苏联文艺论文集《"现实"》和《高尔基论文选集》两部译稿。当初曾交给现代书局，并预支版税二百元。现在要编《海上述林》，需赎回译稿，并需归还现代书局预支的版税。①

为此，"急于换几个钱"的鲁迅1935年7月30日、8月9日两次致信黄源，想让黄源尽快编发从而"速得一点稿费"，目的是向现代书局赎回瞿秋白的两部译作。②8月12日，黄源代鲁迅从现代书局取回"瞿君译作稿二种"，"还以泉二百"。③9月8日，鲁迅致黄源信中说："陈节译的各种，如页数已够，我看不必排进去了，因为已经并不急于要钱。"④9月16日，鲁迅又致信黄源说："如来得及，则《第十三篇关于L.的小说》，可以登在最后，因为此稿已经可以无须稿费。"⑤

当然，收集并出版瞿秋白文稿以示纪念，并不是鲁迅一人的想法，而是"很有几个人"的共识。1935年6月24日，鲁迅致信曹靖华："它兄文稿，很有几个人要把它集起来，但我们尚未商量。"⑥从鲁迅给郑振铎写的信来看，主事者起码还有茅盾和郑振铎，但鲁迅是当中最用心力的人，而郑振铎是捐资较多的一个。⑦

---

① 鲁迅：《致曹靖华》，载《鲁迅全集》第13卷，人民文学出版社2005年版，第485—486页。

② 鲁迅：《致黄源》，载《鲁迅全集》第13卷，人民文学出版社2005年版，第514、517页。

③ 鲁迅日记，载《鲁迅全集》第13卷，人民文学出版社2005年版，第546页。

④ 鲁迅：《致黄源》，载《鲁迅全集》第13卷，人民文学出版社2005年版，第536页。

⑤ 鲁迅：《致黄源》，载《鲁迅全集》第16卷，人民文学出版社2005年版，第548页。

⑥ 鲁迅：《致曹靖华》，载《鲁迅全集》第13卷，人民文学出版社2005年版，第485页。

⑦ 刘小中、丁言模编著：《瞿秋白年谱详编》，中央文献出版社2008年版，第464—465页。

1936年7月17日，鲁迅致信杨之华，确定"先印翻译"①。到这个时候为止，《海上述林》的编辑工作不仅资金基本到位，稿件也大致集拢完毕。更重要的是，《海上述林》纪念瞿秋白这位一代译才的出版定位，从此正式确定了。

二、《海上述林》的出版传播史

《海上述林》分上下两卷，上卷《辨林》，下卷《藻林》，每卷前都有鲁迅亲自撰写的序言。书名和分卷书名都为鲁迅先生亲自拟定，并亲笔书写。

"林"想必是鲁迅对瞿秋白"瞿"姓的拆字解——上有双"目"，"双木"为"林"，即"瞿秋白"。事实上，瞿秋白自己在革命年代也曾化名为"林复"，被捕后化名为"林祺祥"②。所谓"海上述林"，意为鲁迅先生在上海编撰一部怀念瞿秋白的书。不仅如此，以鲁迅的文字趣味和教养，此书名还可以读为"林述上海"，意思是瞿秋白在上海时期的著述文集。一部文集的命名，包含着鲁迅对友人的沉痛哀思，可见两人的友谊深厚。

上卷《辨林》"几乎全是关于文学的论说"③，下卷《藻林》收的都是瞿秋白"文学的作品……也都是翻译"④。瞿秋白的"辨"与

---

① 鲁迅：《致杨之华》，载《鲁迅全集》第14卷，人民文学出版社2005年版，第117页。

② 瞿秋白被捕后的化名，不同文献中的记载不尽相同，主要有"林祺祥""林其祥""何其祥"几种。

③ 鲁迅：《〈海上述林〉上卷序言》，载《鲁迅全集》第6卷，人民文学出版社2005年版，第593页。

④ 鲁迅：《〈海上述林〉上卷序言》，载《鲁迅全集》第6卷，人民文学出版社2005年版，第605页。

"藻"，恰恰就是鲁迅对瞿秋白最为赞赏的两点——现代文艺理论修养和文学才情。譬如，鲁迅就曾认为瞿秋白的俄文中译"信而且达，并世无两"①，文风"明白畅晓"，在中国尚无第二人："真是皇皇大论！在国内文艺界，能够写这样论文的，现在还没有第二个人！"②

《海上述林》初版本每卷各印500部，也即共印500套，尺寸为22.7cm×15.3cm，32开本，重磅道林纸印，配有玻璃版插图。其中，100部为亚麻布封面，以皮革镶书脊，书名烫金，书口刷金，美轮美奂；另外400部为蓝色天鹅绒封面，书口刷靛蓝，书名烫金。

1. 上卷《辨林》的编辑出版

据鲁迅日记可知，鲁迅1935年10月22日"下午编瞿氏《述林》起"③。自此，鲁迅开始着手编瞿秋白的遗著《海上述林》上卷。1935年12月6日，鲁迅"校《海上述林》（第一部：《辨林》）起"④。1936年4月22日，鲁迅"夜校《海上述林》上卷讫，共六百八十一页"⑤。1936年5月22日"下午以《述林》上卷托内山君寄东京付印"⑥。

鲁迅在1935年9月11日给郑振铎的信中说明已与茅盾商定，先印译文，并拟好篇目，等原稿看一遍后，与郑振铎约定时间，同去印刷厂发稿付排。10月22日，日记写明是日下午正式开始编辑《海上述林》，到

---

① 鲁迅：《绍介〈海上述林〉上卷》，载《鲁迅全集》第7卷，人民文学出版社2005年版，第489页。

② 冯雪峰：《关于鲁迅和瞿秋白同志的友谊》，载《忆秋白》编辑小组编：《忆秋白》，人民文学出版社1981年版，第262—263页。

③ 鲁迅日记，载《鲁迅全集》第16卷，人民文学出版社2005年版，第557页。

④ 鲁迅日记，载《鲁迅全集》第16卷，人民文学出版社2005年版，第565页。

⑤ 鲁迅日记，载《鲁迅全集》第16卷，人民文学出版社2005年版，第602页。

⑥ 鲁迅日记，载《鲁迅全集》第16卷，人民文学出版社2005年版，第608页。

11月4日已将稿件编好，正式约郑振铎同去印刷厂发稿，洽商校对办法（见鲁迅当日写给郑振铎的信）。

《〈海上述林〉上卷序言》写于1936年3月下旬，可知编定此书持续了将近一个半月时间，校订花费近五个月。上卷《辨林》的版权页署"一九三六年五月出版"，可见从编定到出版又花了一个多月。

1936年10月2日，"下午《海上述林》上卷印成寄至，即开始分送诸相关者"[①]。1936年10月6日"复曹白信并《述林》一本"[②]。1936年10月16日"复曹白信并赠《述林》上。复静农信并赠《述林》。寄季市《述林》一"[③]。1936年10月9日鲁迅"夜寄烈文及河清信，托登广告"[④]。此即《〈海上述林〉上卷出版》[⑤]，最初刊载于1936年11月20日《中流》第1卷第6期。鲁迅拿到上卷的成书，再三校读后，又发现三点疏漏。于是，乘下卷出版之便，补上《〈海上述林〉上卷插图正误》[⑥]。

由上可见，为了这部纪念瞿秋白的书，鲁迅可谓将对文字的完美追求发挥到了极致。鲁迅的这些作为当然不仅仅是形式，而已经是"有意味的形式"[⑦]了，甚至可以说这些作为本身就是一种行为艺术。1936年

---

① 鲁迅日记，载《鲁迅全集》第16卷，人民文学出版社2005年版，第625页。

② 鲁迅日记，载《鲁迅全集》第16卷，人民文学出版社2005年版，第625页。

③ 鲁迅日记，载《鲁迅全集》第16卷，人民文学出版社2005年版，第627页。

④ 鲁迅日记，载《鲁迅全集》第16卷，人民文学出版社2005年版，第626页。

⑤ 鲁迅：《绍介〈海上述林〉上卷》，载《鲁迅全集》第7卷，人民文学出版社2005年版，第489页。

⑥ 鲁迅：《〈海上述林〉上卷插图正误》，载《鲁迅全集》第8卷，人民文学出版社2005年版，第525页。

⑦ 克莱夫·贝尔：《艺术》，周金环、马钟元译，中国文艺联合出版公司1984年版，第4页。

10月16日，《译文》新2卷第2期刊出鲁迅亲拟的《海上述林》广告，时值鲁迅辞世前几天。

2. 下卷《藻林》的编辑出版

1936年3月下旬，鲁迅写完《〈海上述林〉上卷序言》。1936年4月17日，鲁迅便"夜编《述林》下卷"[1]，其间还要完成上卷的校订。1936年5月13日"校《述林》下卷起"[2]。1936年8月11日"午后寄雪村信并《海上述林》剩稿"[3]。1936年9月30日"上午校《海上述林》下卷毕"[4]。

《海上述林》下卷《藻林》，其版权页署"一九三六年十月出版"。可见，下卷从编定到出版花费鲁迅五六个月时间。1936年8月27日，鲁迅致曹靖华信中说《海上述林》上卷已在装订，"不久可成，曾见样本，颇好，倘其生存，见之当亦高兴，而今竟已归土，哀哉"，并对下卷进度太慢而深表不满。[5]

为了加快下卷的出版进度，鲁迅函告开明书店经理章锡琛，请他催促排字局，但章并未回信表态，也看不出排版加紧，行动上毫不迅捷。鲁迅据此认为"在我病中，亦仍由密斯许赶校，毫不耽搁，而至今已八月底，约还差百余页。……这真不大像在做生意"，并委托茅盾催促，"从速结束，我也算了却一事，比较的觉得轻松也"。[6]

---

① 鲁迅日记，载《鲁迅全集》第16卷，人民文学出版社2005年版，第602页。

② 鲁迅日记，载《鲁迅全集》第16卷，人民文学出版社2005年版，第607页。

③ 鲁迅日记，载《鲁迅全集》第16卷，人民文学出版社2005年版，第616页。

④ 鲁迅日记，载《鲁迅全集》第16卷，人民文学出版社2005年版，第623页。

⑤ 鲁迅：《致曹靖华》，载《鲁迅全集》第14卷，人民文学出版社2005年版，第136页。

⑥ 鲁迅：《致沈雁冰》，载《鲁迅全集》第14卷，人民文学出版社2005年版，第139—140页。

1936年8月31日，鲁迅给茅盾的信中说他看到《海上述林》两种装订样本时的喜悦心情："那第一本的装钉样子已送来，重磅纸；皮脊太'古典的'一点，平装是天鹅绒面，殊漂亮也。"①然而，真正等到此书上卷印装成时，已是1936年10月2日，鲁迅此刻已病重。据许广平回忆，鲁迅看到寄到的《海上述林》（当时仅印出上卷）成书后欣慰不已。在病榻上看着编辑精良、装帧优美的《海上述林》，鲁迅宽慰地对许广平说："这一本书，中国没有这样的讲究的出过，虽则是纪念'何苦'——瞿氏别名——其实也是纪念我。"②

的确，这部书的出版，不仅是对瞿秋白的纪念，也是对鲁迅的最后纪念。10月7日《译文》主编黄源来探望，鲁迅便把一本精装的《海上述林》送给他，并微笑着说："总算出版了……这书不能多送，有熟人托你买，可打个八折"，又说能否在《译文》上登广告。鲁迅告诉黄源，书的下卷也已校好，年内可出版。③

1936年10月9日和10月10日，鲁迅在给黄源和黎烈文的信中，还念念不忘为《海上述林》刊登广告。④此时，距离鲁迅逝世不到十天。

1936年10月19日凌晨鲁迅逝世，此书成了其生前编辑的最后一部书。

① 鲁迅：《致沈雁冰》，载《鲁迅全集》第14卷，人民文学出版社2005年版，第140页。

② 许广平：《关于鲁迅先生的病中日记和宋庆龄先生的来信》，《宇宙风》第50期，1937年11月1日。

③ 黄源：《鲁迅先生》，载《黄源文集》第1卷，上海文艺出版社2005年版，第14页。

④ 鲁迅：《致黄源》，载《鲁迅全集》第14卷，人民文学出版社2005年版，第165页。

3.《海上述林》的再版

《海上述林》这样一部独特的书，无论其再版或不再版，无疑都是"风起于青蘋之末"，发展为文化史上的一件的大事情。

事情的确如此。1949年前后有关瞿秋白的著述出版就是重要的风向标。陆定一说："1966年之前，只出版了秋白的关于文艺方面的著作和译作，这样做是他的主意，目的在于当时要出版毛泽东选集，不要引起某种不一致的可能。"[①]从维护最高领袖权威的角度看，文艺思想当然也属于应该避嫌的"不一致"的范畴。陆定一的考量，想必和鲁迅当年编《海上述林》时的"印一译述文字的集子"[②]"先印翻译"[③]的意思有异曲同工之处。

《海上述林》是鲁迅编纂出版的、由瞿秋白翻译的苏联和欧洲的文艺理论文章以及一些文学作品，属于允许且应当出版的范畴。检阅一过，可以发现：1941年7月，上海文艺流通社再版过《海上述林》；1949年东北书店、1949年东北新华书店辽东分店，也曾出版过《海上述林》（现可见的为一卷本，其实就是《海上述林》的上卷《辩林》）。

不仅如此，就在1949年10月，生活·读书·新知三联书店在上海出版发行了《海上述林》足本（以下简称"三联版"），此书的意义和内涵可想而知。三联版的《海上述林》，在短短四个月后随即再版，据版权页显示，两版总印数为7000部，足可见其发行量之大。

---

① 孙克悠：《聆听陆老谈瞿秋白——访陆定一同志》，载瞿秋白纪念馆编：《瞿秋白研究》第4辑，学林出版社1992年版，第252—253页。

② 鲁迅：《致曹靖华》，载《鲁迅全集》第14卷，人民文学出版社2005年版，第1页。

③ 鲁迅：《致杨之华》，载《鲁迅全集》第14卷，人民文学出版社2005年版，第117页。

可偏偏也是在1950年2月三联版《海上述林》再版时传达出了别样的紧张气息。三联版再版印刷时，临时得到瞿秋白的夫人杨之华的通知，要求抽去原本有的四篇文章。

《海上述林》是鲁迅亲手编定的，现仍可见初版本①。无论是从鲁迅这位编者的权威角度出发，还是就这部书及其作者的历史意义而言，任何变动都必须权衡再三，而且变动本身无疑都会有耐人寻味的地方。1950年2月，在三联书店再版的《海上述林》上卷《辨林》目录页的后面，出版者特地刊载了一则小启：

> 本版付印后，得瞿夫人杨之华同志通知，应抽去四篇文章，故本书上卷缺549—592，又621—634，下卷缺299—316等页。②

前后比较，可知杨之华通知三联书店"抽去"的文章，是有关歌德、萧伯纳、高尔基的四篇文章：上卷549—592页是《译论辑存》里的《L.卡美尼夫：歌德和我们》《M.列维它夫：伯纳·萧的戏剧》，621—634页是《A.S.布勒诺夫：高尔基的文化论》；下卷299—316页是《高尔基创作选集》中的《马克西谟·高尔基》。解读其特意刊载的小启，对于三联版《海上述林》再版的这一变动，人们首先要问的当然是，杨之华为什么要临时抽掉原本编入的四篇文章呢？

杨之华抽去初版本那部分内容的原因，有两个说法：一说是根据当时的政治形势需要，因为当时苏联已经在反布哈林。另一说则是当事

---

① 笔者所见的初版本为蓝绒布面本，现藏中山大学南校区图书馆。

② 瞿秋白译，鲁迅编：《海上述林》，生活·读书·新知三联书店1950年版。

者的说法，该书当时的编辑谢骏说："鲁迅生前编辑出版的瞿秋白遗著《海上述林》，后因1937年，苏联把布哈林枪决了，1950年我们再版该书时，就抽去了4篇涉及到布哈林的文章。"①

三、《海上述林》的思想史意义

《海上述林》这部书，从最初筹划到成书出版、传播流布，处处渗透着历史剧烈变动时期难得的人间温情，可谓一部有意味的民国文学现场里的礼品书，其人其文其书，其情义其思想其影响，都足以使它成为民国出版业一道独特的风景。

尤其耐人寻味的是，《海上述林》编成出版后，远在"内地"——延安——的毛泽东收到了鲁迅从上海送来的《海上述林》皮脊本（精装本）。于是，从《海上述林》到《在延安文艺座谈会上的讲话》，从上海到延安，从瞿秋白到毛泽东，历史与传统在这里赓续绵延。作为红色经典和"红色收藏"的经典，《海上述林》俨然成为左翼文艺思想史上的一块界碑。

1. 民国出版业的"风景"：一部有意味的礼品书

宝剑赠英雄。《海上述林》是一部因纪念亡友瞿秋白而由几个人捐资付印的文学译文集。这样的一部书，从最初的筹划出版到书的上部出版成书，公开发行、获取经济回报的考虑显然并不是主要的。

1936年10月17日，鲁迅致信曹靖华说："它兄译作，下卷亦已校完，准备付印，此卷皆曾经印过的作品，为诗，戏曲，小说等，预计本年必可印成，作一结束。此次所印，本系纪念本，俟卖去大半后，便拟

---

① 谢骏：《论瞿秋白评价的合理性》，《暨南学报》（哲学社会科学版）1993年第2期。

将纸版付与别的书店，用报纸印普及本，而删去上卷字样；因为下卷中物，有些系卖了稿子，不能印普及本的。"①

因为"本系纪念本"，加之"下卷中物，有些系卖了稿子，不能印普及本的"，才有1936年9月26日鲁迅在致信茅盾时所说的，"《述林》初拟计款分书"②。既然是"计款分书"，那就是按照捐资的比例多少，获取对应的得书数量。但如此一来，鲁迅似乎很为难，认为"但如抽去三分之一交C.T.（即郑振铎——原注），则内山老板经售者只三百余本，迹近令他做难事而又克扣其好处，故付与C.T.者，只能是赠送本也"。③

查鲁迅后来的分配明细，给郑振铎的是"革脊五本、绒面五本"④。让人纳闷的是，不"计款分书"，而是要首先顾及内山书店老板的利益，对于一向很重视合约精神、对经济账并不糊涂的鲁迅而言，他所持的考量标准究竟是什么？

可供解释此事的，当是许广平的事后的回忆。

许广平回忆说："关于从排字到打制纸版，归某几个人出资托开明书店办理，其余从编辑、校对、设计封面，装帧、题签、拟定广告及购买纸张、印刷、装订等项工作，则都由鲁迅经办，以便使书籍更臻于

---

① 鲁迅：《致曹靖华》，载《鲁迅全集》第14卷，人民文学出版社2005年版，第171页。

② 鲁迅：《致沈雁冰》，载《鲁迅全集》第14卷，人民文学出版社2005年版，第156页。

③ 鲁迅：《致沈雁冰》，载《鲁迅全集》第14卷，人民文学出版社2005年版，第156页。

④ 鲁迅：《致郑振铎》，载《鲁迅全集》第14卷，人民文学出版社2005年版，第160页。

完美。出书后照捐款多少作比例赠书一或二部作纪念。"①友人为《海上述林》出版认捐的资金，可能是用作"排字到打制纸版"的费用。因此，在整部《海上述林》的出版过程中，所耗费的精力和财力，远远超出了捐资的部分。这超出的部分，有相当多的比例是鲁迅独自承担，还有一部分则计入了书籍的代印和代售方——内山书店的老板内山完造。为此，鲁迅才决定不按当初拟定的计款分书，而是重新做出分配方案。

全书印成后，鲁迅不仅致信郑振铎和章锡琛，商量分书事宜，而且还亲笔写过一份赠书名单，把书分赠给为出版《海上述林》出过力的朋友。②这张分送名单上面，用简姓（名、代号）写明，其中包括许广平在《瞿秋白和鲁迅》中所说的集资出书的几位好友。鉴于"下卷出书时，鲁迅已看不到了"，所以是许广平"依照上卷分送出去的"③。

根据鲁迅书信中所涉信息、鲁迅亲笔写的一份赠书名单以及他人的回忆，结合郑振铎写的捐资名单，鲁迅彼时编定和初版的《海上述林》，作为民国出版业的独特的"风景"——一部有意味的礼品书，其去处基本上可考。综合迄今为止所知的《海上述林》初版本流布情况推算，初版500部《海上述林》的分配如下：约100部由鲁迅分赠友人和分配给捐资人，大概有400部归内山书店代售。500部中，皮脊本100部，实价3.5元；蓝绒面400部，实价2.5元。可见，全书如售罄，总码洋为1350元。即便比照今日的经济情形，《海上述林》这部书的出版，也基本上算是礼品书的运作模式，因为鲁迅和诸多捐资人的出版初衷只是纪

---

① 许广平：《鲁迅回忆录》，作家出版社1961年版，第132页。

② 鲁迅：《致郑振铎》，载《鲁迅全集》第14卷，人民文学出版社2005年版，第160—161页。

③ 许广平：《鲁迅回忆录》，作家出版社1961年版，第132页。

念亡友。

毫无疑问，礼品书的形态，在1949年以前的中国文人和知识分子里面，并非稀罕事。但一部精美绝伦的礼品书的出版，偏偏又关涉着彼时的士林领袖之一鲁迅和中国共产主义革命的早期领导人瞿秋白。如此一来，此事即便在民国以前的历史上，也足以熠熠生辉。因为它不仅折射着鲁迅等人留存的古典文人的风骨，也映照着瞿秋白与他们的深厚友谊。

《海上述林》初版印数不算太多，扣除捐资人的获书和赠送用书，需要售卖的数量不算太多。但为了更好地向世人推荐这部好书，尽量扩大书和书中人的影响和纪念效果，鲁迅做出了比所编的其他任何书籍都要多的努力去推广《海上述林》。鲁迅亲拟广告词不说，连登广告的刊物据扬志华考证也至少有四家，数量和密度上都是前所未有的。这四家刊物按广告刊出时间先后顺序排列如下：

一、《译文》最早，刊一九三六年十月十六新二卷二号；

二、其次《中流》，刊十月二十日一卷四期，第五、六期续登；

三、再次《作家》，刊十一月十五日二卷二期；

四、还有《文学》，刊十二月一日七卷六号。①

从发起编书以志纪念的动议，到亲自落实此书的编纂实务；从校对印刷的奔波董理，到用纸装帧的躬身审订；从资金筹措的人事牵合，到

---

① 杨志华：《绍介〈海上述林〉广告考》，载上海鲁迅纪念馆编：《纪念与研究》第4辑，上海鲁迅纪念馆1982年版，第171页。

书籍赠售的流布推广……鲁迅之于《海上述林》，显然不仅仅是单纯人与书的关联，其间涉及了多少人、多少事，乃至于这部书的出版已经成为一个关乎信念与情结的事业。正如许广平所回忆的：

（鲁迅——引者注）很宽怀的说："这一本书，中国没有这样的讲究的出过，虽则是纪念'何苦'——瞿氏别名——其实也是纪念我。"我觉得这句话总似乎不大悦耳，虽然我并不迷信什么征兆之类，但我终于表示了一句："为什么？"大约我说话的神气不大宁静之故罢，他立刻解释地说："一面给逝者纪念，同时也纪念我的许多精神用在这里。"①

事实上就是这样。明乎此，才能理解鲁迅所说的"其实也是纪念我"是什么意思。诚然，一部书的编纂工作进展到如此精致系统的程度，这早已不是简单的具体的对哪个人的纪念了，而是鲁迅所说的——"同时也纪念我的许多精神用在这里"。鲁迅对于《海上述林》的编纂情怀和思想，大概只有里尔克的《沉重的时刻》、海子的《春天，十个海子》庶几近之。当然，鲁迅自己不也恰恰说过"无穷的远方，无数的人们，都和我有关"②么！

2. 民国鲁迅眼中的瞿秋白

《海上述林》的编纂出版，当然不仅仅是出版一套书那么简单，因

---

① 许广平：《关于鲁迅先生的病中日记和宋庆龄先生的来信》，《宇宙风》第50期，1937年11月1日。

② 鲁迅：《"这也是生活"……》，载《鲁迅全集》第6卷，人民文学出版社2005年版，第624页。

为编纂者是鲁迅，而著译者是一位中国共产党的早期革命领袖——瞿秋白。更令人肃然起敬的是，彼时瞿秋白可是被国民党军队捕获并处以枪决极刑的"匪首"。

置身于彼时的情境，考察鲁迅与一群人倡议并出版《海上述林》这件事，那么，此事就不仅涉及鲁迅对革命、对中国共产党以及对那段历史的态度，而且体现出了鲁迅对瞿秋白的基本判断与评价。

换而言之，编纂与否与何时着手编纂这两个问题，能看出鲁迅对革命、对中国共产党的态度；但是，相较于这两个大是大非的行为判断，编纂瞿秋白的什么内容，反而更能看出鲁迅对瞿秋白的情感与判断，更能体现鲁迅对瞿秋白这位"同怀"与"知己"的基本理解。

瞿秋白的才华是多方面的，文稿种类也错杂纷繁，有编有述，有作有译，有诗文有政论……面对可谓令人浩叹的瞿秋白文稿，鲁迅编的《海上述林》会收入哪些、编入哪类，都必然是耐人寻味的事情。上述一切，也都不约而同地指向一个基本问题——民国时期鲁迅眼中的瞿秋白。

众所周知，鲁迅对瞿秋白的评价多散见于序跋、书信日记等，例如：认为瞿秋白由俄文翻译马克思主义文艺理论著作"确是最适宜的"，已取得"信而且达，并世无两"和"足以益人，足以传世"[1]的俄文学翻译成就，文风"明白畅晓"，在"中国尚无第二人"等。事实上，除了高度称羡瞿秋白的俄文文学翻译外，鲁迅更看重秋白同志的论文，尤其是以马克思主义文论为经纬的批评论述，认为"真是皇皇大

---

① 鲁迅：《绍介〈海上述林〉上卷》，载《鲁迅全集》第7卷，人民文学出版社2005年版，第489页。

论！在国内文艺界，能够写这样论文的，现在还没有第二个人！"①。这一方面，最有代表性和说服力的就是瞿秋白写的《〈鲁迅杂感选集〉序言》。据说连鲁迅看了都心折，认为"分析的是对的。以前就没有人这样批评过"②。

这些珍贵的三言两语式的记录，大部分也是出于鲁迅身边战友或亲友的回忆，最多也就算是单方面的证据。不过，即便如此，鲁迅对瞿秋白的俄文中译的译才，尤其是俄文理论著述的中译的才华是相当肯定的。这里面，当然也包含了对瞿秋白中文修养和现代理论才华的欣赏。事实上，《海上述林》分为《辨林》和《藻林》，不就恰恰体现出鲁迅对瞿秋白上述两方面才华的高度肯定和惋惜么？！

鲁迅对瞿秋白才华的判断和把握，是高度凝练而且相当自信的。为此，鲁迅甚至委婉地拒绝了杨之华在《海上述林》编纂内容上的主张，所收录的文稿绝大部分是译文。1935年9月11日，鲁迅致信郑振铎："关于集印遗文事，前曾与沈先生商定，先印译文。现集稿大旨就绪，约已有六十至六十五万字，拟分二册，上册论文，除一二短篇外，均未发表过；下册则为诗，剧，小说之类，大多数已曾发表。草目附呈。"鲁迅在这一封信中，特别谈到了杨之华对此事的不同意见。鲁迅说："密斯杨之意，又与我们有些不同。她以为写作要紧，翻译倒在其次。但他的写作，编集较难，而且单是翻译，字数已有这许多，再加一本，既拖时日，又加经费，实不易办。我想仍不如先将翻译出版，一面渐渐

---

① 冯雪峰：《关于鲁迅和瞿秋白同志的友谊》，载《忆秋白》编辑小组编：《忆秋白》，人民文学出版社1981年版，第262—263页。

② 冯雪峰：《关于鲁迅和瞿秋白同志的友谊》，载《忆秋白》编辑小组编：《忆秋白》，人民文学出版社1981年版，第263页。

收集作品，俟译集售去若干，经济可以周转，再图其它可耳。"①

　　杨之华的"以为写作要紧"，或许是指瞿秋白自己创作的东西。杨之华的想法，当然也是从事写作者的常态观点——对于写作者而言，独创的文字相较于翻译他人的作品无疑更有价值。但鲁迅认为瞿秋白的写作"编集较难"，一方面，大概是顾及瞿秋白自己创作的作品并不多，而且因为当时革命理论工作的需要，许多文字都有编译和撰述的意味，独创成分不好离析；另一方面，瞿秋白文字中政治理论文字居多，文艺创作的少，这或许也是一个考量。平心而论，瞿秋白的现代文学创作并不太出色，反而是他的古典诗文创作（尤其是集句类的诗词）受到的赞许较多。此外，经济因素也是鲁迅的重要考量。

　　有鉴于此，毋庸讳言，以鲁迅的文学标准来看，瞿秋白翻译的文学论文，相较于瞿秋白自己的诗文创作而言，是更打动鲁迅的文字。正如鲁迅曾说："《现实》中的论文，有些已较旧，有些是公谟学院中的人员所作，因此不免有学者架子，原是属于'难懂'这一类的。但译这类文章，能如史铁儿之清楚者，中国尚无第二人，单是为此，就觉得他死得可惜。"②

　　编纂的事实也证明了这一点。鲁迅本人就更看重收录了瞿秋白翻译的文学论文的《海上述林》上部《辨林》。1936年10月17日，鲁迅致信曹靖华说："这样，或者就以上卷算是《述林》全部，而事实，也惟上

---

① 鲁迅：《致郑振铎》，载《鲁迅全集》第13卷，人民文学出版社2005年版，第541—542页。

② 鲁迅：《致曹白》，载《鲁迅全集》第14卷，人民文学出版社2005年版，第168页。

卷较为重要，下卷就较'杂'了。"①当然，我们也可以说，鲁迅对瞿秋白译文的青睐有加，除了瞿秋白自身在俄文中译方面的语言才华（尤其是理论文字的翻译）的确大放异彩外，想必也和鲁迅自己在这一方面曾经受到创造社诸君的排挤和梁实秋等人的嘲讽造成的相关创伤记忆有关。

1935年11月4日，鲁迅致信郑振铎说："拟印之稿件已编好，第一部纯为关于文学之论文。"②1936年1月5日，鲁迅致信曹靖华说："我们正在为它兄印一译述文字的集子。"③1936年5月15日，鲁迅致信曹靖华说："皆译论。"④1936年7月17日，鲁迅明确致信杨之华说"先印翻译"⑤。诸如此类的对瞿秋白翻译文字的别具只眼和宝爱，一而再再而三地传达出了鲁迅眼中的瞿秋白印象——天才的翻译家。当然，鲁迅一再强调"先印翻译"，固然是没有明确说瞿秋白其他的文字就不好或打算不印了；但在鲁迅的有生之年，这一次的"先印"，对他本人来说，事实上就是"只印"。

对于鲁迅而言，民国文学现场的瞿秋白，已经活在他精心编纂的《海上述林》里面，这也就是鲁迅表达的"所谓'悬剑空垄'的意

---

① 鲁迅：《致曹靖华》，载《鲁迅全集》第14卷，人民文学出版社2005年版，第171页。

② 鲁迅：《致郑振铎》，载《鲁迅全集》第13卷，人民文学出版社2005年版，第575页。

③ 鲁迅：《致曹靖华》，载《鲁迅全集》第14卷，人民文学出版社2005年版，第1页。

④ 鲁迅：《致曹靖华》，载《鲁迅全集》第14卷，人民文学出版社2005年版，第98页。

⑤ 鲁迅：《致杨之华》，载《鲁迅全集》第14卷，人民文学出版社2005年版，第117页。

思"①。《海上述林》无论是"海上述林"还是"林述上海",知己与同怀,作品与作者都在互相流传、互相叙述。因此,无论是盲视还是洞见,这都是鲁迅对瞿秋白的另一种委婉而自信的定位与判断,更是鲁迅对于民国文学现场的一帧久远而永恒的纪念。

3. 左翼文学思想史的"界碑"

鲁迅编纂《海上述林》,本意无疑是纪念瞿秋白。当然,鲁迅也明白瞿秋白与"公谟学院"(共产主义学院)的关联。对于这一点,鲁迅没有避嫌,也毫无遮掩,更没有如他人有后见之明的踵事增华之想。

然而,《海上述林》编成出版后,在鲁迅亲拟的首批赠书人名单中有"内地绒三"一说。周国伟说"这是一个代号,可能是指解放区的中央首长","在名单上,'内地'列在首位,表明鲁迅首先想到党,表示了对党的尊敬"。②据冯雪峰回忆:"《海上述林》上卷刚装好,鲁迅拿了两本给我,说皮脊的是送M(毛主席)的,另外一本蓝绒面的送周总理。"③无疑,鲁迅的确对延安方面有赠书之举,但送给谁,鲁迅的指向和冯雪峰等执行者之间,或许存在模糊与具体的差异。

无论如何,可以明确的是,鲁迅送《海上述林》给"内地",体现了他的一个基本判断——瞿秋白与中国共产革命在思想、历史和现实之间存在密切的关联。

送往"内地"的《海上述林》给了谁其实并不重要。重要的是哪些

---

① 鲁迅:《〈海上述林〉下卷序言》,载《鲁迅全集》第6卷,人民文学出版社2005年版,第605页。

② 周国伟:《鲁迅与〈海上述林〉》,载上海鲁迅纪念馆编:《纪念与研究》第4辑,上海鲁迅纪念馆1982年版,第151页。

③ 瞿秋白等:《红色光环下的鲁迅》,河北教育出版社2000年版,第264页。

人读了并真正产生了影响。正是在这一点上，历史耐人寻味地再次发生了关联，从而让这部鲁迅原本仅仅预设于纪念民国文学现场的瞿秋白的书，再次发生了惊人的历史绵延。

这件事，如今已是众所周知。那就是远在延安的毛泽东收到了鲁迅送来的珍贵的《海上述林》。这部书具有从形式到内容到思想的厚重，加上译者身份的特殊性，编者身份的社会影响力，可谓种种光芒集于一书。彼时身在延安的毛泽东收到、读到这部被誉为"在中国出版界中，当时曾被认为是从来未有的最漂亮的版本"①的书时，其内心的震撼和沉思可想而知。

对于一生酷爱读书的毛泽东来说，《海上述林》最直接的回响和辐射，就是毛泽东的《在延安文艺座谈会上的讲话》。据回忆，在公开发表被视为延安新文学传统开端的《在延安文艺座谈会上的讲话》讲稿之前，毛泽东就曾阅读瞿秋白文艺论著集大成之作——《海上述林》②。也许，毛泽东所读的《海上述林》，恰恰就是鲁迅送往"内地"的若干部之一。

从《海上述林》到《在延安文艺座谈会上的讲话》，从上海到延安，从瞿秋白到毛泽东，历史与传统在这里赓续绵延。《海上述林》作为红色经典和"红色收藏"的经典，俨然成为左翼文艺思想史上的一块界碑。

耐人寻味的是，继1949年的三联版之后，《海上述林》在此后还分别有四川人民出版社1983年版、外文出版社2013年版、中央编译出版社

---

① 唐弢：《革命的感情》，载《晦庵书话》，生活·读书·新知三联书店2007年版，第85页。

② 李又然：《毛主席——回忆录之一》，《新文学史料》1982年第2期。

2014年版等版本。值得一提的是，外文出版社2013年版和中央编译出版社2014年版，都力图追求鲁迅当年的版本旨趣。尤其是中央编译出版社2014年版，不仅以皮脊本的形式"复原"《海上述林》的历史韵味，更以当下礼品书的品位、格调，加之以中央编译出版社背后的红色经典意味，接续放射了这部书的历史光芒。

这一切，足以证明瞿秋白文艺思想作为中国左翼文艺资源的原初意味，也一再见证了鲁迅编纂《海上述林》的努力、心血与纪念意味的经典化、提纯化与凝固化。在这个意义上说，"述"，既非余华所言的"一种"①，也并非李洱的"花腔"②，它本身就是故事，就是行动，更是一种历史现场。

第三节　赵树理的革命叙事与乡土经验

——以《小二黑结婚》的再解读为中心

在赵树理研究史上，《小二黑结婚》与赵树理研究可谓如影随形。关于《小二黑结婚》，有两块历史界碑异常重要：一是彭德怀1943年的题词，事关军政大事；一是周扬1946年的长篇评论，系乎文艺春秋。③此后，《小二黑结婚》成为"文艺与政治两方面的，具有现代历史意义的大事"④，赵树理更被认为是二十世纪中国文学史上的重要作家。

《小二黑结婚》为什么会有这些意义？其身后的历史语境和话语逻

① 余华：《现实一种》，作家出版社2008年版。

② 李洱：《花腔》，人民文学出版社2002年版。

③ 详喻晓薇：《永不凋谢的山花——〈小二黑结婚〉创作、影响史话》，载樊星主编：《永远的红色经典》，长江文艺出版社2008年版，第1—41页。

④ 黄修己编：《赵树理研究资料》，知识产权出版社2010年版，第467页。

辑充当着哪些角色？以此发端的赵树理写作，对于五四文学、左翼文学与延安文学之间的艺术模式转折有什么意义？它为当代文学创辟出了哪些写作契机和文学空间？……把这一切置于思想史背景下讨论，将会有新的发现。

一

《小二黑结婚》不是赵树理最早的作品，亦非最后的作品，甚至不算最成熟的作品，却是他最重要和最有代表性的作品[①]。历史洪流浩浩荡荡，赵树理何以在二十世纪中国文学史上深刻地烙上一笔呢？这显然并不是非如此不可的事情。

事实也是这样。赵树理成为独特的"那一个"，在相当意义上是因为《小二黑结婚》。这篇小说不但奠定了赵树理的文学史地位，也以革命叙事与乡土经验的耦合书写，为当代文学史掀开了浓墨重彩的新篇章。

众所周知，《在延安文艺座谈会上的讲话》（以下也称《讲话》）是当代官方文艺思想资源的起点。任何思想资源在文学史上的地位，不仅要求思想资源要有历史、政治意义上的合理性，还需要文学史的合理性支撑和阐释。在政治权威上，《讲话》的历史开端意义因为有政权依托，不存在任何质疑。但《讲话》能在文学史上统领江山，更重要的是有作家因此写出了有说服力的作品。因为就在《讲话》隆重出炉、并期待文艺作品加以证实的节骨眼上，《小二黑结婚》在彭德怀等军政领导高调、强硬的推介下出版了，并且在解放区一纸风行。在政治追认逻辑

[①] 《小二黑结婚》不仅在国内备受关注，而且被译为多国文字，多次在海外出版。详见黄修已编：《赵树理研究资料》，知识产权出版社2010年版，第655—662页。

和因缘际会中，顷刻间赵树理便成为《讲话》难得的历史呼应者。

赵树理写《小二黑结婚》，有意之中，成了革命叙事的探索者、领头羊；又在无意之中，成了革命叙事的匆匆过客。此过渡意味和历史镶嵌式的角色，也让赵树理曾成为新文艺的一时方向。随着历史的曲折反复，有朝一日它难免还会被重新"方向"和"伟大"起来。可是，如此翻烙饼式折腾赵树理及作品，不但表明这段历史的荒诞，也证明了赵树理创作的摇摆及其作品的不成熟。

赵树理是革命历史叙述的自觉开创者。这一点，在有关《小二黑结婚》的创作缘起里说得很清楚[①]。赵树理对该使命的担当是相当理性的。作为一名作家，对新时代的自觉和敏感，他足以和郭沫若相媲美。不同的是，赵树理的自觉和敏感，纯粹来自他在农村摸爬滚打练就的农民式的朴素体认，或曰底层生存智慧。

与他人的革命历史宏大叙事不同，赵树理的书写入口不是简单的歌颂，而是反映问题、提出问题和解决问题。由于他认定解决小说中相关问题的力量源于现实，因此，对现实力量源泉的歌颂、对呈现该力量的反作用力的批判，一切在无形中都成为潜藏在赵树理式的"问题小说"背后的言说机制。既然现实的威权在小说内外已力透纸背，作家自然就没必要为此另外再花费笔墨。这便是赵树理所理解的写作与现实的逻辑关系。所以赵树理写《小二黑结婚》的开创意义，首先便在于他对五四"问题小说"在解决问题的文学机制上的大胆革命。

五四时期的"问题小说"大多停留在问题呈现阶段。那个时代没有

[①]　参见戴光中：《赵树理传》，北京十月文艺出版社1987年版；董大中：《赵树理评传》，百花文艺出版社1986年版；黄修己：《赵树理评传》，江苏人民出版社1981年版。

任何外力足以解决这些问题，时人也没有明确找到解决这些问题的思想或理论资源。当时青年们思想纷乱，个性解放和思想自由的时代狂潮又一下子将所有的时代苦闷和社会弊病悉数暴露无遗，不但"问题小说"的大量出现和问题的无法解决是必然的，而且小说整体情绪上也吻合那个时代郁闷的精神氛围。

赵树理曾坦陈自己受到过五四新文学影响，并承认自己是由此而开始尝试写新小说。可是，乡村世界对五四新文学的反应，使他感到"新文艺虽然是进步的，但它还停留在少数知识分子中间；广大群众，特别是农民，和新文艺是绝缘的"①。由此说来，如果说五四"问题小说"让很多人发现了当时中国社会存在诸多问题，那么，赵树理则认为新文学自身与现实的隔膜正是问题小说本身存在的问题。甚至可以说，与中国社会现实的隔膜是五四"问题小说"艺术局限的总根源，以致大量的五四"问题小说"最终只留在青春期的病态独语中②。

赵树理受到五四新文学影响，也目睹了五四新文学在乡土中国经验世界里遭遇的解释困境。中国人几千年来的乡土政治经验，总是强调人的幸福首先缘于外在社会环境。所谓稳定压倒一切，正基于这种根深蒂固的前理解。至于内中偏颇、是否为专制极权所僭越等，人们则往往习焉不察。其中自然也包括赵树理，乃至于当赵树理感觉到五四新文学与现实的隔膜后，他没有，也不会像同辈人一样到海外异域寻求思想资源。此中逻辑关键，除了其现实境遇和个人经济社会条件之外，似乎当归因于赵树理的思想视野本身。因为在他看来，中国问题的思考只有依

---

① 黄修己编：《赵树理研究资料》，知识产权出版社2010年版，第15页。

② 袁国兴：《中国现代文学初期女性作家"自叙传"小说的"少女情怀"和"病情叙事"》，《首都师范大学学报》（社会科学版）2006年第3期。

托自足的中国乡土经验。故而这种近乎勇的自信，使得他大胆抛弃五四"问题小说"的病态气质，也让其在不自觉中迅速自我屏蔽了五四新文学的思想质疑品格，决绝地返回中国乡土生活世界中，去开辟解决问题的本土途径。在这一点上，赵树理的尝试无形中吻合了二十世纪中国的变革轨迹。就此而言，如果说五四"问题小说"体现的是思想情感苦闷，那么《小二黑结婚》联结的却是包蕴于个人的现实工作困境和社会政治苦闷①。

二

出于对本土化呼唤的敏锐，当太行山的新文艺同行还没有充分认识到《讲话》意义时，赵树理其实已先走一步。《讲话》的精神实质，恰恰在于要求文艺工作者入"乡"随"俗"，入"革"随"革"，要把写作融入革命工作之中，要把个人的苦闷转化为社会和政治的苦闷。写作本身只是千千万万革命工作的一种，不再是个人的事情，不能有特殊性，更不能有私人性。写作中的问题也不再是艺术世界的问题，而是革命现实世界中的问题。为此，《小二黑结婚》正是以其对"问题小说"的历史发展，充分体现出了它的时代意义。自此，五四"青春期病态"的问题小说、左翼"图解革命"式的问题小说，纷纷一变而为延安之后

---

① 赵树理说："我写的小说，都是我下乡工作时在工作中所碰到的问题。感到那个问题不解决会妨碍我们工作的进展，应该把它提出来。"参见赵树理：《当前创作中的几个问题》，《火花》1959年第6期。而《小二黑结婚》出版伊始，有些太行山新文艺的同行对此无动于衷，有人甚至认为赵树理是"海派"。然时隔不久，赵树理却被确立为延安新文艺的方向作家。趋于雅俗两端的评价，说明他当年曾不入时流。参见杨献珍：《从太行文化人座谈会到赵树理的〈小二黑结婚〉出版》，《新文学史料》1982年第3期。

的"小说问题"。这就是赵树理从中开创的革命叙事模式——从"问题式的小说"到"小说式地解决问题",也是他对自五四文学、左翼文学到延安文学以来的艺术入思模式的重大变革。

小说中的问题从哪里来?赵树理的回答是:从调查实践中来[①]。在这种思路逻辑下,小说中的问题摇身一变而为革命现实问题,二者几乎是等同的。既然是革命现实问题,那么仰仗革命政治的伟力解决问题就是必然的[②]。一系列的循环论证,最终将小说的艺术创作转变成如何通过故事叙述完成革命合理性、合法性的艺术论证问题。五四新文学的个人思想启蒙传统,迅速被赵树理置换成着眼于社会变革的政治启蒙。个人自由、全面、合理的生活信仰,随即被革命对社会、对人的改造所替换。至此,五四新文学的精神已经荡然无存,作家被抽空成新政治意识形态符号,五四新文学、左翼文学一变而为延安新文学。被认为俗不可耐的乡土经验,因赵树理对五四"问题小说"的反观借照,汲取"第三次的文学革命"[③]和"新的文化革命"[④]等激进革命视域中超越五四文学思想视域的合理性,迅速生成"现实版"的"无产阶级的'五四'"[⑤]——延安新文学的叙事经验和写作资源,为当代文学创辟

① 彭德怀为《小二黑结婚》的出版题词,不仅是对赵树理的革命历史叙述理念和写作信念的精当概括,更是他对毛泽东《在延安文艺座谈会上的讲话》的精神共振。事后赵树理被追认为《讲话》文艺方向的实践者,逻辑奥秘即在于此。

② 驹田信二认为:"在赵树理的作品里,解决问题的人几乎都是人民政府的代表。"转引自林千野:《赵树理作品在日本》,载中国现代文学研究会、中国现代文学馆合编:《中国现代文学研究丛刊》1985年第1期,作家出版社1985年版,第289页。

③ 瞿秋白:《瞿秋白文集》(文学编)第3卷,人民文学出版社1989年版,第147页。

④ 瞿秋白:《瞿秋白文集》(文学编)第3卷,人民文学出版社1989年版,第22页。

⑤ 瞿秋白:《瞿秋白文集》(文学编)第3卷,人民文学出版社1989年版,第13页。

出了惊人的写作契机、介入生活的力度与文学延展的现实空间。

倘若说当初梁启超的小说新民说是书生的某种意气粗豪，那么，《小二黑结婚》所蕴含的小说问题论，无疑就是一次革命者的激情奔放。既然如此，赵树理看到《讲话》后心有灵犀，进而涌动喜悦和知遇之感就是必然的。

也许是昧于人与世界关系的传统乡土中国式理解，赵树理很难想到：一旦新的政治或社会制度产生了一连串的旧问题，那么所有基于此建立的宏大叙述的朴素信仰必然成为虚空的乐观。洲之内彻说：

> 但是，读了赵树理的幸福的故事，我不知道为什么有一种虚无之感。然而，这仅仅是我一个人的感受吗？受到祝福的年轻恋人们，形影不离、无忧无虑地生活着。他们之所以受到祝福，是因为历史的必然性，是因为他们是属于进步势力方面的人。他们之所以受到祝福，是因为他们的社会立场正确。除此而外，别无他因。赵树理创造的人物，只不过具有社会意义、历史价值的影子而已，实际上他们连反对社会权威的战斗都没参加过。新的政府和法令，如同救世主一般应声而到。道路是自动打开的。[①]

重塑救世主，重新树立救世主的力量，这正是《小二黑结婚》对革命历史叙述的前所未有的开创。由此，赵树理用极为本土的革命叙事逻辑，打通了生活与艺术的神话。赵树理的小说革命之路，思路清晰，轨辙分明——在革命生活的实践经历中发现了现实问题，进而结合革命政

① 黄修已编：《赵树理研究资料》，知识产权出版社2010年版，第406页。

策和文件精神，把生活悲剧改写成因革命伟力而转变的艺术喜剧。悲喜实虚的交叉错位，不仅符合革命思想宣传与动员需求的精髓，也能在艺术幻觉层面上满足广大底层民众超越苦难现实的美好寄托。这显然达到了中国现代革命和乡土中国民众向往的胜境，"和正在跨入胜利和建设时代的中国人民的情绪，达到了令人拍案叫绝的和谐"①。

上述一切，更是因为这篇小说的创作前提——生活的"调查研究"而魅力倍增。彭德怀当年为《小二黑结婚》出版题词："像这样从群众调查研究中写出来的通俗故事还不多见。"有研究者认为，这句题词要害在于"通俗故事"②。果真如此吗？作为置身革命根据地的一方军政大员彭德怀，文体形式不太可能是他彼时的关注焦点。结合彭德怀的政治悲剧与性格底色，加之历史语境的理解，他对《小二黑结婚》的关切，当最为着眼于其生产方式上的"调查研究"。正因为它宣称来自调查研究，这篇小说才获得远远超越一般小说的事实公信力和生活等价意义，导致当年那么多的农村底层民众，乃至众多善良的读者大众都对其真实性深信不疑。因为"信"而带来希望和动力，这便是艺术、革命和宗教的交集。诸多革命浪漫主义的"现存"化，也无非打着艺术旗号的、对生活真实幻觉的制造。这一光荣的革命叙事传统，在《白毛女》歌剧中再次发扬光大③。通过艺术神话真真假假的曲径通幽，革命散发出了迷人光晕，展示出其坚不可摧的伟力，甚至是类乎宗教般的神奇力

---

① 黄修己编：《赵树理研究资料》，知识产权出版社2010年版，第396页。

② 谢泳：《百年中国文学中的"赵树理悲剧"——从〈小二黑结婚〉的一个细节说起》，《开放时代》2008年第6期。

③ 这种事情不是绝无仅有，《白毛女》的创作和传播也是如此，乃至多年后还有白毛女原型人物去世的假新闻。参见陈新平：《她是喜儿原型吗》，《新闻战线》2003年第4期。

量。革命此刻几乎是一种拟宗教。不同之处是，艺术和宗教最终要求必须回望人的自身，其可贵之处是对人自身的审视、悲悯、忏悔和精神清洁。革命则完全相反，它强调主义的仰望与抹灭自我的思想阉割。

以此观之，赵树理在中国新时代作家中的确有着特别的意味。在以"调查研究"方式解决革命现实问题的途中，凭着对农村生活的当下体验和有限感受，赵树理自发参与了新历史的宏大叙述，一次又一次"赶任务"①。对赵树理来说，"为什么人"和"怎么写"都已是自明的写作前提②。可一旦有追赶，落伍就在所难免了。其间最重要的争论，就是赵树理写作的"形式与内容"不一致的问题。对此，谢泳认为："'赵树理创作方向'中存在形式重于内容的现象……当赵树理文学创作的内容与当时意识形态发生冲突的时候，'赵树理方向'本身的意义也会消失，形式上再通俗，再大众化也没有意义。"③事情并非如此简单，把赵树理的追求裂解为形式与内容本身的张力也未必恰切。原因是赵树理小说创作虽然出现内容与形式的冲突，但二者的矛盾并非来自内容的不合时宜，而在于内容进入写作机制的方式方法。因为在相当长的一段时间内，鉴于写作题材的单一和规定性，作品被认可的前提其实已经与内容无关。作品生产的危险环节，只是题材进入写作机制和程序的"合法性"问题。可是赵树理不按舆情出牌④，依旧走"调查研究"的

① 黄修己编：《赵树理研究资料》，知识产权出版社2010年版，第507—508页。

② 黄修己编：《赵树理研究资料》，知识产权出版社2010年版，第403页。

③ 谢泳：《百年中国文学中的"赵树理悲剧"——从〈小二黑结婚〉的一个细节说起》，《开放时代》2008年第6期。

④ 按舆情写作对新文学作家影响深远。路遥创作《平凡的世界》就依托《人民日报》和《参考消息》。参见路遥：《早晨从中午开始》，西北大学出版社1992年版，第54页。

路子写作，自然不被待见。这才是赵树理难得的认真和可爱处。因为赵树理恰恰是特别强调实地调查和体验的作家，这是他对生活体验长期以来的重视和坚守，甚至成为思想情结。可悲可叹的是，一旦发现实地调查不过是观盆景、看瓶花，连赵树理自己也感到虚无①。当然，囿于眼见为实的乡土经验积累信念，也令赵树理有不少信以为真的盲目乐观和一本正经。让人两难的是，无论赵树理如何坚信实地调查研究是创作的前提，一旦遭遇解释语境的变化，他仍旧难免落伍之讥。

尽管赵树理的写作在表现形态上存在着"被预先策划"的无力感，但将其完全归为"一种政治意识形态意味着一个抽象原则，或一套抽象原则"②却不尽周全。赵树理虽是基于发现和解决现实社会政治问题而写作，但他毕竟真诚希望自己能拯民于困厄，其解决问题的基础是现实生活。为此，他甚至进行了大量艰苦卓绝的社会调查和实践体验。而一旦被批判为革命叙事的落伍者，赵树理自己也始料不及。他不会也不敢想到，其实当中的不少问题恰恰是新制度自身所导致的。可新制度对他来说，那是一种"信仰"。基于信仰的忠诚与迷思，赵树理的落伍很大程度上便源于他对自己开创的革命历史叙事逻辑和艺术模式的执着理解。《小二黑结婚》接受史上的波折及日后遭受的起伏，乃至《李有才板话》《锻炼锻炼》等被批判，都证实了他对革命历史叙事深度探索的局限，更表明他对《小二黑结婚》的复杂性缺乏充分思考。

革命是发动机，而不是永动机。革命历史叙述的不定性与确定性，天然存在悖论。钱钟书说："革命在事实上的成功便是革命在理论上的

①　黄修已编：《赵树理研究资料》，知识产权出版社2010年版，第523页。

②　欧克肖特：《政治中的理性主义》，张汝伦译，上海译文出版社2004年版，第41页。

失败。"①小说的革命叙事也是如此：讨好革命，就要牺牲小说叙事的
"深"；追求小说艺术，便要还原革命洪流的"杂"。此两难情境，同
样适用于赵树理。

三

不管赵树理的五四经验与革命叙事存在着多少纠结，有意味的是，
这一问题纠结的焦点，《小二黑结婚》，却机巧地在这两个悖论点——
革命叙事与乡土经验的耦合书写——上取得了和谐。

《小二黑结婚》有什么好？当然不仅仅是因为忠实实践了毛泽东
的文艺运动方针而获得成功②。因为即便抛开故事题材的时代背景和情
节结局的政治先在预设，也应该承认《小二黑结婚》是一篇至今脍炙人
口、很有中国民族乡土风味的现代小说，"农民们欢迎它的那种激动情
绪，就象一个女人在电视中看到了自己的丈夫一样……他们被带进对他
们来说全都很熟悉的情节中"③、它"用质朴的描述，成为一篇令人满
意的坦率的小说"④。

其实，上述理由都不重要。《小二黑结婚》的"有什么好"⑤，根
本上在于其虚无暧昧的现代追求与迷离的传统趣味关怀之间生成的艺术
张力。这不仅使它成为经典小说并保存了诸多艺术生命力，更留下并非

①　钱钟书：《评周作人的新文学源流》，《新月》第4卷第4期，1932年11月1日，署
名"中书君"。

②　黄修己编：《赵树理研究资料》，知识产权出版社2010年版，第392页。

③　黄修己编：《赵树理研究资料》，知识产权出版社2010年版，第467页。

④　黄修己编：《赵树理研究资料》，知识产权出版社2010年版，第469页。

⑤　关于小说应该"有什么好"，参见杨绛：《有什么好？——读小说漫论之三》，
《文学评论》1982年第3期。

仅仅事关小说的思考空间。

回溯《小二黑结婚》接受史，它的暴得大名似乎是传播学和信息学角度的政治文化霸权式的结果。从传播学的角度看，信息流通的前提是被允许；从接受美学的角度看，信息被接收并继续传播的前提是接收者有再传播的冲动或渴望。基于这两点，《小二黑结婚》可谓获得了三方面优势的集合："天时"，即抗战敌后根据地的婚姻法宣传；"地利"，即故事的真人真事版的背景、语言形式与故事讲述方式的地域化；"人和"，即彭德怀等高级军政要员的支持、赵树理的乡村代言人社会身份的被认同。拥有天时地利人和的条件，在封闭的军事地域环境下，由于作为媒介的人是完全可控的，那么传播与接受对于《小二黑结婚》也是完全可控的。这样一来，似乎确能解释其历史性的成功。

可是，纵观1949年至今的中国历史，除个别阶段有市场消费因素大力介入外，当下中国的可控程度可谓前所未有，但六十多年来并没有再次出现相类似的作品。所以，单纯把《小二黑结婚》的经典魅力归于时代、历史乃至政治推手，并没有足够的说服力。因为按此双面胶逻辑，人们不但可解释它为什么好，也能解释它为何不好。

既然如此，不妨先做宽泛些的追问：赵树理小说有什么好？关于这一点，日本的两位研究者倒是曾以旁观者姿态说出了些许端倪。洲之内彻说：

> 或许是赵树理证明了中国还缺少现代的个人主义等等。对于这类有碍于革命的东西不能不有所打击。而所谓新文学的文学概念之所以暧昧，其原因就在于此。即：一方面想从封建制度下追求人的解放，同时另一方面又企图否定个人主义。如此而已，岂有他哉！

....

他是不觉得受约束的。他没有机会感受到人和社会的对立，这对他来说是缺少的。但是，这是现代人面临的巨大苦恼之一。

这种情况说明他的文学是正数还是负数呢？这恐怕因论者的立场不同而不同吧！而且，他的乐观主义中潜在着他不曾意识到的虚无主义。这对他来说，包含着一个是否有自知之明的觉悟问题。①

另一位是竹内好。他对赵树理小说为何能同样能吸引日本青年的疑问解释，亦殊堪玩味：

要找出其共同之点（中国政治与文学的共同点——引者注），也未必容易，勉强地说，这一共同点是：整体中个人的自由问题。

……如果不用某种方法来调和与整体的关系的话，就很难完成自我。这一问题确实是存在的。

由此，一方面产生了虚无主义和存在主义的倾向。……虚无主义和存在主义是西欧个性解放过程中的产物，所以，在以表面的现代化还未成熟的个体为条件建立起来的日本社会里，想要诚实地生存下去、诚实地思考的人，是不能长期停留在虚无主义和存在主义之上的，这是不言而喻的。②

基于这种判断，竹内好断定中国现代"人民文学"对应的代表作

---

① 黄修已编：《赵树理研究资料》，知识产权出版社2010年版，第405—406页。

② 黄修已编：《赵树理研究资料》，知识产权出版社2010年版，第427—428页。

家是赵树理，甚至认为"赵树理以中世纪文学为媒介，但并未返回到现代之前，只是利用了中世纪从西欧的现代中超脱出来这一点。赵树理文学之新颖，并非是异教的标新立异，而在于他的文学观本身是新颖的"①。

上述二者皆以赵树理的酒杯浇自己块垒，但他们毕竟深刻地打开了问题的可能思路——以赵树理为端绪的延安新文学，赋予了中国现代文学前所未有的"现代性"。这也就是竹内好所说的："在赵树理的文学中，既包含了现代文学，同时又超越了现代文学。至少是有这种可能性。这也就是赵树理的新颖性。"②换言之，赵树理写作的现代意味，并非单一的革命政治思想的启蒙，而在于其写出了身处于"夹生"的现代社会中的个人思想悲剧，以及此中个体难免走向虚无的没落与哀婉结局。

然而，倘若结合形式要求的考察，赵树理小说的"现代性"结论却存在疑义。为此，今村与志雄再次生发出新一层的"现代"拷问："赵树理文学果真就是这种仅仅是过渡性的文学吗？"③有意思的是，他最后还是在形式的现代意味上肯定了赵树理对"板话"等文体形式运用的思想内涵，认为"他的语言极其生活化、形象化，同时又简单化、纯粹化，达到了非常富于思想性的语言高度"，"文体通俗化的任务终于由赵树理完成了"④。这显然有些曲为之辞，不如董之林先生具体而微的

---

① 黄修己编：《赵树理研究资料》，知识产权出版社2010年版，第431页。

② 黄修己编：《赵树理研究资料》，知识产权出版社2010年版，第428页。

③ 黄修己编：《赵树理研究资料》，知识产权出版社2010年版，第413页。

④ 黄修己编：《赵树理研究资料》，知识产权出版社2010年版，第421—422页。

讨论令人信服[①]。但如今村与志雄所言，大众化问题的确是中国革命的重要一环，革命是现代，那么大众化的形式自然就是革命的，也是现代的[②]。

可是，赵树理小说的"现代"并不必然等于《小二黑结婚》的"现代"。当然，如果把革命宏大叙事当成现代的一种，《小二黑结婚》的"现代性"和"人民性"就是必然的。可是，除了以革命的神圣获得现代内涵外，《小二黑结婚》还可能有哪些现代性呢？

显然，洲之内彻认为的个体与现代社会的关系困境的思考，对赵树理本人或有粘连，对《小二黑结婚》则几乎毫不相关，因为《小二黑结婚》的文学世界是中国农村。中国农村在整个二十世纪面临的最大困境，恰恰不是人与现代社会的关系的困境，而是与古代社会的关系的困境。对于北方农村的农民来说，尤其如此。因为围绕他们日常生活的压迫，恰恰不是现代社会的逼仄紧张和异化，而是古代社会的停滞、凝

---

① 董之林先生说："赵树理热衷于对传统戏剧，以及传统评书、鼓词等曲艺形式加以利用和改造，努力在自己小说中实现传统因素和启蒙精神结合。这种体现了五四传统、以平等自由态度对待小说艺术的作家情怀，却往往遭到新文化人的误解和打击。但在激进、专断、容不得不同艺术见解的时代潮流中，赵树理韧性的坚守，却是对启蒙精神能够在本土获得接受最有力的证明。"参见董之林：《韧性坚守与"小调"介入——赵树理小说再分析》，《甘肃社会科学》2011年第1期。

② 今村与志雄将"大众化问题"理解为"文体通俗化"，说："文学大众化的历史，也就是中国革命的历史。因而，它构成了中国革命的一环，同时在每个时期，中国文学也都获得了新的生命。"同时，他将《李有才板话》的快板与莎士比亚的悲剧《合唱团》说唱比照论述，认为是文本表达了"集体的感情"。参见黄修己编：《赵树理研究资料》，知识产权出版社2010年版，第409页、第416页。

关于民族形式问题的政治实质，李广田先生说："《李有才板话》中的快板部分，其地位，其作用，适如希腊悲剧中的'歌队'（Chorus），快板中所说的，和歌队所唱的，都是人民群众的意见。"参见李广田：《一种剧》，《文讯》第9卷第5期，1948年12月5日。

重、崩坏和挣扎。这和茅盾的《春蚕》里受到小火轮和洋布洋纱冲击的江浙农村大不相同。《小二黑结婚》的"现代"当别有怀抱。

　　小二黑的生活原型是岳冬至，据赵树理了解，他被村干部和民兵连长打死。当现实案情大白后，村民们的真实反应却是：岳冬至本不应该有了童养媳又去追求别的姑娘，教训教训他是应该的。村干部和民兵连长把人打死是过火了点，但出发点并没有错。赵树理创作正是基于对这一点的震撼，同时也是为了改变当地人对旧婚姻制度的观念，配合彼时婚姻法的宣传。其实，根据地的婚姻法宣传其实也并非如今天所理解的全是为了婚姻自由，还有政治军事动员和战斗力解放之目的[①]。这里姑且不论。但就此而言，赵树理把一起刑事案件，写成了革命宣传动员和现代思想启蒙"双肩挑"的小说，其所呈现的人与社会的关系则显然不那么现代。反封建的社会关系、社会意识和社会制度，在革命看来是一回事。但在农民看来，包含在社会关系的一部分的，如日常道德观念与生活方式，又绝非"封建"一词那么简单。在女性资源极度不均衡的北方农村，岳冬至的"反封建"已经不再是纯粹的个人思想感情和观念追求，它同时也挑战了区域性别资源的平衡体系。合理和不合理、合法与不合法，共时性地被交织进了中国农民的日常生活世界和感情中。这件事情的内部纠葛，甚至让费德林认为"作者探讨了最敏感的问题之一——妇女问题。赵树理选择这个题材是不难解释的，这是由现实生活决定的。封建宗法传统遗毒在妇女婚姻问题上表现得特别强烈"[②]。

---

　　①　苏区婚姻自由和妇女解放往往与"扩红"紧密相关。参见江西省妇女联合会编：《女英自述》，江西人民出版社1988年版；朱晓东：《通过婚姻的治理》，载《北大法律评论》第4卷第2辑，法律出版社2002年版，第383—401页。

　　②　黄修己编：《赵树理研究资料》，知识产权出版社2010年版，第438页。

毫无疑问，能够这么写小说，起码表明赵树理深刻了解北方的乡村世界在这方面的难言之隐。常年扎根、混迹于中国北方农村下层社会的赵树理，对那个世界"食"与"色"的贫乏与无奈，及由此衍生而来的中国底层民众的精神情感、日常生活、思想趣味，了如指掌。譬如《小二黑结婚》中对三仙姑风流韵事的叙述，虽笔墨简单却富有韵味，这恐怕也只有赵树理笔下的那些农民朋友才能意会；二诸葛这个人物，尽管饱受读者的讪笑，但只要有点中国农村底层生活体验，谁都会对他抱以理解的同情。"恩典恩典"不是封建、懦弱就能一言蔽之，里面蕴藏了太多中国普通民众生存的艰辛和苦难深重的历史体验。也恰恰是二诸葛，比谁都了解中国民众几千年来的生存状态和民间疾苦。至于小二黑，他是受新思想、新启蒙滋养成长的农村新一代。与赵树理一样，其遭遇的不再是以往封建时代循环的改朝换代的历史，而是现代民族国家崛起的时代，是有现代思想体系支撑、有现代政党组织、现代政治军事动员的大革命时代。小二黑的思想情感、行事为人，不光在小说中生硬抽象，而且简直就是小说内外的中国乡土世界的"空降兵"和"方外来客"，一如那场红光满面的革命在当初与中国乡村世界的相遇。

　　《小二黑结婚》的耐人寻味，恰恰是它生动彰显了现代与前现代中国的两代人在对待人生命运的抗争与对时代大流在迎拒方面的差异。时至今日，一个因简单的自由爱情追求而引发的血案，已经很难引发如此多重面向的思考。可如果考虑到故事所处的历史语境，一切都理所当然。这就是乡土中国。理解《小二黑结婚》的小说内外，才能真正理解赵树理，才能真正理解其心向往之的延安理想，也才能真正理解从乡土中国与俄共革命组织形态共同孳乳出来的当代中国。为此，西里尔·贝契评价赵树理说："他的大量的素材取自旧时代。他永恒的主题是谴责旧制度。"①旧时代和旧制度，既是赵树理艺术写作的始基，更是他呼吸与共的情感生命、书写世界。

遗憾的是，《小二黑结婚》之后，赵树理习惯成自然，"给自己的作品提出了崇高的教育使命，处处用中国农村及其变革中发生的真实而常常又很复杂的问题，来努力教育读者"②。以写小说来教育人的热望，这一悠久的本土文学大传统在赵树理心中是如此坚定、僵硬而执着，甚而成为他现代革命政治热情的释放路径。由此看来，写作理念和文体实验的偏执，不仅让赵树理一度得以被追认性地进入了历史风云③，也使他迅速在现代小说的艺术勘探中陷于自我迷失与现代虚无。

四

在讨论赵树理小说现代意味的同时，几乎所有研究者也都承认，赵树理对中国民间文艺的熟悉与运用无人比肩。的确，民间趣味是赵树理

---

① 黄修已编：《赵树理研究资料》，知识产权出版社2010年版，第473页。

② 黄修已编：《赵树理研究资料》，知识产权出版社2010年版，第458页。

③ 王瑶先生回忆："50年代初，我讲赵树理的作品和大家一样，毛主席的《讲话》开辟了新时代，赵树理就是杰出的代表。当时北大有许多留学生，他们一下课就去访问赵树理，问他的经历，问他是怎样贯彻《讲话》的。赵树理说，他写小说根本还没有看到《讲话》，以后才看到。留学生们便吵了起来，说我简直是条条。当时留学生有意见一般不直接向老师提，而是先给大使馆提，大使馆给外交部，外交部给教育部，教育部给北大党委，最后再捅到我身上，结果弄得我很狼狈。"（转引自张香琪：《现代文学史研究中赵树理研究的误区》，《太原师范学院学报》社会科学版2005年第2期。）事实也是如此。赵树理1943年底回机关参加整风运动时才看到《讲话》，这时《小二黑结婚》已完成。当然，没有看到《讲话》也并非就能说明他没受到相关思想的影响。

的文学立场，《小二黑结婚》也不例外①。而一般说来，持这种文化教养和文化趣味立场者的写作，都必须服膺民间信息交流的本质：投其所好，沁人心脾。赵树理对此洞若观火：

> 我写的东西，大部分是想写给农村中的识字人读，并且想通过他们介绍给不识字人听的，所以在写法上对传统的那一套照顾得多一些。但是照顾传统的目的仍是为了使我所希望的读者层乐于读我写的东西，并非要继承传统上哪一种形式。……我究竟继承了什么呢？我以为我都照顾到了，什么也继承了，但也可以说什么也没有继承，而只是和他们一道儿在这种自在的文艺生活中活惯了，知道他们的嗜好，也知道这种自在文艺的优缺点，然后根据这种了解，造成一种什么形式的成分对我也有点感染、但什么传统也不是的写法来给他们写东西。同时我这种写法也并不能和大多数作家的写法截然分开，因为我虽出身于农村，但究竟还不是农业生产者而是知识分子，我在文艺方面所学习和继承的也还有非中国民间传统而属于世界进步文学影响的一面，而且使我能够成为职业写作者的条件主要还得自这一面——中国民间传统文艺的缺陷是要靠这一面来补充的。②

此番逻辑严密、转折甚多的大段"谈艺录"，在赵树理的文字中

---

① 《小二黑结婚》出版伊始，太行文艺界有人认为是"低级的通俗故事"，有人认为是"海派"。这两种意见乍看风马牛不相及，却都点出赵树理文学的民间趣味本质。在民间趣味的意义上，宣传和消费未尝不是一回事。

② 赵树理：《〈三里湾〉写作前后》，《文艺报》1955年第19期。

实属罕见，更因为充满着特定时代氛围下的紧张气息而尤其意味深长。这段话表明，赵树理对民间文化趣味和旧传统的热心，其实并非为了复古，而是为了收纳迷离于旧传统的人们，进而为其写作理念和文体实验撑腰张本。克里夫佐夫说"赵树理并不热心于旧传统，而是一位创新者"[①]，有深意在焉。

在正常经济秩序下，制造吸引无非为了得到关注，继而转为名利。对于早早从事革命工作的赵树理而言，这绝非主要考虑，"文摊说"[②]就是证据。"文坛"与"文摊"一字之差，区别所在是各自要影响的人。赵树理谙熟"兴观群怨"，并在群体动员机制层面上达到了中国文学"群"传统与现代革命呼告、群众动员机制的奇特契合[③]。这也正是其文学观的现代独创性和新颖性所在之一。《小二黑结婚》不过是赵树理在无意识中进行两结合创作的经典文本而已。为此，它不仅被最频繁地改编成各类地方通俗曲艺，也最为各类文学史著述看好。

可是，对于文化水平低下的革命根据地民众而言，现代小说何以能继承和发扬"群"传统呢？必须靠趣味民间化，这就是赵树理方向对民众的实质意义，也是《小二黑结婚》会被改编成大量地方民间曲艺作品的奥秘。诚然，趣味民间化绝不等同于文艺大众化。因为无论是哪一种大众化，实际上都与真正的大众没多少必然关系[④]。所谓趣味民间化，在中国底层民众看来，一是要包含他们对中国俗世经验和感情的基本传

---

① 黄修己编：《赵树理研究资料》，知识产权出版社2010年版，第454页。

② 黄修己编：《赵树理研究资料》，知识产权出版社2010年版，第15页。

③ 参见古斯塔夫·勒庞：《革命心理学》，佟德志、刘训练译，吉林人民出版社2004年版；埃利亚斯·卡内提：《群众与权力》，冯文光、刘敏、张毅译，中央编译出版社2003年版。

④ 何其芳：《何其芳文集》第4卷，人民文学出版社1983年版，第41—54页。

统理解，二是能激发他们对俗世经验的现世感知。

对于俗世经验和感情的基本传统理解，中国老百姓常常靠将心比心式的体验来领悟普世情怀。以"大团圆问题"为例。对于物质贫乏、资讯封闭的中国农村来说，"大团圆"无非温饱和传承问题，即"食色"之"性"。这两项如能同时满足，常常就可称为"大团圆"。赵树理对此有入木三分的辩护："有人说中国人不懂悲剧，我说中国人也许是不懂悲剧，可是外国人也不懂得团圆，假如团圆是中国的规律的话，为什么外国人不来懂懂团圆？我们应该懂得悲剧，我们也应该懂得团圆。"①周扬也曾就此发有宏论："五四时代反对过中国旧小说戏剧中的团圆主义，那是正确的，因为旧小说戏剧中的团圆不过是解脱不合理的，建立在封建制度和秩序之上的社会的一个幻想的出路，它是粉饰现实的。在新的社会制度下，团圆就是实际和可能的事情了，它是生活中的矛盾的合理圆满的解决。"②尽管周扬倾向于强调"新的社会制度"之于大团圆的意义，赵树理则注重大团圆是"中国的规律"，但两人都高度认同了经验性的"大团圆"对中国民众审美的根基意味。

因于此，《小二黑结婚》大团圆模式是显而易见的，故事模式也极为古典。任何一个稍有文学修养的中国人都会发觉，《孔雀东南飞》《西厢记》《红楼梦》的趣味不时在里头频频再现。三仙姑与老夫人、红娘与村长（区委书记）……故事情境与人物虽说有时代差异，但基本故事功能皆异曲同工。故事情境与人物形象的时代感产生了故事现实感，基本故事功能则激发出故事的历史感。在现实与历史的缠绕中，

---

① 赵树理：《从曲艺中吸取养料》，《人民文学》1958年第10期。

② 周扬：《表现新的群众的时代》，《解放日报》1944年3月21日。

《小二黑结婚》成为"深通世故的老农讲故事"，是"使农民自己不能不对自身的事情发生兴趣的作品"①。鹿地亘更是把它理解为赵树理"独特风趣"与"民间故事风格"的"天衣无缝的结合"，"再现的是最典型的中国的现实生活，是现实生活的活生生的再现"②。尽管鹿地亘的判断有他者眼光，但这并不妨碍他瞬间敏锐地看到赵树理小说中最富有中国传统民间文学趣味特质的基因：以"食色"之"性"为始基的大团圆。真理往往是朴素的，事实就是这样：有史以来的中国民众对自身发生兴趣和投入热血的理由，无非都是因为他们最原始的生存成了渴望，遭受了压迫。无论是多么摩登的自由、启蒙、革命和幸福，都务必以此为起点。

如何才能激发底层者对俗世经验的现世感知呢？对乡民而言，他们接受讯息的主通道并非纸本阅读，而是依赖"看"和"听"：看得懂，是指看懂相关图符；听得懂，是指听懂他人言语。早在二十世纪三十年代，瞿秋白就强调"听得懂"的重要性③，堪称现代革命领袖之洞见。赵树理曾长期出入乡野，"听得懂"的力量于他更是念兹在兹：他不仅有五四新文学无法进入农村民众生活的亲身经历，更有浸淫于地方曲艺表演多年的体验。故而竹内好认为："赵树理周围的环境中不存在作者与读者隔离的条件。因此，使他能够不断加深对现代文学的怀疑。他有意识地试图从现代文学中超脱出来。这种方法就是以回到中世纪文学作为媒介。"④此论相当尖锐地点出了赵树理小说与传统趣味的对接与接

---

① 黄修己编：《赵树理研究资料》，知识产权出版社2010年版，第397页。

② 黄修己编：《赵树理研究资料》，知识产权出版社2010年版，第397—398页。

③ 瞿秋白：《瞿秋白文集》（文学编）第1卷，第359—360页。

④ 黄修己编：《赵树理研究资料》，知识产权出版社2010年版，第430页。

榫之处。

竹内好进而指出："就作者与读者的关系而言，中世纪文学是处于未分化的状态。由于这种未分化的状态是有意识地造成的，所以，他就能以此为媒介，成功地超越了现代文学。"①那么，赵树理沉湎于"中世纪"的"未分化"的"作者与读者的关系"，究竟又是为什么呢？难不成正是"有意识地造成"的"意识"在作祟？显然，此意识亦非赵树理的个人意识，而是他所服膺和信仰的"红光一线"。不过，仍然需要肯定，赵树理小说的传统魅力，很大程度上正是缘于他执着于传统的读者与作者的关系。因为宗教教义的日常普及与俗世感化，正是赵树理对此关系在中国乡土生活经验里的根本理解。既然赵树理有这种理解，那他的写作就不能完全算是现代思想启蒙者的写作，也不可能全是"振木铎"式的采风。此暧昧的情感底蕴和迷离的身份认同，贴切而同步地传达出了赵树理艺术世界的思想境界追求与现实力量依托。这也正是延安《讲话》以来中国当代文学近七十年来的光荣与梦想。

如此说来，《小二黑结婚》对于五四文学与延安文学之间的艺术模式转折的意义之重大，它为当代文学创辟的写作契机和文学空间之巨大，无论就文学意味还是思想史当量，都是相当惊人的。回望赵树理缠绕于乡土经验与革命叙事的写作身影，无论站在现代或传统的哪一个立场上，都有些无间道式的悲悯与苍凉。

综上所述，赵树理小说的文学思想史意味超过了文学史贡献。《小二黑结婚》的写作与成名，一开始就不是简单的艺术行为，更不是单纯的现代传播与接受。这是一场交织着革命与传统、民众与战斗力、艺术

---

① 黄修己编：《赵树理研究资料》，知识产权出版社2010年版，第430页。

与宣传的现实事件，也是缠绕着古典与现代、封建专制与革命专政的思想史议题。作为《讲话》倡导的新文学的开篇，《小二黑结婚》不但为后人探究赵树理的意义留下了传奇生动的思想史写照，而且给中国当代文学史开启了前所未有的意义空间。它以暧昧的传统趣味点燃了北方农民的革命激动，更以特异的现代情绪成为革命历史叙事的开创者。

第五章　中国左翼文学活动现场研究

第一节　瞭望与批判：从文学革命到文学史观的"整理"

——瞿秋白眼中的鲁迅（之一）

众所周知，瞿秋白和鲁迅的私人交集主要在于上海左联时期。瞿秋白左联时期的活动，并非都是单纯的文艺活动或个人日常行为。文艺论战如此，他与鲁迅和茅盾的交谊活动也是这样，乃至于对泰戈尔和萧伯纳访华的相关反应[①]，事实上也只是瞿秋白"构筑世界无产阶级革命文化体系中的一个有机环节"[②]。毫无疑问，在上述一系列活动当中，瞿秋白与鲁迅的文学交往活动影响最大，而且意义也最为深远，有必要细致地加以讨论。

一

瞿秋白比鲁迅小18岁，1920年10月16日，瞿秋白从北京出发到俄国任北京《晨报》和上海《时事新报》合聘的"特派专员"，"担任调

[①]　参见郝庆军：《〈萧伯纳在上海〉：一个意识形态分析的文本》，载《诗学与政治：鲁迅晚期杂文研究（1933—1936）》，文化艺术出版社2007年版，第167—179页。

[②]　王文强：《瞿秋白文化思想的发展历程》，载瞿秋白纪念馆编：《瞿秋白研究》第12辑，学林出版社2002年版，第224页。

查通讯事宜"①。1922年12月21日瞿秋白从俄国返回，1923年1月8日左右抵达哈尔滨，1月13日回到北京。据现有的资料，瞿秋白对鲁迅的关注，以公开发表的文字来看，是从他回到北京后开始的，即1923年10月写于北京的《荒漠里——一九二三年之中国文学》。自此，瞿秋白和鲁迅二者有了联系，而且关系越来越紧密，以至于成为鲁迅研究史上无法绕开的节点。

那么，如何看待瞿秋白在鲁迅研究史上的意义呢？

周葱秀先生认为瞿秋白是"鲁迅研究重点转移的一个过渡"，并提出两个"最早"的观点："第一，他是最早自觉地运用马克思主义来研究鲁迅的研究者；第二，他是最早从政治思想斗争的角度来研究的研究者。他在鲁迅研究史上的里程碑意义也在于此。"②

基于对既往宏大政治视野下的鲁迅研究史的把握而言，周先生的话是大致准确地概括了的。然倘若就文学本身而言，或者兼及中国现代文艺思想史意义的讨论，那么，瞿秋白与鲁迅的关联无论如何都是一个值得思之再三的重大议题。

诚然，瞿秋白与鲁迅的交往与友谊，无论对于瞿秋白研究还是鲁迅研究，其影响都相当重要，有私人与日常的一面，但却绝不仅仅是"私人的事情"③。不仅如此，瞿秋白是如何看待鲁迅的？鲁迅又是如何看待瞿秋白的？时人又是如何看待他们以及他们的关系的？个中的"观看

---

① 北京《晨报》1920年11月28日首次刊载，以后一直到12月16日，除12月15日未刊载以外，都照登这则启事。

② 周葱秀：《鲁迅研究论集》，中国文史出版社2005年版，第320页。

③ 瞿秋白：《论翻译——给鲁迅的信》，载《瞿秋白文集》（文学编）第1卷，人民文学出版社1985年版，第504页。

之道"[①]，对于中国现代文学思想史和批评史的讨论，例如五四文学的评价、文学史写作、文学翻译、文艺大众化、世界语与汉字拉丁化等诸多问题，乃至对鲁迅本人创作成就和思想价值的认识，尤其是对鲁迅杂文意义的判断，都可谓至关重要。

二

1923年10月，"红光"满面的瞿秋白，像如今许多海外游学归来的年轻学人一样，充满着域外游历的经历和新思想主义影响带来的天然自信与力量，可谓睥睨国内诸界。1923年10月写于北京的《荒漠里——一九二三年之中国文学》，起始三段首句都是同一句——"好个荒凉的沙漠，无边无际的"，诸如此类的断语和感慨，毫不客气地对当年文坛进行极为宏观而居高临下的扫描，这也是目前可见的他对周氏兄弟的第一次评价：

> 好个荒凉的沙漠，无边无际的！鲁迅先生虽然独自"呐喊"
> 着，只有空阔里的回音；周作人先生的"自己的园地"，也只长出
> 几株异卉，那里舍得给骆驼吃？虽然，虽然，我走着不敢说疲乏，
> 我忍着不敢说饥渴；且沉心静气的听，听荒漠里的天籁；且凝神壹
> 志的看，看荒漠里的云影。前进，前进！云影里的太阳，可以定我

---

① 约翰·伯格认为："注视是一种选择行为。注视的结果是，将我们看见的事物纳入我们能及——虽然未必是伸手可及——的范围内。触摸事物，就是把自己置于与它的关系中。"参见约翰·伯格：《观看之道》，戴行钺译，广西师范大学出版社2005年版，第2页。

的方向；天籁里的声音，可以测我的行程。①

　　显然，瞿秋白把周氏兄弟当作1923年中国文坛的代表人物，并分别以其代表作《呐喊》和《自己的园地》来评价他们在小说和散文创作上的文学成绩。众所周知，《呐喊》是鲁迅1918年至1922年所作的短篇小说的结集，1923年才刚刚出版。《自己的园地》则是周作人的散文集代表，于1923年9月由北京晨报社初版印行。瞿秋白敏锐指出鲁迅思想超前的"孤独"——"虽然独自'呐喊'着"而"只有空阔里的回音"。对于周作人，瞿秋白说他"也只长出几株异卉，那里舍得给骆驼吃？"，言下之意，自然是婉讽其隐士风度，以及与世疏离的孤高。

　　1931年5月初，冯雪峰送4月25日刚出版的《前哨》创刊号给茅盾，在茅盾家中遇见瞿秋白。瞿秋白在茅盾家读到了鲁迅在《前哨》纪念战死者专号上刊载的《中国无产阶级革命文学和前驱的血》，连声赞叹"写得好，究竟是鲁迅"②，明确表示了自己对鲁迅"往左想"写作的赞誉。

　　冯雪峰看到瞿秋白的热情反应，出于对曾经领导者的尊敬而就势请教，瞿秋白趁便对左翼文化工作发表一些意见。几天后冯雪峰再去茅盾家，瞿秋白托他找一个能较长时间居住的地方，冯雪峰找到的即瞿秋白后来入住的谢澹如家。自此，瞿秋白与左联发生联系。暂时的安居、与党的文化战线接上关系的喜悦，使得瞿秋白顺利地完成从政治革命到文

---

　　①　瞿秋白：《荒漠里——一九二三年之中国文学》，载《瞿秋白文集》（文学编）第1卷，人民文学出版社1985年版，第311—312页。

　　②　冯雪峰：《关于鲁迅和瞿秋白同志的友谊》，载《忆秋白》编辑小组编：《忆秋白》，人民文学出版社1981年版，第259页。

学革命的战线转换，也让他重新爆发出文艺天分和创造力：一是尽力改变左联的"关门主义"错误倾向[1]；二是有心插柳而柳成荫，在半年内写了九篇非常重要的左翼文艺论战的长篇论文（见表5.1）。

表5.1 1931年5月至年底瞿秋白关于左翼文艺论战的长篇论文

题名	写作时间
《鬼门关以外的战争》	5月30日
《中国文学的古物陈列馆》	5月[1]
《学阀万岁！》	6月10日
《罗马字的中国文还是肉麻字中国文》	7月24日
《普通中国话的字眼的研究》	7月[2]
《哑巴文学》	8月15日
《大众文艺和反对帝国主义的斗争》	9月
《普洛大众文艺的现实问题》	10月25日
《苏维埃的文化革命》	秋天

注：表中9篇文章皆见于《瞿秋白文集》，写作时间也多从此处引得。

① 《瞿秋白文集》未注明本篇写作时间，此据《瞿秋白年谱详编》（中央文献出版社2008年版，第353页）记录为5月。该文曾引用5月23日的报刊文字，写作时间应在此之后。

② 《瞿秋白文集》未注明本篇写作时间，此据《瞿秋白年谱详编》（第355页）记录为7月。

据冯雪峰回忆，1931年5月瞿秋白入住谢家后，"他最初写的是

---

① 瞿秋白在左联纠"左"过程中的贡献，参见戴知贤：《左翼文化运动的引航人——瞿秋白和左翼文化界策略的转变》，载陈铁健等编：《瞿秋白研究文集》，中共党史资料出版社1987年版，第206—214页。

《鬼门关以外的战争》、《学阀万岁！》等论文"①。瞿秋白积极运用马克思列宁主义文艺理论，连续参加左翼文坛重大论战：第二次文艺大众化讨论，民族主义文艺运动批判，对"自由人""第三种人"的论战，发起了"克服庸俗社会学和机械论文艺观的斗争"②。这也正如瞿秋白评论普希金时所说："他并不忘记现实生活的黑暗，往往自觉精神上的孤寂，他忏悔他的绮年。无论怎样黑暗，怎样困苦，我们的诗人决不颓丧。'光明的将来'维持着他的创造力。"③这些话用来移评瞿秋白，似乎也同样恰切。

1931年6月10日，瞿秋白写《学阀万岁！》，文中仍旧毫不客气地扫了鲁迅一笔，这次是为了倡导他所说的"革命的大众文艺"。在革故鼎新、攻城略地之际，尽管是文艺思想上的斗争，革命当先的瞿秋白，第一考量仍然是进行敌友划分，亦即分清战线，所谓"谁是我们的敌人？谁是我们的朋友？"，这是"革命的首要问题"。④鲁迅理所当然地被划入"懂得欧化文的'新人'"的"第三个城池"里：

> 第三个城池里面，方才有懂得欧化文的"新人"，在这里的文坛上，才有什么鲁迅等等，托尔斯泰，易卜生，莎士比亚，高尔基，哥尔德等等。……现在的反动文学还只发现在第三个城池里

---

① 冯雪峰：《关于鲁迅和瞿秋白同志的友谊》，载《忆秋白》编辑小组编：《忆秋白》，人民文学出版社1981年版，第260页。

② 艾晓明：《中国左翼文学思潮探源》，湖南文艺出版社1991年版，第182页。

③ 瞿秋白：《俄国文学史》，载《瞿秋白文集》（文学编）第2卷，人民文学出版社1986年版，第157页。

④ 毛泽东：《中国社会各阶级的分析》，载《毛泽东选集》第1卷，人民出版社1991年版，第3页。

面——他们离着下等愚民远着呢。[①]

1931年8月20日，瞿秋白正式展开对民族主义文艺运动的批判。大约一年后，瞿秋白参与文艺自由论辩。有意思的是，这三次论战鲁迅也都参加了，原因当然主要还是有共同的左联[②]。在论战过程中，瞿秋白和鲁迅才不断"相互认识和接近"[③]。不过，对瞿秋白而言，这三次论战视野下的鲁迅仍旧是符号和象征的意义大于现实中的两人互动。

据相关回忆，瞿秋白在1931年10月接受鲁迅委托翻译《铁流》序言时，"两人不但还没有见过面，并且也没有什么通信"[④]。立足于梳理中国革命思想发展史的瞿秋白，1932年5月写了《"五四"和新的文化革命》，又一次提及他对鲁迅的《狂人日记》的看法：

> 中国"五四"时期的思想的代表，至少有一部分是当时的真心的民权主义者——自然是资产阶级的民权主义者。中国的文化生活在"五四"之后，的确开辟了一条新的道路。"五四"式的新文艺总算多少克服了所谓林琴南主义。当时最初发现的一篇鲁迅的《狂人日记》，——不管它是多么幼稚，多么情感主义，——可的确充

---

① 瞿秋白：《学阀万岁！》，载《瞿秋白文集》（文学编）第3卷，人民文学出版社1989年版，第200页。

② 在瞿秋白和鲁迅的交谊活动中，作为鲁迅信任的学生，冯雪峰在其间起了很大的中介作用。关于冯雪峰和瞿秋白的关联，可参见张小鼎：《肝胆相照 情深谊笃——冯雪峰与瞿秋白交谊述略》，载瞿秋白纪念馆编：《瞿秋白研究》第5辑，学林出版社1993年版，第188—202页。

③ 冯雪峰：《回忆鲁迅》，人民文学出版社1957年版，第50页。

④ 冯雪峰：《回忆鲁迅》，人民文学出版社1957年版，第54页。

满着痛恨封建残余的火焰。[①]

1932年8月20日瞿秋白作《狗样的英雄》，再次提到《狂人日记》反抗吃人礼教的进步意义：

> 记得"五四"前一年鲁迅有一篇《狂人日记》发表。那狂人为什么发狂？只不过为着中国的礼教吃人。足见得那时候的人神经多么衰弱，为这点"小事"就气得发狂了。现在呢？[②]

截至此刻，瞿秋白眼中的鲁迅基本上是两个向度的"对手"，或者说是对象吧。一方面，置身于革命文艺大众化的宏阔斗争视域里，鲁迅有着四大特征：一是"孤独"，二是"离着下等愚民远着呢"，三是"幼稚"与"情感主义"，四是"神经衰弱"。总而言之，在瞿秋白看来，鲁迅仍旧局限于从个人朴素情感出发的反抗，局限于反封建、没有主义的指导和提高——顶多也就是"当时的真心的民权主义者""资产阶级的民权主义者"。另一方面，鲁迅显然是一个有待团结也可以团结的"民权主义者"。

1932年初夏的一天，瞿秋白由冯雪峰陪同，来到鲁迅家，两人第一次会面。后来，瞿秋白在鲁迅的帮助下，搬到离鲁迅的居所较近的地方，这更是大大方便了双方的往来。杨之华在回忆中这样写道："鲁迅

---

① 瞿秋白：《"五四"和新的文化革命》，载《瞿秋白文集》（文学编）第3卷，人民文学出版社1989年版，第24页。

② 瞿秋白：《狗样的英雄》，载《瞿秋白文集》（文学编）第1卷，人民文学出版社1985年版，第371页。

几乎每天到日照里来看我们，和秋白谈论政治、时事、文艺各方面的事情，乐而忘返。……秋白一见鲁迅，就立刻改变了不爱说话的性情，两人边说边笑，有时哈哈大笑，冲破了像牢笼似的小亭子间里不自由的空气。"①瞿秋白曾说："鲁迅看问题实在深刻。""和鲁迅多谈谈，又反反复复地重读了他的杂感，我可以算是了解鲁迅了。"②鲁迅在谈到一些问题时，也常常说："这问题，何苦是这样看法的，……我以为他的看法是对的。"③空间的靠拢，当然也促进了情感思想上的趋近。至此，瞿秋白对鲁迅的瞭望和批判，从无产阶级革命者对资产阶级民权主义者审视，转而变成起码是可团结的朋友的惺惺相惜。

三

1935年5月17日至22日，瞿秋白在七天之内写了《多余的话》，其中有一段涉及瞿秋白对鲁迅早期创作的印象：

> 俄国高尔基的《四十年》、《克里摩·萨摩京的生活》，屠格涅夫的《鲁定》，托尔斯泰的《安娜·卡里宁娜》，中国鲁迅的《阿Q正传》，茅盾的《动摇》，曹雪芹的《红楼梦》，都很可以再读一读。④

---

① 杨之华：《〈《鲁迅杂感选集》序言〉是怎样产生的》，《语文学习》1958年第1期。

② 冯雪峰：《一九二八至一九三六年的鲁迅·冯雪峰回忆鲁迅全编》，上海文化出版社2009年版，第140、143页。

③ 冯雪峰：《一九二八至一九三六年的鲁迅·冯雪峰回忆鲁迅全编》，上海文化出版社2009年版，第140页。

④ 瞿秋白：《多余的话》，载《瞿秋白文集》（政治理论编）第7卷，人民出版社1991年版，第723页。

瞿秋白在文中提及"可以再读一读"的文艺著作中，赫然有"鲁迅的《阿Q正传》"。在生命最后时日的文艺阅读渴望里，鲁迅的《阿Q正传》与茅盾的《动摇》，是瞿秋白想再读一读的仅有的两篇中国现代小说。耐人寻味的是，瞿秋白并没有提及鲁迅的杂感，也许在他思想深处，杂感还是不太算得上是文学吧。当然，也许他想到的只是小说，而不是可以驭之用来战斗的杂文。

事实上，从瞿秋白第一次"瞭望"中国1923年的文坛"荒漠"算起，到瞿秋白就义为止，简而言之，瞿秋白对鲁迅文学的"观看"焦点有四：其一是小说，其二是文学史写作，其三是杂文，其四是翻译。而自始至终，瞿秋白对鲁迅小说的关注是尤为深刻的，也应该是入思甚深的。而瞿秋白对鲁迅的杂文和翻译的关注，则集中于某一些特定的历史时段和现实需要的结合期。这当然是因为鲁迅的小说在当时就被认为是中国文学史上无法撼动的、在现代白话小说创作方面的代表性成就了。也就是说，如何看待鲁迅的小说，涉及如何判断五四以来的中国现代文学史的成就问题，亦即如何叙述五四以来的中国文学史和思想史问题。因此，瞿秋白对鲁迅小说的集中关注，显然是因为它是鲁迅文学成就的一部分。

此外，瞿秋白对鲁迅小说的集中关注，显然还虑及五四时期这一特殊的历史时空参照，因为小说是鲁迅在五四时期的主要文学贡献。这首先当可从《〈鲁迅杂感选集〉序言》的撰写以及《鲁迅杂感选集》的内容编选可以得到验证，因为《鲁迅杂感选集》不仅体现了瞿秋白的选家眼光，也体现了他对鲁迅文学创作上的焦点转移现象的敏锐洞察。瞿秋白对鲁迅杂文的关注，主要是从1924年开始。而自1918年到1923年，恰恰是鲁迅以小说创作在五四时期文学史上大放异彩的时期。[①]

可见，关注鲁迅的小说，也是把握五四时期的相关历史解释有效性的基本要求。文学史当然算得上是历史叙述的一部分，对于五四时期的历史阐释，文学史尤其有着独特的分量和效应，这也正是瞿秋白后来要专门与鲁迅来讨论中国文学史"整理"的原因和苦心所系。

瞿秋白关注鲁迅在五四时期的文学创作，并由此探究其思想发展情况，其动机当然不是纯文学的。文学和鲁迅除了对于五四时期的文学史至关重要之外，二者对于五四时期的整段历史也非常重要。正如上面讨论的，关注鲁迅在文学革命期间的思想和艺术，不过是瞿秋白关注五四时期的中国政治史、社会发展史和思想革命史的一个引子而已。随着形势的发展，瞿秋白的党内地位的曲折变化、个人所处斗争战线的转移，瞿秋白对于中国革命史的写法问题越发关注。这一心愿日益紧迫，前有华岗《中国大革命史》第六章的发表，后有鲁迅赠杨筠如的《九品中正与六朝门阀》一事，共同敦促着瞿秋白进行更为系统而深入的探索。

五四文学革命的发生和发展已经是历史事实了，鲁迅是主力的参与者和实践者，而且是成绩卓著者。瞿秋白没有参与，时不我待，只能采取后设视角对此进行观照和扫描。政治革命史，尤其是共产主义在中国的革命实践史，瞿秋白则当之无愧具有发言权和理论资格。同理，也就有了革命的文学史叙述和"整理"的资格。在文学创作实践上，瞿秋白当然无法媲美鲁迅。但瞿秋白是革命家，在文学史观的"整理"上却有天然的资格。革命不就是以新规则开创新的秩序么？于是，瞿秋白从对鲁迅五四时期的文学实践和艺术思想的瞭望与扫描，转而进入对鲁

[①] 参见本书第四章第一节。

迅文学史观的"整理"。这也就意味着对五四文学发展史的阐释权和领导权的争夺。实际上，瞿秋白不仅要取得五四文学史这一段的解释权，他要"整理"的其实是从古代以来，尤其是自元代以降的文学史的解释权①，也就是一场对文学史观的彻底革命。

第二节　闻名·见面·抱团：从书信问答到翻译论战

——瞿秋白眼中的鲁迅（之二）

瞿秋白眼中的鲁迅，有时是"资产阶级的民权主义义者"，有时是"鲁迅先生"，有时甚至已然是"亲密的同志"。冯雪峰回忆说："两人还没有见面以前，秋白同志也是一看到我，就是'鲁迅，鲁迅'的谈着鲁迅先生，对他流露着很高的热情和抱着赤诚的同志的态度的。"②冯雪峰是鲁迅非常信任的人，而且有着明确的中共文艺战线领导人身份，他对鲁迅的相关回忆，无疑是迄今为止探讨鲁迅与中国共产党、左翼文学阵营的关系很重要而且很丰富的史料来源。③

当然，瞿秋白对鲁迅"抱着赤诚的同志的态度"里的"同志"，未必就一定是党内同一革命阵营的专称，但起码是"知己"与"同怀"——俗称同志加兄弟。然而，瞿秋白为何、如何才能把鲁迅从早期

---

① 为什么瞿秋白认为元代以降的文学史特别重要？因为他认为"从元曲时代到'五四'以前，可以说是现代的（资产阶级式）文学的史前时期"。参见瞿秋白：《关于整理中国文学史的问题》，载《瞿秋白文集》（文学编）第3卷，人民文学出版社1989年版，第84页。

② 冯雪峰：《回忆鲁迅》，人民文学出版社1957年版，第53—54页。

③ 参见人民文学出版社编辑部编：《冯雪峰与中国现代文学》，人民文学出版社1988年版。

"第三个城池"里"懂得欧化文的'新人'"①"资产阶级的民权主义者"②变成"同志"，又是怎么把一个"独自'呐喊'着，只有空阔里的回音"③的名作家鲁迅喊成"同志"呢?

一

冯雪峰说，瞿秋白与鲁迅接近是从1931年下半年开始的，"在这以前他们没有见过面。他们的相互认识和接近，是因为有一个左联"④。

1931年5月初，冯雪峰将4月25日刚出版的《前哨》创刊号，即《前哨》纪念战死者专号送给茅盾，在茅盾家中遇见瞿秋白。瞿秋白读了鲁迅在上面刊载的《中国无产阶级革命文学和前驱的血》一文，连声赞叹"写得好，究竟是鲁迅"⑤。看到瞿秋白的热情反应，出于对曾经的领导者的尊敬，冯雪峰就势请教，瞿秋白也乘便对左翼文化工作发表了一些意见。几天后，冯雪峰再去茅盾家，瞿秋白请冯雪峰找一个能比较长时间居住的地方，冯雪峰找到的就是瞿秋白后来入住的谢澹如家。暂时的安居以及与党的文化战线接上关系的喜悦，使瞿秋白顺利完成了从政治革命战线到文学革命战线的转换——尽管是身不由己。而对鲁迅"向

---

① 瞿秋白:《学阀万岁!》，载《瞿秋白文集》（文学编）第3卷，人民文学出版社1989年版，第200页。

② 瞿秋白:《"五四"和新的文化革命》，载《瞿秋白文集》（文学编）第3卷，人民文学出版社1989年版，第24页。

③ 瞿秋白:《荒漠里——一九二三年之中国文学》，载《瞿秋白文集》（文学编）第1卷，人民文学出版社1985年版，第311页。

④ 冯雪峰:《回忆鲁迅》，人民文学出版社1957年版，第50页。许广平认为瞿秋白和鲁迅亲近的原因是两人"同是从旧社会士大夫阶级中背叛过来的'逆子贰臣'"。参见许广平:《鲁迅回忆录》，作家出版社1961年版，第122页。

⑤ 冯雪峰:《回忆鲁迅》，人民文学出版社1957年版，第50—51页。

左转"写作的赞誉，以及瞿秋白完成的从政治革命战线到文学革命的战线的转换，则无疑是瞿秋白与鲁迅两人最终可以抱团的重要前提。

左联与《前哨》、茅盾和冯雪峰的撮合，不过让瞿秋白与鲁迅有抱团的可能。而真正推动鲁迅与瞿秋白抱团的，当然是关于翻译问题的论战。个中奥妙，从冯雪峰的相关回忆文字中，可以看得更明白：

> 这个共产党的著名人物，鲁迅先生当然是早已知道的。他是文学研究会的会员，是一个有天才的作家，鲁迅先生也当然知道的。所以，鲁迅先生从最初在我口里知道了秋白同志从事文艺的著译并愿意与闻和领导左联的活动的时候，就和我们青年人一样，很看重秋白同志的意见，并且马上把秋白同志当作一支很重要的生力军了，虽然那时他们还没有见过面。例如，最初我把秋白同志对于鲁迅先生从日本文译本转译的几种马克思主义文艺理论著作的译文的意见，转达给鲁迅先生的时候，鲁迅先生并不先回答和解释，而是怕错过机会似地急忙说："我们抓住他！要他从原文多翻译这类作品！以他的俄文和中文，确是最适宜的了。"鲁迅先生说这话时的兴奋和天真的情态，我实在无法形容，但总之我以为这正足以说明鲁迅先生的精神。接着，又平静地说："马克思主义的文艺理论，能够译得精确流畅，现在是最要紧的了。"那时候，鲁迅先生看重马克思主义的文艺理论的介绍和好的翻译（主要的是苏联作品，包括理论与创作），确实甚至超过了对于国内的创作，因为他认为只有这样的介绍和翻译，才能帮助我们的创作和批评的成长。
>
> 鲁迅先生当时是特别看重秋白同志的翻译的，只要有俄文的可介绍的或研究上有用的材料到手，我去时就交给我说："你去时带

给他罢。"①

鲁迅对瞿秋白的欣赏和心动，是因为瞿秋白在俄文和中文方面的语言和文学的"原文"才华。而瞿秋白之于鲁迅，恰似如渴得饮，想睡遇上枕头，瞿秋白的才华恰好满足了鲁迅当时的文学需求，正如冯雪峰所说的，"那时候，鲁迅先生看重马克思主义的文艺理论的介绍和好的翻译（主要的是苏联作品，包括理论与创作），确实甚至超过了对于国内的创作"。不仅如此，鲁迅还认为"马克思主义的文艺理论，能够译得精确流畅，现在是最要紧的了"。正因为如此，鲁迅"当时是特别看重秋白同志的翻译"。鲁迅突出表达的是对原汁原味的渴望，无论是理论还是作品。而这一切的久远的期待和焦灼的紧张，都因为瞿秋白的出现，而让鲁迅对瞿秋白产生了"以他的俄文和中文，确是最适宜的了"的欣慰感叹。在《多余的话》中，让瞿秋白颇为自得而且自信的，恰恰也是这一点。瞿秋白说："假使能够仔细而郑重的，极忠实的翻译几部俄国文学名著，在汉字方面每字每句的斟酌着也许不会'误人子弟'的。这一个最愉快的梦想，也比在创作和评论方面再来开始求得什么成就，要实际得多。"②

由此可见，瞿秋白与鲁迅实质上的思想结缘，深度契合之处在于"原文"的魅力和能力。事实上，也正是瞿秋白在"原文"上的能力，让他在稍后的翻译论战上大显神通，功莫大焉。因此，如果说鲁迅与梁实秋之间关于翻译问题的论战已经是气氛紧张的巴尔干半岛，那么瞿秋

① 冯雪峰：《回忆鲁迅》，人民文学出版社1957年版，第52—53页。

② 瞿秋白：《多余的话》，载《瞿秋白文集》（政治理论编）第7卷，人民出版社1991年版，第718页。

白的介入，就是点燃了这个促使战局扩大化和白热化的火药桶。

二

据《鲁迅与梁实秋论战文选》一书的编者璧华先生的梳理和理解，鲁迅和梁实秋的一系列论战，有其明晰的历史和问题发展脉络，本质问题是文艺观的差别与对立。璧华先生认为，梁实秋和鲁迅之间的论战，按论战文章的内容可以分为四个阶段或者四组论战，分别为：一、围绕着《卢梭论女子教育》的论争；二、围绕着"硬译"与"文学的阶级性"的论争；三、围绕着"好政府主义"的论争；四、围绕着"资本家的走狗"的论争。①

璧华先生的上述概括其实并不完全。在此之前，鲁迅和梁实秋其实已经有纠葛了。在1927年6月4日的《时事新报》上，梁实秋署名"徐丹甫"发表《北京文艺界之分门别户》。1927年2月18日，鲁迅赴香港讲演，20日回广州。1927年8月13日，鲁迅的《略谈香港》发表于《语丝》周刊第144期，里面提及看到香港《循环日报》1927年6月10日、11日对梁实秋署名"徐丹甫"发表的《北京文艺界之分门别户》的转载。在鲁迅与他人的论战史上，因为门户问题而起的文字论战其实不少。梁实秋的这篇《北京文艺界之分门别户》恰恰又牵涉到鲁迅所敏感的门户之见。高旭东先生认为："这可能是梁实秋一生中写过的唯一的一篇播弄是非的文章。"②

为了在更长的时段观察鲁迅和梁实秋之间的论战，我们不妨尽可能

① 璧华编：《鲁迅与梁实秋论战文选》，（香港）天地图书有限公司1979年版，导言第3页。

② 高旭东：《梁实秋 在古典与浪漫之间》，文津出版社2005年版，第45页。

罗列一下两人的论战往复的文章刊发动态，当然，有些当时没发表而直接收文入集中的文字也不错过。大致如下：

1926年12月15日，梁实秋在《晨报副刊》发表了被认为是"揭开了鲁迅和梁实秋论战的序幕"[①]的《卢梭论女子教育》一文。1927年12月21日鲁迅写了《卢梭和胃口》。此文于1928年1月7日发表于《语丝》周刊第4卷第4期。1927年12月23日，鲁迅又写了《文学和出汗》，1928年1月14日发表于《语丝》周刊第4卷第5期。1928年3月25日，梁实秋在《时事新报》发表《关于卢骚——答郁达夫先生》一文再次回应。1928年4月10日鲁迅写了《头》，于4月23日发表于《语丝》第4卷第17期。

1928年6月10日，在《新月》月刊第1卷第4期中，梁实秋发表了《文学与革命》。1929年9月10日（此为封面印刷的出版时间，实际出版时间应在1930年1月）《新月》第2卷第6—7期（编辑者为梁实秋）同时刊载了梁实秋的两篇文章——《文学是有阶级性的吗？》和《论鲁迅先生的"硬译"》。随后，鲁迅写《"硬译"与"文学的阶级性"》，1930年3月发表在《萌芽月刊》第1卷第3期。鲁迅的《文艺的大众化》1930年3月1日发表在《大众文艺》第2卷第3期。

在1929年10月10日（实际在1930年2月）[②]出版的《新月》第2卷第8期中，梁实秋发表《"不满于现状"，便怎样呢？》。在1929年11月

---

① 璧华编：《鲁迅与梁实秋论战文选》，（香港）天地图书有限公司1979年版，第18页。

② 付祥喜认为："第八期（1929年10月10日）登载了胡适翻译哈特的《扑克坦赶出的人》，文末注：'十九，二，三夜。'即此文译于1930年2月3日夜，由此推断，这一期《新月》的实际出版时间应在2月3日后。又，1930年2月3日是正月初五，也就是说，2月上旬正是春节期间。根据常理，第八期不会在这段时间出版，故其出版时间在2月中旬或下旬。考虑到因为过年，《新月》的编辑出版工作受影响，在2月下旬出版的可能性较大。"参见付祥喜：《新月考论》，中山大学2009年博士学位论文，第112—113页。

10日（实际应是1930年3月后）出版的《新月》第2卷第9期（编辑者为梁实秋）中，梁实秋发表《答鲁迅先生》和《无产阶级文学》。1930年1月10日（实际在5月1日后），在《新月》第2卷第11期中，梁实秋发表《"普罗文学"一斑》。1930年2月（实际应在1930年6月中下旬）[①]的《新月》第2卷第12期中，梁实秋发表《造谣的艺术》。

　　1929年10月上海水沫书店出版鲁迅翻译的《文艺与批评》[②]。1929年鲁迅写《新月批评家的任务》，1930年1月发表在《萌芽月刊》第1卷第1期。1930年4月17日鲁迅写《"好政府主义"》，1930年5月发表在《萌芽月刊》第1卷第5期。

　　1930年鲁迅写《非革命的急进革命论者》，发表于1930年3月1日《萌芽月刊》第1卷第3期，文章写道"《申报》的批评家对于《小小十年》虽然要求彻底的革命的主角，但于社会科学的翻译，是加以刻毒的冷嘲的，所以那灵魂是后一流，而略带一些颓废者的对于人生的无聊，想吃些辣椒来开开胃的气味。"

---

　　①　付祥喜认为："第十二期（1930年2月10日）卷首刊登了罗隆基的政论《我们要什么样的政治制度》，文末标注：'十九，六，五。'说明，这一期的实际出版日期在1930年6月5日后。必须注意到，这一期的版权页标明的出版日期，是'一九三〇年六月初版'，这个日期与扉页标注的'民国十九年二月十日'不一致。依据罗隆基的那篇政论写于1930年6月5日，而第十一期实际在5月底出版，那么，第十二期在6月初出版是不可能的，因此，版权页上标明的'一九三〇年六月初版'是拟定出版日期。但，既已拟定出版日期，实际出版的时间就不会拖太久，应在1930年6月中下旬。"参见付祥喜：《新月考论》，中山大学2009年博士学位论文，第113—114页。

　　②　《文艺与批评》是苏联卢那察尔斯基的文艺评论集，共收论文六篇。其中《托尔斯泰之死与少年欧罗巴》曾发表于《春潮》月刊，《托尔斯泰与马克思》和《苏维埃国家与艺术》曾发表于《奔流》月刊，其他3篇未在报刊上发表过。此书于1929年10月由上海水沫书店出版，列为"科学的艺术论丛书"之一。译者附记最初印入《文艺与批评》单行本卷末，未在报刊上发表过。

1930年3月，梁实秋的《"资本家的走狗"》发表于《新月》第2卷第9期。1930年4月19日鲁迅写《"丧家的""资本家的乏走狗"》，1930年5月发表于《萌芽月刊》第1卷第5期。1930年5月，梁实秋的《鲁迅与牛》发表于《新月》第2卷第11期。

1930年5月8日夜，鲁迅校毕《〈艺术论〉译序》，后发表于1930年6月《新地月刊》（即《萌芽月刊》第1卷第6期）。

1931年，鲁迅写《中国无产阶级革命文学和前驱的血》。1931年4月25日刊于《前哨》，署名L.S.。1931年3至4月间，鲁迅写《黑暗中国的文艺界的现状》。该篇是作者应当时在中国的美国友人史沫特莱之约，为美国《新群众》杂志而作，当时未在国内刊物上发表过。

1931年3月，赵景深在《读书月刊》第1卷第6期发表《论翻译》。文中为误译辩解说："我以为译书应为读者打算；换一句话说，首先我们应该注重于读者方面。译得错不错是第二个问题，最要紧的是译得顺不顺。倘若译得一点也不错，而文字格里格达，吉里吉八，拖拖拉拉一长串，要折断人家的嗓子，其害处当甚于误译。……所以严复的'信''达''雅'三个条件，我以为其次序应该是'达''信''雅'。"

1931年9月，杨晋豪在《社会与教育》第2卷第20期发表《从"翻译论战"说开去》一文，攻击当时马列主义著作和"普罗"文学理论的译文"生硬"，"为许多人所不满，看了喊头痛，嘲之为天书"。又说："翻译要'信'是不成为问题的，而第一要件却是要'达'！"

1931年9月后，鲁迅写《几条"顺"的翻译》。1931年12月20日刊于《北斗》第1卷第4期，署名"长庚"。文中指出："在这一个多年之中，拚死命攻击'硬译'的名人，已经有了三代：首先是祖师梁实秋教授，其次是徒弟赵景深教授，最近就来了徒孙杨晋豪大学生。"

1931年12月5日，瞿秋白给鲁迅去了一封长达七千余言的信，后以《论翻译》（署名"J.K."）为题连载于1931年12月11日《十字街头》第1期、1931年12月25日《十字街头》第2期。1931年12月28日，鲁迅回信答复瞿秋白，复信则以《论翻译——答J.K.论翻译》为题发表于1932年6月《文学月报》第1卷第1号。

1931年11月后，鲁迅写《风马牛》，发表于1931年12月20日《北斗》第1卷第4期，署名"长庚"。1932年4月26日，鲁迅写《做古文和做好人的秘诀》，此文在收入《二心集》前未在报刊上发表过。文中写道："自然，请高等批评家梁实秋先生来说，恐怕是不通的，但我是就世俗一般而言，所以也姑且从俗。"① 此后，鲁迅写《再来一条"顺"的翻译》，发表于1932年1月20日《北斗》第2卷第1期，署名"长庚"。

1932年6月20、28日，瞿秋白再次去信给鲁迅，后以《再论翻译答鲁迅》为题刊于1932年7月10日《文学月报》第1卷第2期。

关于翻译的讨论，在1933年达到顶点。除了上述文字，1933年前后，报刊和书籍中还出现了一系列以"论翻译"为题的理论文章，如胡适的《论翻译：寄梁实秋，评张友松先生徐志摩的曼殊斐儿小说集》、陈西滢的《论翻译》、赵景深的《论翻译》、国熙的《论翻译》、张伯燕的《论翻译》、曾觉之的《论翻译》、梁实秋的《论翻译的一封信》、林语堂的《论翻译》、叶公超的《论翻译与文字的改造——答梁实秋论翻译的一封信》、张梦麟的《翻译论》、李子温的《论翻译》、

──────────────

① 鲁迅：《做古文和做好人的秘诀》，载《鲁迅全集》第4卷，人民文学出版社2005年版，第276页。

林翼之的《"翻译"与"编述"》、大圣的《关于翻译的话》等。

鲁迅说1933年是"围剿翻译的年头"。1933年也是梁实秋攻击鲁迅"硬译"最激烈的时候。1933年8月14日鲁迅仍作《为翻译辩护》，1933年8月20日刊于《申报·自由谈》。直到1935年3月16日，鲁迅还写了一篇《非有复译不可》，刊于上海《文学》月刊第4卷第4号。该杂志第4卷第1号的《文学论坛》栏载有《今年该是什么年》一文，其中说："过去的一年是'杂志年'，这好像大家都已承认了。今年该是什么年呢？记得也早已有人预测过——不，祝愿过——该是'翻译年'。"

回溯一下上述这些最先因论北京文艺界的门户现象，后又因论卢梭而引发的往来论战文字，鲁迅和梁实秋的"论的"所在，其实就是对于人的普遍理解问题，连带有对文学艺术的普遍性的理解。如何看待人的普遍性，自然也就涉及如何理解革命人、人的文学、革命人的文学、革命人的翻译工作和翻译观等诸如此类的问题。璧华先生把它概括为文艺观的分歧和对立，只是看到就文艺而论文艺。事情的真相远非文艺可以概括，用通俗的话来说，其实还是鲁迅和梁实秋的世界观和人生观的根本差异。只不过有意思的是，人与人的世界观和人生观的差异，如果没有一些具体而微的人事的介入，其实并没有想象中和表现出来的那么大，仿佛判若鸿沟。最大的差异当然就是阶级分别了，不过，阶级在一定程度上是可以制造并人为划分出来的。况且，一旦相关因素发生变化和转移，阶级的差异也是变化的。

历史不能假设。梁实秋引起鲁迅注意的，一开始并不是文艺观和翻译观的差别，而是梁实秋关于北京文艺界的门户问题的私见。因为梁实秋有了门户之见以及关于这个门户之见的论列，鲁迅自然也就以门户之见待之和论之。这并非鲁迅的小气和梁实秋的不谨慎，而是自然之理与人之常情。联系梁实秋的那篇《北京文艺界之分门别户》，再联想到1928年3月10日《新月》月刊上徐志摩发表的《"新月"的态度》，"卢梭、翻译、硬译、文学与革命、大众化、阶级性、好政府主义、资本家的走狗、造谣"等论战中的语汇，纷纷出现在鲁迅与梁实秋的论战之中，其实是理之必然。论题的变迁和往复推移，其前因后果也就比较了然了。

而在这些形形色色的论战关键词中，关于"翻译"的论争最为引人注目。原因其实也很清楚：因为翻译问题不仅涉及政治、人事、公私，而且还兼及学术、时尚和思想；不仅事关前面的民族主义文学论战，而且也与后面的文艺大众化论战有关；不仅关涉"新月派"和"语丝派"的恩怨，而且也与"某地某籍"的门户之争有所关联。1932年鲁迅编好《二心集》，同年10月初版。《二心集》收录了鲁迅在1930年至1931年间所写的杂文37篇，其中至少有8篇涉及翻译论战。翻译论战之于鲁迅的重要性，可想而知。兼及上述所言的翻译论战问题的横生枝节的复杂性，想必这就是翻译论战会成为三十年代文坛轰动一时、持续较为久远的一次论战的背景和原因吧。1933年8月14日，鲁迅作《为翻译辩护》。文中说1933年是"围剿翻译的年头"。鲁迅用了"围剿"二字，联系1933年的中央苏区的战事背景，应该可以理解鲁迅身陷翻译论战中的愤慨心态，乃至于鲁迅会说："指摘坏翻译，对于无拳无勇的译者是不要紧的，倘若触犯了别有来历的人，他就会给你带上一顶红帽子，简直要你的性命。这现象，就使批评家也不得不含胡了。"①翻译与"红帽子"相关，尽管鲁迅是出于讽刺，但也点出了翻译论战本身的政治

---

① 鲁迅：《为翻译辩护》，载《鲁迅全集》第5卷，人民文学出版社2005年版，第275页。

性、时尚性、思想性和非私人性绞缠的特殊意味。

1933年之后鲁迅和梁实秋的互相攻击少了，"大概是在国民党政府真正对'左翼'文学家实行暴力镇压的时候，梁实秋没有落井下石而是反过来替'左翼'文学说话而谴责政府的缘故，而且梁实秋的翻译莎士比亚肯定获得了鲁迅内心的认同，因为鲁迅曾劝林语堂翻译莎士比亚，可是却被林语堂拒绝了"①。

综观翻译论战，事实上，与梁实秋在文学翻译观点上究竟有多大分歧，深谙艺术的鲁迅自己应该是非常清楚的。说白了，更多是因为文艺观上的门户分野而导致的翻译观上的立场差别。相反，就翻译艺术而言，瞿秋白侧重现实革命生力军培育和政治动员的翻译观（不仅仅是文学翻译），较之梁实秋侧重艺术审美上的翻译观，反倒是与鲁迅相隔一层。可是，尽管瞿秋白与鲁迅的翻译观同中有异②，但由于一开始二者的互相尊重而带来的情感与论战立场认同，又因为论战立场的互相认同而促使论战观点趋同，反而使得鲁迅对瞿秋白的翻译才能③和立场产生了更大认同和更高赞赏。

因此，瞿秋白和鲁迅尽管翻译观点不同（和梁实秋倒是相近），但最终却因翻译论战成了战友、知己与同怀，而梁实秋则与鲁迅成为终身译敌。这当然并非说鲁迅在事关翻译的真理探求上存在偏差，但客观上说，从事翻译不仅仅是才华问题，更是一项涉及人事的功业。于是，关

---

① 高旭东：《梁实秋　在古典与浪漫之间》，文津出版社2005年版，第61页。

② 关于瞿秋白和鲁迅二者翻译观的异同，王薇生先生有较好的辨析。参见王薇生：《开拓俄苏文学翻译园地的辛勤园丁——鲁迅、瞿秋白翻译比较观》，载瞿秋白纪念馆编：《瞿秋白研究》第3辑，学林出版社1991年版，第217—231页。

③ 参见范立祥写的关于瞿秋白翻译艺术的赏鉴式系列论文《瞿秋白翻译艺术探微》，该论文分六次刊载于《瞿秋白研究》第3、4、5、6、8、10辑。

于翻译的论战，本来不过是语言艺术的文类转换，但就梁实秋与鲁迅、瞿秋白三人而言，却翻转出了一段对感情与人事交会时旁逸斜出的思想史理解与同情。

三

瞿秋白何时介入、如何介入、为什么要介入鲁迅和梁实秋之间的翻译论战呢？介入效果又如何呢？

1931年9月3日，瞿秋白写了《苦力的翻译》，指出了翻译问题上革命立场的重要性。同时期，瞿秋白接受鲁迅委托，重译俄国卢那察尔斯基的剧作《解放了的董·吉诃德》①和《铁流》的序言②。据相关回忆，"这时候，两人不但还没有见过面，并且也没有什么通信"③。此时此刻两人在翻译观上并无交流，瞿秋白对鲁迅与梁实秋已经持续了一年的翻译论战也没有公开的发言。

瞿秋白和鲁迅"两人最初的见面"，根据冯雪峰的回忆是"大概就在《毁灭》译本出版的时候"④，可见，瞿秋白和鲁迅的直接交往，最早也应该在大江书铺版的《毁灭》⑤出版之后，即1931年10月前后。另

马克思主义传播语境下的
中国左翼文学现场研究

---

① 第一场是鲁迅从日文本转译，第二场开始由瞿秋白从俄文本直接译出。

② 瞿秋白：《给鲁迅和冯雪峰的短简》，《新文学史料》1982年第4期。

③ 冯雪峰：《回忆鲁迅》，人民文学出版社1957年版，第54页。

④ 冯雪峰：《回忆鲁迅》，人民文学出版社1957年版，第55页。

⑤ 鲁迅翻译的苏联作家法捷耶夫名著《毁灭》的两个版本，是中国最早的两个中文译本版本。一本是1931年9月30日由上海大江书铺出版，译者署名"隋洛文"（鲁迅的一个笔名，以示对国民党称他为"堕落文人"的反击）；另一本是1931年10月由三闲书屋（鲁迅自印书的托名机构）出版，译者署名为"鲁迅"。大江书铺版只印了一版，三闲书屋版后来又再版过。参见《鲁迅译著〈毁灭〉的两个版本》，《人民日报海外版》2005年10月27日。

有一说，是1932年夏末。[①]1931年12月5日，瞿秋白读完了鲁迅送给他的、由鲁迅亲自翻译的小说《毁灭》。瞿秋白随即就小说出版意义和翻译问题，给鲁迅去了一封长达七千余言的信。1931年12月28日，鲁迅回信答复瞿秋白。瞿秋白的这封信，后来以《论翻译》（署名"J.K."）发表在《十字街头》第1—2期（1931年12月11日、25日出版）。鲁迅的答复信则以《论翻译——答J.K.论翻译》为题，发表在《文学月报》第1卷第1期。在瞿秋白写于1931年12月5日的《论翻译——给鲁迅的信》中，瞿秋白说："我们是这样亲密的人，没有见面的时候就这样亲密的人。"据此可知，1931年末前两人没见过面。再者，1932年6月20、28日，瞿秋白还再次去信和鲁迅讨论翻译问题，并以《再论翻译答鲁迅》刊于《文学月报》第1卷第2期（1932年7月10日出版）。信中两人的讨论仍旧未表露出二人有过会面，由此推论，见面大概也就是1932年夏末，瞿秋白由冯雪峰陪同，与鲁迅第一次见面，从此开始他们的并肩战斗。

可见，瞿秋白和鲁迅在翻译问题上的联系，最初只是缘于一些翻译任务的委托，渐渐地瞿秋白才有机会与鲁迅讨论翻译的问题。鲁迅对瞿秋白中俄翻译才华的赏识，当然使得瞿秋白有胆量和自信主动与鲁迅讨论翻译问题，甚至敢于纠正鲁迅的一些观点。而且，也正因为在翻译问题上两人存在分歧，所以才会有此后的一论再论。显然，瞿秋白和鲁迅之间关于翻译问题的三封通信的发表，是瞿秋白和鲁迅关于翻译问题的一次公开互动，个中有辩驳也有潜在的质疑和回应，但体现出来的两人

---

① 周建人的回忆是"初秋"。丁景唐先生经过考证后认为是1932年的夏秋之交间。参见丁景唐：《鲁迅和瞿秋白的革命友谊》，载丁景唐、陈铁健、王关兴等：《瞿秋白研究文选》，天津人民出版社1984年版，第260页。

的情感趋近和思想遇合是毫无疑问的。

瞿秋白与鲁迅在情感上的相互趋近，除了三封翻译通信的发表，也存在外在因素的推动。其中，鲁迅和梁实秋之间关于翻译文学的论战，就在这其中起着至关重要的推动的作用。当然，与其说是因为翻译论战让瞿秋白和鲁迅相互靠近，不如说是瞿秋白和鲁迅因为翻译任务而牵合的翻译观的讨论，使得瞿秋白注意到了鲁迅和梁实秋之间的翻译论战，也使得瞿秋白从更高、更严的要求介入了这场从艺术的翻译观滑入翻译观的立场之争的论战。所以事实上，正是瞿秋白与鲁迅的这些翻译通信的发表，成为鲁迅和梁实秋翻译论战再起高潮的"导火线"①。

一般来说，主动介入某种纠葛，即便是学术论战，无非两个理由：一是与其有重大利害关系，二是相信自己可以抗衡对方。瞿秋白主动介入鲁迅和梁实秋的翻译论战，也同样如此。除了瞿秋白对自己的翻译才华有着相当自信之外，还因为翻译论战对瞿秋白而言有着相当的利害关系，只不过这种利害源于"非私人"的考虑，因为瞿秋白首先是个政治革命家，而且是个负有领导责任的革命政治家——尽管彼时已经大不如前。

另一方面，二十世纪三十年代的左联时期，是鲁迅在上海靠写作为生的时期，也是鲁迅思想日益走向革命的阶段。此刻的鲁迅，刚刚经受了太阳社和创造社等团体的围攻，又纠缠于梁实秋漫长的翻译论战。瞿秋白此时此刻写的这封信，一方面，不自觉地介入了并且再次激发了梁实秋和鲁迅的翻译论战；另一方面，也在关键时候给了鲁迅莫大的来自革命阵营的道义支持。瞿秋白说："我觉得对于这个问题，我们

---

① 张柏然、许钧主编：《面向21世纪的译学研究》，商务印书馆2002年版，第594页。

要有勇敢的自己批评的精神，我们应当开始一个新的斗争。你以为怎么样？"①"《毁灭》的出版，始终是值得纪念的。我庆祝你。希望你考虑我的意见，而对于翻译问题，对于一般的言语革命问题，开始一个新的斗争。"②瞿秋白希望把鲁迅的这种努力"变成团体的"，他明确地指出：

> 你的努力——我以及大家都希望这种努力变成团体的，——应当继续，应当扩大，应当加深。所以我也许和你自己一样，看着这本《毁灭》，简直非常的激动：我爱它，象爱自己的儿女一样。咱们的这种爱，一定能够帮助我们，使我们的精力增加起来，使我们的小小的事业扩大起来。③

反过来，鲁迅之前是出于对瞿秋白的中俄文之间的翻译才能的欣赏，才与瞿秋白有翻译事务上的交流。但这封关键时候的正儿八经的关于翻译问题的来信，却让鲁迅感觉获得了"同志"和"朋友"的理论支援，尽管瞿秋白对鲁迅的翻译观更多是出于革命立场上的赞同。但在革命角力氛围笼罩的年代（事实上，在讲求成者为王败者寇的中国式人事与功业逻辑的语境下，大多数的学术讨论都是如此），学术观点上的正确与否，远不如讨论立场上的一致与否重要。尽管就语言翻译才华而

---

① 瞿秋白：《论翻译——给鲁迅的信》，载《瞿秋白文集》（文学编）第1卷，人民文学出版社1985年版，第509页。

② 瞿秋白：《论翻译——给鲁迅的信》，载《瞿秋白文集》（文学编）第1卷，人民文学出版社1985年版，第513页。

③ 瞿秋白：《论翻译——给鲁迅的信》，载《瞿秋白文集》（文学编）第1卷，人民文学出版社1985年版，第505页。

言，梁实秋并不逊于瞿秋白，但瞿秋白郑重而稳健的革命化的翻译理论支持，却使得鲁迅因此对瞿秋白的翻译才能和翻译立场产生了更大的认同和更高的赞赏。

毋庸讳言，瞿秋白对自己的俄文的翻译才华和中文的文学修养有着相当的自信，甚至是自负。如果不是因缘际会进入革命政治，瞿秋白肯定会喜欢当一个新旧兼容的过渡时代的知识分子，这也是可以想见的。实事求是地说，当一个知识分子、文人或者现代作家，一直是瞿秋白心中的梦想。因此，在与鲁迅相遇的路上恰逢"翻译问题论战"这一盛事，瞿秋白此时此刻选择介入翻译问题的论战，绝对不是一个率性的轻易之举。

显而易见的理由，起码有三点：第一，这是一个可以让瞿秋白找到自己与鲁迅、梁实秋等学术思想知识精英们进行对话、切磋的机缘。当然，瞿秋白肯定也认为，除了文艺战线上的政治谋划外，这更是他为自己开辟学术政治战线的一个大好时机。因为翻译论战不仅仅涉及语言文学的才华，更关系到对现代中国学术思想发展逻辑的发言权、领导权的掌控。第二，更有意思的是，瞿秋白介入翻译论战，并非只是纯粹地帮鲁迅站台和助阵，他是左右开弓——既有在内部的对鲁迅的说服，也有在外部的与梁实秋等人的斗争。第三，论争双方对瞿秋白而言的意义是不一样的——就鲁迅而言，是战斗中的统合；就梁实秋而言，是阶级斗争（或言"阶级性"的论争）在翻译场域中的开展。正是基于以上考量，瞿秋白介入这场翻译论战就有着多重面相，这不仅让瞿秋白与鲁迅的关系讨论有了更丰富的思想空间，也使得这场翻译论战变得更有学术和历史的张力。怪不得瞿秋白会说："可是，谁能够说：这是私人的事情？！谁？！"①的确，这场翻译论战无论对哪一方而言，都不会仅仅是"私人的事情"，但也并非与"私人的事情"无关。

于是，学术论战迅速与立场结盟，二者难解难分，论辩中的人的力量的分化组合也在同步完成。在鲁迅与梁实秋二者论战最艰难的时刻，瞿秋白因缘际会地支援了鲁迅；而在三次与左联关系密切的文艺论战里，鲁迅也以左联盟员的身份发出了自己的"战叫"。至此，"战友"就不再是瞿秋白单方面的认同性称呼，而已经是一种瞿秋白和鲁迅之间的"共识"。可见，瞿秋白和鲁迅之间的"异乎寻常的亲密友谊"②，乃是在现实社会斗争、思想归化与日常交往的互动中形成的。这当然是基于左联这一个平台，尽管鲁迅在台前，瞿秋白在幕后。现在，因翻译论战二者深度结缘，从论战同音变成立场同盟，当然也形成了力量共同体。

瞿秋白和鲁迅的交往，自此从思想幕后走向了现实政治角力的前台，形成了文化政治意义上的合力与交集。随后，事实上起码要等到1931年的9月份之后，瞿秋白才开始和鲁迅展开一系列的文学合作，有文学论战的调度、编书（集子）、合写杂文、评鉴欣赏等等。当然，文学合作而双美的事情，综观历史可谓稀少，但二人政治的文学合作却是佳话连连，从闻名到见面，从见面到抱团，从谈文学到论翻译，从翻译论战到文学政治的合作。此时此刻，瞿秋白眼中的鲁迅，当然不仅仅是那

---

① 瞿秋白：《论翻译——给鲁迅的信》，载《瞿秋白文集》（文学编）第1卷，人民文学出版社1985年版，第504页。

② 丁景唐：《鲁迅和瞿秋白友谊的丰碑——鲁迅帮助出版瞿秋白著译的经过》，《中南民族学院学报》（哲学社会科学版）1982年第1期。

个孤独呐喊的作家，也不再是单纯的"资产阶级的民权主义者"①了，他是"敬爱""亲爱"的"同志"。对于瞿秋白而言，鲁迅已经是"我们"——"我们是这样亲密的人，没有见面的时候就这样亲密的人"。②

第三节　从"相得"到"怀念"：合撰、互评与"余谈"
——瞿秋白眼中的鲁迅（之三）

1932年12月7日，瞿秋白重录15年前的旧体诗《雪意》书赠鲁迅并加了跋语。1933年春，鲁迅书赠瞿秋白一副字——"人生得一知己足矣，斯世当以同怀视之"。瞿秋白与鲁迅的书赠酬答，无疑成就了后世人际交往的美谈，何况这种美谈又是发生于二十世纪三十年代的鲁迅与革命者之间呢。

不仅如此，这也被认为是瞿秋白和鲁迅交谊的顶点。然而事情并非如此简单。

一

瞿秋白的七绝《雪意》如下：

雪意凄其心惘然，江南旧梦已如烟。

天寒沽酒长安市，犹折梅花伴醉眠。

---

① 瞿秋白：《"五四"和新的文化革命》，载《瞿秋白文集》（文学编）第3卷，人民文学出版社1989年版，第24页。

② 瞿秋白：《论翻译——给鲁迅的信》，载《瞿秋白文集》（文学编）第1卷，人民文学出版社1985年版，第512页。

该诗写于1917年底或1918年初，集中了中国古典文人诗词中关于花、酒的典型意象，鲜明呈现了瞿秋白浓重的古典文人审美情趣，传达着对现实人生的彷徨与颓唐，是其当时低沉抑郁心情的反映：一边凄然作别如烟的"江南旧梦"，一边遥想"天寒沽酒长安市，犹折梅花伴醉眠"；一方面是厌世主义，悲观情绪弥漫，另一方面则有理智化的自我警醒。

　　历经革命烈火淬炼的瞿秋白，在十五年后仍不悔少作，重录并书赠鲁迅，可见他本人对该诗艺术之自得和诗思的认可。乃至于重录此诗时，瞿秋白坦言"今日思之，恍如隔世"，言下之意是感慨自己变化之巨，但也可能有"陌生化"之后重新发现新我中之旧我的讶异。可以说，抄录此诗赠给鲁迅，既是瞿秋白对鲁迅的一种感情认同与知己酬唱，也不乏瞿秋白以此种形式向鲁迅呈现自己所自得的某种自我形象认同的意思。

　　至于鲁迅书赠条幅给瞿秋白一事，也并非礼尚往来、一来一往那么简单。书赠的过程本身就有着一番转折。

　　周建人回忆："对联中的话，鲁迅说是录何瓦琴的话，我记得是秋白说的，而鲁迅有同感，所以书录下来，又赠送给秋白。后来有人纠正我，说何瓦琴在历史上确有此人。可能我记错了，也可能这句话是秋白找来的，而鲁迅书写了。总之，这句话代表两人的共同心意。"①

　　何瓦琴是清代学者何溱，字方谷，号瓦琴，浙江钱塘人。工金石篆刻，著有《益寿馆吉金图》。清代徐时栋《烟屿楼笔记》有这样一段记载："何瓦琴溱集禊帖字属书云：人生得一知己足矣，斯世当以同怀视

---

　　① 　周建人：《我所知道的瞿秋白同志》，原载《解放军报》1980年3月16日，后改题为《我所知道的瞿秋白和鲁迅》，引自周建人：《回忆大哥鲁迅》，上海教育出版社2001年版，第151页。

之。亦佳。"　"稧帖"即《兰亭集序》帖，也就是说，鲁迅书赠的这副对联文字，其实是何瓦琴从王羲之《兰亭集序》中集字创作的。

平心而论，一般来说，要送人的字幅，上面所要写的内容，情形大约有两种：一种是赠书人胸有成竹，早已经想好要写的内容，能表明赠书人对彼此双方的情感判断，也是自我形象展示，更是对受赠方的期待；另一种是在问询受赠人的情况下临时决定书写内容，这或许可以表明双方对彼此关系在当时情境下的共识，乃至只是受赠方的自我期待。而对于后一种情形下的"共识"程度的判断，是"同感"还是"心契"，当然因人而异。瞿秋白选择这句带有集句性质的文字来概括自己与鲁迅之间的友谊关系，确也吻合瞿秋白在情感集约与自我表达上的一个习惯。[①]在这个意义上，我认为，鲁迅书赠此条幅文字赠予瞿秋白，与其说是双方对彼此关系在当时情境下的一种"共识"，不如说是他们对于人世交谊理想状况的一种期许和美好想象。

鲁迅与瞿秋白的关系，是否达到"人生得一知己足矣，斯世当以同怀视之"这一高度，是"同感"还是"心契"，每个人的理解和定位似乎都有偏差。这种理解的偏差，小则关乎对鲁迅和瞿秋白之间的关系的理解，大则关乎鲁迅与左联、革命文学阵营的关系考量。

但不管作何解释，这两次赠书行为奠定了此后所有关于瞿秋白与鲁迅之间的友谊讨论的基础。瞿秋白与鲁迅的友谊，无论立场如何，视角如何变换，都是不容怀疑的存在。而大致说来，在两人的友谊进程中，

① 1935年5月9日瞿秋白被解到国民党三十六师师部——汀州（今福建省长汀县），6月18日就义。长汀狱中一个多月，瞿秋白写了七首旧体诗词，除两首依旧题而作的词外，唐人集句诗和唐人趣旨浓厚的旧体诗是瞿秋白最喜欢的体裁。参见傅修海：《时代觅渡的丰富与痛苦——瞿秋白文艺思想研究》，中国社会科学出版社2011年版，第401—402页。

瞿秋白的主动性和个人情感色彩比较浓厚，鲁迅则显得持重而理性。

需要注意却是，在瞿秋白眼中"鲁迅是谁"本身是在变化的，这不仅因为二者友谊进程是动态的，而且还因为瞿秋白作为革命政治家所处际遇、语境和情境的变化与需要。毕竟对瞿秋白来说，在个人与革命之间，后者是绝对占压倒性优势的考量。因此，和翻译问题一样，"鲁迅是谁"这个问题对瞿秋白而言，绝对也不仅仅是"私人的事情"。瞿秋白与鲁迅之间的交往与情感，瞿秋白眼中的鲁迅，始终存在着多种面相。

二

1933年2月17日，萧伯纳来华游历抵达上海，社会各界都纷纷做出反应。这一文化界的盛事，瞿秋白与鲁迅自然不会无动于衷。2月22日，瞿秋白与鲁迅通力合作，两人又是翻译，又是编辑，还要考虑书籍的出版，终于以最快的速度整合成《萧伯纳在上海》[①]一书。这本小书，迄今为止引发的思考和讨论不多，但其意义却着实耐人寻味。这显然不是一般意义上的编书、翻译和出版行为。[②]

① 《萧伯纳在上海》，原版注明"乐雯剪贴翻译并编校，鲁迅序"。瞿秋白和鲁迅合作编译这本书，有着经济收益和政治文化上的双重考虑。郝庆军先生在其博士论文中曾对后者有深入的"意识形态"角度切入的"文本"分析。他认为《萧伯纳在上海》是"一个远为复杂而且有相当政治抱负的文本"，形成了"一个众声话语交互对话、交锋的语言场域"，具有"广阔的世界视野和卓越的透视功能"，通过"精心编排的结构"，运用"语言间的转换所造成的缝隙"来实现"精彩的意识形态分析及其解构策略"。参见郝庆军：《诗学与政治：鲁迅晚期杂文研究（1933—1936）》，文化艺术出版社2007年版，第168、173、179页。

② 有论者从"媒介批评史"的角度论说此书的价值，颇有以今律往的弊病。相关讨论，见胡正强：《论〈萧伯纳在上海〉在中国媒介批评史上的地位》，《当代传播》2006年第5期；胡正强：《中国现代媒介批评研究》，中国传媒大学出版社2010年版；胡丹：《"〈萧伯纳在上海〉是媒介批评专著"观点驳正》，《青年记者》2011年第32期。

萧伯纳访华和抵达上海的诸多反应，当然不是一般意义上的文化事件。[1]在1933年革命中国的语境里，尤其是在上海那个半殖民地化的租界混杂区域里，如何看待萧伯纳，如何化萧伯纳访华事件及其对社会、思想、文化的舆论影响为自己所用，诚然已经是一种政治角力问题。[2]

在鲁迅看来，对萧伯纳访华这一社会思想文化的焦点现象的关注，具有文化批判意味的纵观全局之意，"是作为一种社会文化现象看待的"[3]，态度也比较客观。但在瞿秋白看来，此时此刻此地去编辑和出版一本这样的书，说白了，就是进行专题的社会舆论、思想文化的材料汇编。由于萧伯纳的言论并不利于左翼革命政治，瞿秋白汇编相关报道并成书出版，其目的显然在于呈现这些形形色色文章背后的不同政治立场和思想态度——"看看真的萧伯纳和各种人物自己的原形"[4]。

毫无疑问，这当然也是一种斗争，而且是一种反向出发的策略性斗争。

有意思的是，瞿秋白这政治斗争的逆向思维，与鲁迅看待此事的文化批判思维，二者天然存在着潜在的逻辑汇通。他们于是想到一块去了。《萧伯纳在上海》的编译、校对和出版，因此成为瞿秋白与鲁迅的一桩共同奋斗佳话。毕竟逆向斗争思维与文化批判的思维，政治旨趣的批判斗争与文化角度的反思，有时候是一体两面的事情。

---

① 倪平编著：《萧伯纳与中国》，河北人民出版社2001年版。

② 关于萧伯纳访华一事在当时引起的社会反响，参见刘涛：《身份模糊的戏剧家——萧伯纳在现代中国》，《西藏大学学报》（社会科学版）2012年第3期。

③ 张杰：《鲁迅：域外的接近与接受》，福建教育出版社2001年版，第164页。

④ 瞿秋白：《写在前面——他并非西洋的唐伯虎》，载《瞿秋白文集》（文学编）第2卷，人民文学出版社1986年版，第300页。

参考文献

一、中文文献

瞿秋白文集及研究文献

瞿秋白：《瞿秋白文集》（文学编第1—6卷），人民文学出版社1985—1989年版。

瞿秋白：《瞿秋白文集》（政治理论编第1—8卷），人民出版社1987—1998年版。

周永祥：《瞿秋白年谱新编》，学林出版社1992年版。

姚守中、耿易、马光人编著：《瞿秋白年谱长编》，江苏人民出版社1993年版。

丁言模、刘小忠编著：《瞿秋白年谱详编》，中央文献出版社2008年版。

周红兴：《瞿秋白诗歌浅释》，广西人民出版社1981年版。

王铁仙：《瞿秋白论稿》，华东师范大学出版社1984年版。

杨之华：《回忆秋白》，人民出版社1984年版。

丁守和：《瞿秋白思想研究》，四川人民出版社1985年版。

冒炘：《瞿秋白研究》，中国矿业大学出版社1989年版。

韩斌生：《瞿秋白与中国现代文化》，江苏人民出版社1989年版。

邓中好：《瞿秋白哲学研究》，中国文史出版社1992年版。

刘福勤：《从天香楼到罗汉岭——瞿秋白综论》，广西师范大学出版社1995年版。

唐宝林、陈铁健：《陈独秀与瞿秋白》，中国青年出版社1997年版。

季甄馥：《瞿秋白哲学思想评析》，华东师范大学出版社1998年版。

许京生：《瞿秋白与鲁迅》，华文出版社1999年版。

刘小中：《瞿秋白与中国现代文学运动》，南京大学出版社2002年版。

吴之光编著：《瞿秋白家世》，中央文献出版社2003年版。

孙克悠：《瞿秋白平反工作纪实》（内部资料），中国方正出版社2005年版。

丁景唐、文操编：《瞿秋白著译系年目录》，上海人民出版社1959年版。

《瞿秋白百周年纪念》编辑组编：《瞿秋白百周年纪念：全国瞿秋白思想研讨会论文集》，中央文献出版社1999年版。

孙淑、汤淑敏主编：《瞿秋白与他的同时代人》，南京大学出版社1999年版。

汤淑敏、蒋兆年、叶楠主编：《瞿秋白研究新探》，南京大学出版社2003年版。

刘林元、周显信等：《瞿秋白对毛泽东思想形成的重要贡献》，中央文献出版社2005年版。

赵元明编：《烈士传》，大众书店1946年版。

王士菁编著：《瞿秋白传》，四川人民出版社1985年版。

王观泉：《一个人和一个时代——瞿秋白传》，天津人民出版社1991年版。

陈铁健：《从书生到领袖——瞿秋白》，上海人民出版社1995年版。

王铁仙：《瞿秋白文学评传》，百花文艺出版社1987年版。

王铁仙、刘福勤主编：《瞿秋白传》，人民出版社2011年版。

瞿秋白纪念馆编：《瞿秋白研究》（第1—18辑），1989—2015年。

江苏省瞿秋白研究会主办：《瞿秋白研究论丛》（第1—11辑），2007—2019年。

胡明：《瞿秋白的文学世界：马克思主义文艺的理论与实践》，中国社会科学出版社2013年版。

瞿秋白著，周楠本编：《多余的话：瞿秋白狱中反思录》，（台湾）独立作家出版社2015年版。

周淑芳：《瞿秋白在马克思主义中国化中的理论贡献》，武汉大学出版社2016年版。

汪禄应：《瞿秋白汉语现代化的探索》，中国文联出版社2016年版。

瞿独伊、李晓云编注：《秋之白华：杨之华珍藏的瞿秋白》，人民文学出版社2018年版。

胡仰曦：《痕迹：又见瞿秋白》，人民文学出版社2019年版。

张历君：《瞿秋白与跨文化现代性》，（香港）香港中文大学出版社2020年版。

张丽：《瞿秋白文化思想研究》，中国社会科学出版社2021年版。

译著

高尔基：《俄国文学史》，缪灵珠译，新文艺出版社1956年版。

夏志清：《中国现代小说史》，刘绍铭编译，（台湾）传记文学出版社1979年版。

埃德加·斯诺：《西行漫记》，董乐山译，生活·读书·新知三联书店1979年版。

青木正儿：《中国文学思想史》，孟庆文译，春风文艺出版社1985年版。

林毓生：《中国意识的危机》，穆善培译，贵州人民出版社1986年版。

戴维·莱恩：《马克思主义的艺术理论》，艾晓明、尹鸿、康林译，湖南人民出版社1987年版。

佛克马、易布思：《二十世纪文学理论》，林书武、陈圣生、施燕等译，生活·读书·新知三联书店1988年版。

克莱尔·霍林沃思：《毛泽东和他的分歧者》，高湘泽、尹赵、刘辰诞译，河南人民出版社1989年版。

莫里斯·迈斯纳：《李大钊与中国马克思主义的起源》，中共北京市委党史研究室编译组译，中共党史资料出版社1989年版。

保罗·皮科威兹：《书生政治家——瞿秋白曲折的一生》，谭一青、季国平译，中国卓越出版公司1990年版。

托洛茨基：《文学与革命》，刘文飞、王景生、季耶译，外国文学出版社1992年版。

洪长泰：《到民间去——1918—1937年的中国知识分子与民间文学

运动》，董晓萍译，上海文艺出版社1993年版。

斯·舍舒科夫：《苏联二十年代文学斗争史实》，冯玉律译，上海译文出版社1994年版。

费德林等：《前苏联学者论中国现代文学》，宋绍香译，新华出版社1994年版。

曼瑟尔·奥尔森：《集体行动的逻辑》，陈郁、郭宇峰、李崇新译，生活·读书·新知三联书店上海分店、上海人民出版社1995年版。

玛利安·高利克：《中国现代文学批评发生史（1917—1930）》，陈圣生、华利荣、张林杰等译，社会科学文献出版社1997年版。

周策纵：《五四运动：现代中国的思想革命》，周子平等译，江苏人民出版社1999年版。

马克·斯洛宁：《现代俄国文学史》，汤新楣译，人民文学出版社2001年版。

安敏成：《现实主义的限制》，姜涛译，江苏人民出版社2001年版。

费约翰：《唤醒中国：国民革命中的政治、文化与阶级》，李霞等译，生活·读书·新知三联书店2004年版。

雷蒙德·威廉斯：《马克思主义与文学》，王尔勃、周莉译，河南大学出版社2008年版。

雅克·朗西埃：《文学的政治》，张新木译，南京大学出版社2014年版。

长堀祐造：《鲁迅与托洛茨基》，王俊文译，（台湾）人间出版社2015年版。

彼得·伯克：《图像证史》，杨豫译，北京大学出版社2019年版。

中井政喜：《革命与文学：1920年代中国文学批评新论》，许丹诚译，福建教育出版社2020年版。

迪克·赫伯迪格：《隐在亮光之中——流行文化中的形象与物》，席志武译，重庆大学出版社2020年版。

张秋华、彭克巽、雷光编选：《"拉普"资料汇编》上册，中国社会科学出版社1981年版。

杨柄编：《马克思恩格斯论文艺和美学》，文化艺术出版社1982年版。

中国社会科学院文学研究所文艺理论研究室编：《列宁论文学与艺术》，人民文学出版社1983年版。

白嗣宏编选：《无产阶级文化派资料选编》，中国社会科学出版社1983年版。

费正清主编：《剑桥中华民国史》（第一、二部），章建刚等译，上海人民出版社1991—1992年版。

罗德里克·麦克法夸尔、费正清主编：《剑桥中华人民共和国史（1966—1982）》，金光耀等译，上海人民出版社1992年版。

王德威主编：《哈佛新编中国现代文学史》，（台湾）麦田出版2021年版。

其他文献

李何林等：《中国新文学史研究》，新建设杂志社1951年版。

蔡仪：《中国新文学史讲话》，新文艺出版社1952年版。

丁易：《中国现代文学史略》，作家出版社1955年版。

冯雪峰：《回忆鲁迅》，人民文学出版社1957年版。

北京师范学院中文系汉语教研组编著：《五四以来汉语书面语言的

变迁和发展》，商务印书馆1959年版。

许广平：《鲁迅回忆录》，作家出版社1961年版。

王瑶：《中国新文学史稿》，上海文艺出版社1982年版。

萧公权等：《近代中国思想人物论——社会主义》，（台湾）时报
文化出版事业有限公司1982年版。

江西师范大学中文系苏区文学研究室编著：《江西苏区文学史》，
江西人民出版社1984年版。

杨云若、杨奎松：《共产国际和中国革命》，上海人民出版社1988
年版。

李衍柱主编：《马克思主义文艺理论在中国》，山东文艺出版社
1990年版。

张起厚：《中共地下党时期报刊调查研究》，（台湾）永业出版社
1991年版。

艾晓明：《中国左翼文学思潮探源》，湖南文艺出版社1991年版。

张大明：《不灭的火种——左翼文学论》，四川文艺出版社1992
年版。

朱辉军：《西风东渐——马克思主义文艺理论在中国》，北京燕山
出版社1994年版。

程正民：《二十世纪俄苏文论》，百花文艺出版社1994年版。

旷新年：《1928：革命文学》，山东教育出版社1998年版。

陈永发：《中国共产革命七十年》，（台湾）联经出版事业股份有
限公司1998年版。

刘炎生：《中国现代文学论争史》，广东人民出版社1999年版。

王善忠主编：《马克思主义美学思想史》，中央编译出版社1999

年版。

杜书瀛、钱竞主编：《中国20世纪文艺学学术史》，上海文艺出版社2001年版。

鲁迅：《鲁迅全集》（18卷本），人民文学出版社2005年版。

陈福康、丁言模：《杨之华评传》，上海社会科学院出版社2005年版。

刘勇、杨志、李春雨等：《马克思主义与20世纪中国文学》，百花洲文艺出版社2006年版。

王宏志：《鲁迅与"左联"》，新星出版社2006年版。

张小红：《左联与中国共产党》，上海人民出版社2006年版。

姚辛：《左联史》，光明日报出版社2006年版。

郭国昌：《20世纪中国文学的大众化之争》，百花洲文艺出版社2006年版。

黎活仁：《文艺政策论争史》，（台湾）大安出版社2007年版。

刘永明：《左翼文艺运动与中国马克思主义文艺理论的早期建设》，中国文联出版社2007年版。

曹清华：《中国左翼文学史稿（1921—1936）》，中国社会科学出版社2008年版。

钟俊昆：《中央苏区文艺研究：以歌谣和戏剧为重点的考察》，中国社会科学出版社2009年版。

王奇生：《革命与反革命：社会文化视野下的民国政治》，社会科学文献出版社2010年版。

傅修海：《时代觅渡的丰富与痛苦——瞿秋白文艺思想研究》，中国社会科学出版社2011年版。

黄道炫：《张力与限界：中央苏区的革命（1933—1934）》，社会科学文献出版社2011年版。

张大明：《中国左翼文学编年史》，社会科学文献出版社2013年版。

周平远：《从苏区文艺到延安文艺——马克思主义文论中国化历史进程》，社会科学文献出版社2014年版。

王烨：《国民革命时期国民党的革命文艺运动（1919—1927）》，厦门大学出版社2014年版。

傅修海：《瞿秋白与左翼文学的中国化进程》，人民文学出版社2015年版。

罗嗣亮：《现代中国文艺的价值转向——毛泽东文艺思想与实践新探》，社会科学文献出版社2015年版。

卢燕娟：《人民文艺再研究》，文化艺术出版社2015年版。

傅修海：《现代中国文学考察笔记》，海峡文艺出版社2016年版。

杨胜刚：《中国共产党的政治实践与左翼文学》，当代中国出版社2016年版。

陈朝辉：《文学者的革命：论鲁迅与日本无产阶级文学》，光明日报出版社2016年版。

刘文辉：《中央苏区红色戏剧研究》，中国戏剧出版社2017年版。

张广海：《政治与文学的变奏：中国左翼作家联盟组织史考论》，（香港）三联书店2017年版。

杨方：《融合和坚守：左翼文艺与延安文艺的关联研究》，人民日报出版社2018年版。

李玮：《鲁迅与20世纪中国政治文化》，百花洲文艺出版社2018

年版。

　　许明、马驰主编：《马克思主义与20世纪中国文艺活动》，河南人民出版社2018年版。

　　刘奎：《诗人革命家：抗战时期的郭沫若》，北京大学出版社2019年版。

　　湛晓白：《语文与政治：民国时期汉字拉丁化运动研究》，河南人民出版社2019年版。

　　李冬木：《鲁迅精神史探源》，（台湾）秀威资讯科技股份有限公司2019年版。

　　王一川主编：《中国现代文论史》，北京师范大学出版社2019年版。

　　魏天无：《中国早期马克思主义文学批评形态研究》，人民出版社2020年版。

　　康凌：《有声的左翼：诗朗诵与革命文艺的身体技术》，上海文艺出版社2020年版。

　　丁帆主编：《中国现当代文学制度史》，作家出版社2020年版。

　　黄修己主编：《中国现代文学研究通史》，广东人民出版社2020年版。

　　包莹：《苏区文艺与战地文艺传统的发生》，中山大学2021年博士学位论文（指导教授：林岗）。

　　林岗：《漫识手记》，花城出版社2021年版。

　　苏汶编：《文艺自由论辩集》，现代书局1933年版。

　　周扬编：《马克思主义与文艺》，解放社1950年版。

　　马良春、张大明编：《三十年代左翼文艺资料选编》，四川人民出版社1980年版。

中国社会科学院文学研究所《左联回忆录》编辑组编：《左联回忆录》，中国社会科学出版社1982年版。

吉明学、孙露茜编：《三十年代"文艺自由论辩"资料》，上海文艺出版社1990年版。

江西省文化厅革命文化史料征集办公室、福建省文化厅革命文化史料征集办公室编：《中央苏区革命文化史料汇编》：江西人民出版社1994年版。

李文海主编：《民国时期社会调查丛编》，福建教育出版社2004年版。

姜亚沙、经莉、陈湛绮编：《中国共产党早期刊物汇编》，全国图书馆文献缩微复制中心2005年版。

姜亚沙、经莉、陈湛绮主编：《抗日战争期刊汇编》：全国图书馆文献缩微复制中心2006年版。

汕头大学文学院新国学研究中心主编：《中国左翼文学国际学术研讨会论文集》，汕头大学出版社2006年版。

《红藏：进步期刊总汇（1915—1949）》编辑出版委员会编：《红藏：进步期刊总汇（1915—1949）》，湘潭大学出版社2014年版。

《中央苏区文艺丛书》编委会编：《中央苏区文艺史料集》，长江文艺出版社2017年版。

朱德发、蒋心焕、李宗刚编：《第三次国内革命战争时期解放区文艺运动资料汇编》，辽宁人民出版社2018年版。

罗岗、孙晓忠主编：《重返"人民文艺"》，上海人民出版社2019年版。

二、外文文献

专著

М. Е. Шнейдер(施奈德), «Творческий путь Цюй Цю-бо, 1899−1935»(《瞿秋白的创作道路》), Москва:Наука, 1964.

T. A. Hsia, *The Gate Of Darkness*, Seattle: University of Washington Press, 1968.

Merle Goldman, *Modern Chinese Literature in the May Fourth Era*, Cambridge, MA: Harvard University Press, 1977.

Paul Pickowicz, *Marxist literary thought and China: A conceptual framework*, Berkeley: Center for Chinese Studies, Institute of East Asian Studies, University of California, 1980.

Raymond F. Wylie, *The Emergence of Maoism: Mao Tse-tung, Ch'en Po-ta, and the Search for Chinese Theory, 1935-1945*, Stanford: Stanford University Press, 1980.

Paul G. Pickowicz, *Marxist literary thought in China: The influence of Ch'ü Ch'iu-pai*, Berkeley: University of California Press, 1981.

Hung Chang−Tai, *War and Popular Culture: Resistance in Modern China, 1937-1945*, Berkeley: University of California Press, 1994.

Kirk A. Denton, *Modern Chinese Literature Thought: Writings on Literature, 1893-1945*, Stanford: Stanford University Press, 1996.

Nick Kight, *Marxist Philosophy in China: From Qu Qiubai to Mao Zedong, 1923-1945*, Dordrecht: Springer, 2005.

矢吹晋、藤野彰:「客家と中国革命:『多元的国家』への視座」

（《客家与中国革命：多元国家的视角》），東京：東方書店，2010。

学位论文

Kung Chi-Keung, "Intellectuals and Masses: the Case of Qu Qiubai", PhD diss., Madison: University of Wisconsin-Madison, 1995.

Liu Xinmin,"The self in dialogue: Refiguring the subject in Chinese modernity", PhD diss., New Haven: Yale University, 1997.

期刊论文

Paul G. Pickowicz,"Lu Xun Through the Eyes of Qu Qiu-bai: New Perspectives on Chinese Marxist Literary Polemics of the 1930s" , *Modern China*, No. 3(1976), pp. 327-368.

Paul G. Pickowicz,"Ch'u ch'iu-pai and the Chinese Marxist Conception of Revolutionary Popular Literature and Art", *The China Quarterly*, No. 70(1977), pp. 296-314.

参考文献

后记

小书是在国家社科基金项目结项书稿的基础上补充增订出来的。做项目是挑战，个中甘苦，如人饮水冷暖自知。世间事，歪锅有歪盖，各擅胜场。然自己无所长，除了喜好书本子之外。转念一想，现在已不怎么买书了。人到中年，一声叹息！

小书既成，些许振奋，诸多感激涌上心头。师长们的督促勉励，是我跟跄前行的动力。感谢欧阳健、刘斯奋、金岱、林岗、刘纳、袁国兴、徐正英、王光明、张宝明等师长的扶助与教诲，感谢盛情刊发书中文字的刊物与编辑，感谢百花洲文艺出版社和童子乐先生……谨此表达最衷心的谢意和敬意！

一晃近十载。其间举家南北辗转，从中原大地到岭南一隅，或有京华烟云之想，或有孤寂流离之叹。农家子弟，扑腾之下竟谋得所谓知识者的稻粱食，悲欣交集，难乎一概。所幸寒舍四口，烟火升腾，世间一乐。感恩有你们，喜乐平安！

傅修海 谨记于华农

2021年9月18日